KB114834

헌터세계의 귀환자

FUSION FANTASTIC STORY

김재한 장편소설

헌터세계의 귀환자 10

김재한 장편소설

초판 1쇄 찍은 날 § 2019년 8월 22일
초판 1쇄 펴낸 날 § 2019년 8월 29일

지은이 § 김재한
펴낸이 § 서경석

총괄팀장 § 노종아
편집책임 § 김대용

펴낸곳 § 도서출판 청어람
등록번호 § 제387-1999-000006호
등록일자 § 1999. 5. 31
어람번호 § 제1-3042호

주소 § 경기도 부천시 부일로 483번길 40 서경B/D 3F (우) 14640
전화 § 032-656-4452 팩스 § 032-656-4453
http://www.chungeoram.com
E-mail § chungeorambook@daum.net

ⓒ 김재한, 2018

ISBN 979-11-04-92043-1 04810
ISBN 979-11-04-91899-5 (세트)

※ 파본은 구입하신 서점에서 교환하여 드립니다.
※ 저자와 협의하여 인지를 붙이지 않습니다.
※ 이 책은 도서출판 청어람과 저작자의 계약에 의해 출판된 것이므로,
　　무단 전재 및 유포·공유를 금합니다.

FUSION FANTASTIC STORY

김재한 장편소설

10 [완결]

헌터세계의 귀환자

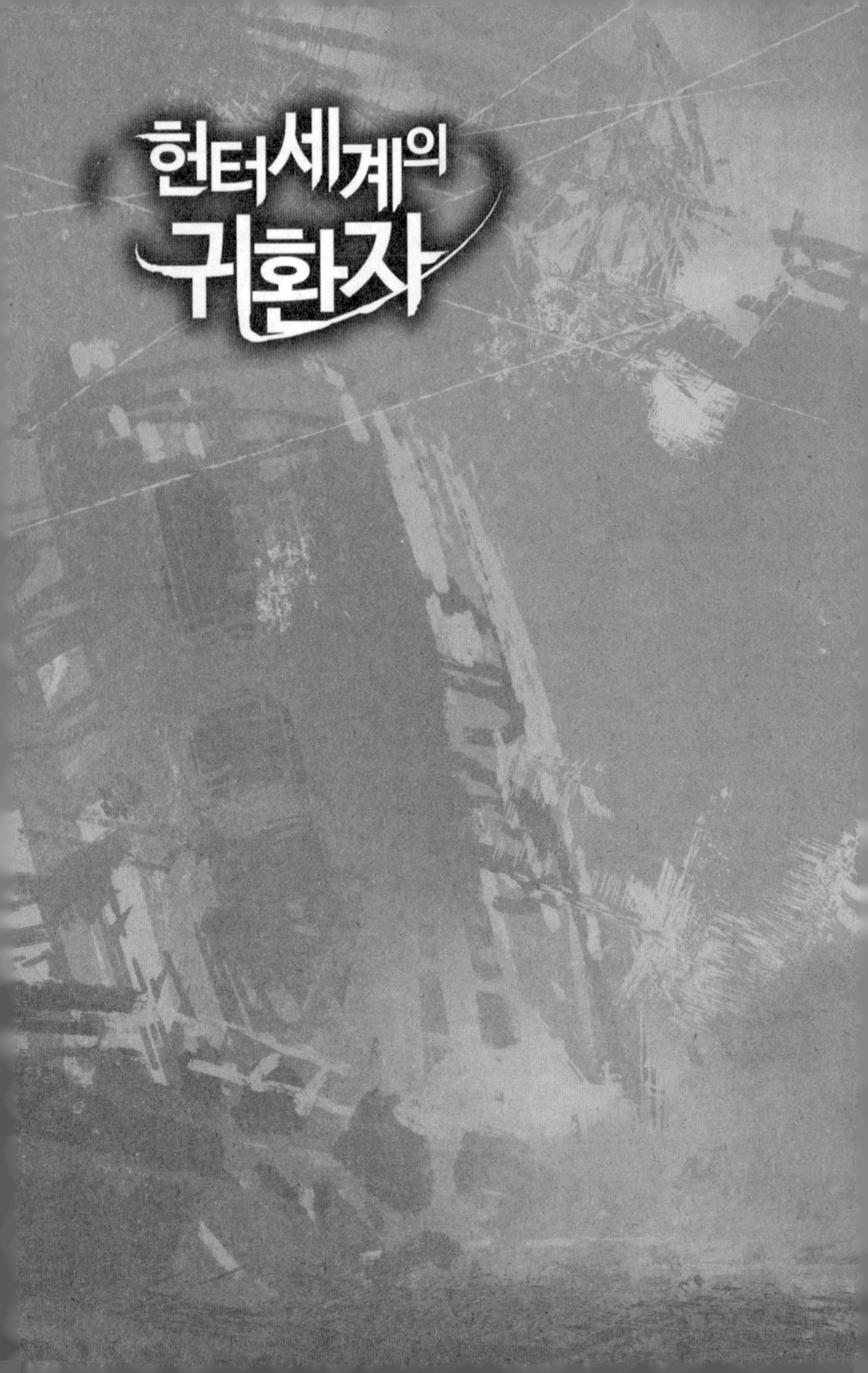
헌터세계의
귀환자

Contents

에필로그

미지와의 조우(遭遇) (하)

6

HU는 세계 곳곳에 존재하고 있었다.

혼돈이 지배하는 분쟁 지역에만 있는 것이 아니었다. 치안이 안정된 선진국, 그것도 대도시 한복판에도 그들은 존재하고 있었다.

상식적으로는 불가능한 일이다. 하지만 그들은 모든 면에서 비상식적인 조직이었다.

닥터 엘리엇은 HU 프랑스 파리 지부의 연구 총책임자였다.

본래 그는 몬스터의 사체를 활용하는 전문 연구자였다.

몬스터의 사체는 지구상에 존재하지 않는 요소로 이루어져 있었고, 그것을 연구함으로써 얻을 수 있는 이익은 무궁무진했다.

신소재 연구는 물론이고 의약 분야와 바이오산업에도 이 연구가 많은 영향을 끼쳤다.

닥터 엘리엇이 연구하던 것은 키메라 연구였다.

몬스터 중에 생체라고 할 수 있는 부류를 주로 연구해서, 지구상의 생명체와 혼합된 인공 생명체를 만드는 것이 연구 목표였다.

언뜻 끔찍한 연구로 보이지만 실제로는 인류를 위한 것이었다. 의학적으로 도움이 되는 키메라를 만들어내려고 한 것이다.

인간에게 이식할 수 있는 조직을 가진 키메라, 인간에게 보다 건강한 피를 수혈 가능한 키메라, 의약 분야에 희귀 소재를 제공할 수 있는 키메라…….

그 연구는 어느 정도 성과를 거둬서 스폰서 기업에도 큰 이익을 안겨주었다. 하지만 그는 연구소 내부의 정치 싸움에 휘말려 해고당했고, 연구 성과 일부를 상사에게 도둑맞고 말았다.

크게 낙심하여 알코올 중독에 빠진 그는 HU의 스카우트 제의를 받았다.

그들이 말하는 연구 내용은 위험하기 짝이 없었지만, 닥터 엘리엇은 금단의 연구에 큰 매력을 느껴서 그 제안을 받아들이고 말았다.

그때부터 그는 HU 소속으로 연구를 진행, 1년도 안 되는 짧은 기간 동안 많은 성과를 냈다.

그것은 HU의 지원 덕분이었다.

그들은 인간을 연구 재료로 쓸 수 있게 해주었다.

또한 몬스터를 얼마든지 산 채로 연구에 사용할 수 있게끔 제공하고, 통제해 주었다.

뿐만 아니라 각성자의 협력을 받아야만 할 수 있는 것, 마력을 이용하여 현상을 일으키는 것까지도 얼마든지 제공해 주었다.

그것은 매우 이상한 일이었다.

그런 일이 가능한 집단은 세상에 없으니까.

세계 유수의 대기업이라고 할지라도 그런 일이 가능할 리 없었다.

하지만 닥터 엘리엇은 그 사실에 의문을 품지 않았다. 처음 HU와 접촉한 순간부터, 그는 당연히 생각했어야 할 모든 문제를 잊고 있었다.

* * *

쿠과과광!

폭음이 울리며 연구소 한쪽 벽에 구멍이 뻥 뚫렸다.

그리고 그 벽으로 한 사람이 여유롭게 걸어 들어왔다.

"뭐, 뭐야?"

연구원들이 흠칫했다.

침입자는 기이하기 짝이 없었다. 티셔츠 위로 검은 재킷을 걸치고, 청바지를 입은 캐주얼한 차림새의 청년이었는데…….

"얼굴이 없어?"

연구원들은 마치 귀신이라도 본 것처럼 놀라고 있었다.

침입자의 얼굴이 보이지 않았다.

그렇다고 얼굴 없이 희고 매끈하다는 게 아니었다. 분명히 얼굴이 있는데 인지할 수가 없었다. 눈으로 보는 것을 뇌가 해석하지 못하고 있는 것 같은, 자신이 고장 나버렸다는 실감이 호흡을 가쁘게 만들었다.

"이런 식이었나."

침입자, 서용우가 연구실을 휘 둘러보더니 중얼거렸다.

파지지지직……!

그리고 주변에서 격렬한 스파크가 튀기 시작했다.

연구실, 아니, 이곳만이 아니라 지하에 있는 시설 전체가 격하게 뒤흔들렸다. 연구원들이 비명을 지르며 엎드렸다.

"소용없어."

용우가 이를 드러내며 웃었다.

"연구 시설을 통째로 텔레포트해서 옮길 수 있게 설계한 건 참신하군. 하지만 이제 도망 못 간다."

HU가 연구 시설을 지하에만 만드는 것에는 그만한 이유가 있었다.

이들은 연구 시설을 통째로 다른 장소에 텔레포트 시킬 수 있는 기술이 있었다. 그것을 위해 지하의 다른 부분과 분리된 패키지 형태로 연구 시설을 만들어두었던 것이다.

하지만 용우는 이미 그 수법을 간파하고 텔레포트를 차단해 둔 상태였다.

곧 스파크와 진동이 잦아들었다.

저벅…….

엉망진창이 된 연구실 속에서 용우의 발소리가 울렸다.

용우는 주저 없이 한 사람에게로 다가갔다.

이 연구소의 책임자, 금발의 중년 사내 닥터 엘리엇이었다.

"으, 으으… 다, 당신은 뭡니까? 뭘 원하는 겁니까?"

닥터 엘리엇이 덜덜 떨며 물었다.

용우는 그런 그와 2미터쯤 떨어진 곳에 멈춰 서더니 그를 빤히 바라보았다.

숨 막힐 듯한 정적이 흘렀다.

"짜증 나는군."

용우가 입을 열더니 그렇게 말했다.

"뭐, 뭐라고?"

"이상하다고는 생각했지."

용우는 닥터 엘리엇을 무시하고 말하기 시작했다.

"사람을 사람으로 안 보는 놈들은 세상에 얼마든지 있다. 하지만 멀쩡한 정신을 가졌던 사람이 인간을 좋은 모르모트로 보는 수준까지 타락하기란 쉬운 일이 아니거든."

닥터 엘리엇은 선진국의 좋은 집안에서 태어나 별 탈 없이 좋은 학력을 취득하고 연구자가 된 사람이었다.

그만이 아니었다. 이 연구 시설에 있는 연구원들은 다들 작년까지만 해도 멀쩡하게 사회의 일원으로, 법과 도덕을 준수하며 살아가던 고학력자였다.

"그런데 HU 조직원이란 놈들은 다 그렇단 말이지. 게다가 인원의 대부분이 멀쩡하게 직장에서 일하던 고학력자 연구원이라니, 이상하잖아?"

HU는 철저하게 비인륜적인 일에 주력하는 불법적인 조직이다.

그런 조직이라면 당연히 갖추고 있어야 할 것이 있었다.

바로 조직을 유지하고, 지키기 위한 무력이었다.

하지만 이 연구 시설에는 그 당연한 것이 존재하지 않는다.

연구자들, 그리고 그들을 돕는 기술자들만 있고 무력을 담당하는 인력은 전혀 없다니 이상한 일 아닌가?

"전부 먹어버렸군. 역겨운 에일리언 놈, 이게 네놈들의 침략 방식인가?"

"……."

그 말에 닥터 엘리엇이 멍한 표정을 지었다.

하지만 그것도 잠시였다.

넋이 나간 표정을 짓고 있던 그의 얼굴이 변모하기 시작했다.

눈이 흰자위 하나 없이 온통 푸른 빛으로 물들면서, 조금 전까지의 두려움은 전혀 찾아볼 수 없는 목소리가 흘러나왔다.

"너는 누구지?"

소름 끼치는 상황이었지만 용우는 눈썹 하나 까딱하지 않았다. 닥터 엘리엇의 물음을 무시하고 묻는다.

"브레인 서커인가? 뇌를 파먹고 인간으로 위장한?"

"그 표현은 정확하지는 않지만, 적절하군."

대답한 것은 닥터 엘리엇이 아니었다. 옆에 있던 다른 연구원이었다.

그 연구원도 역시 눈이 온통 푸른 빛으로 물들어 있었다.

뿐만 아니었다. 모든 연구원이 같은 상태가 되어 용우를 빤히 바라보고 있었다.

"생전 처음 겪는 상황인데 전혀 낯설지가 않군. SF 호러 영화에서 본 적 있는 상황이랑 똑같잖아? 픽션이 그렇게나 현실을 잘 예상해서 구현하다니, 역시 인간의 상상력은 대단해."

호러 영화의 한 장면 같은 상황 속에서 용우는 재미있다는 듯 웃었다. 공포라고는 눈곱만큼도 느끼지 못하는 상태였다.

닥터 엘리엇이 물었다.

"무력 제압 단말을 격퇴한 그녀도… 너와 관계가 있는가?"

"너희는 뭐지?"

용우도 물었다. 처음부터 상대의 질문에 대답해 줄 생각이 전혀 없었다.

상대도 마찬가지라면 곧바로 전투가 벌어졌을 것이다. 하지만 그들은 용우와 대화를 할 의지가 있는 것 같았다.

"에일리언."

"브레인 서커."

"지구 인류 입장에서 보면."

"네가 쓴 표현은."

"정확하지는 않지만."

"그럭저럭."

"우리를 잘 설명하고 있다."

대답은 여러 사람에게서 나왔다. 마치 사전에 대본을 쓰고 수도 없이 연습하기라도 한 것처럼 빠르게 서로의 말을 받아서 말을 완성해 가는 모습은 기괴하기 짝이 없었다.

용우가 눈을 가늘게 뜨며 말했다.

"그 목 뒤쪽에 파고든 조직이 핵심이겠군."

"과연 너는 범상치 않은 자로군."

이번 대답도 여럿의 입에서 조각조각 나뉘어 나왔다.

겉으로 봐서는 아무것도 특이할 게 없었다. 하지만 이곳에 있는 모든 인간은 목 뒤쪽에 지구상의 존재가 아닌, 외계의 생체 조직이 파고들이 있었다.

그 생체 조직은 인간의 뇌를 통제할 권한을 물리적으로 강탈한다. 그리고 우주 저편, 수백만 광년 이상 떨어진 곳에 있는 외계 존재의 정신파를 중계하는 역할을 했다.

어떻게 그만큼이나 멀리 떨어진 곳에 있는 존재와 통신이 가능한지에 대한 의문은 필요 없었다. 종말의 군단이 그랬듯 이 에일리언 세력도 아인슈타인 우주의 물리법칙을 초월한 존재였기 때문이다.

'좌표 설정만 가능하다면 물리적 거리 따위는 의미가 없지.'

그 점은 용우 역시 마찬가지였다.

구세록을 장악한 용우는 이미 지구만이 아니라 태양계 전역을 자신의 권역으로 삼고 있었다. 마음만 먹으면 지금 당장 명왕성의 지표면에 서서 태양계 바깥을 바라볼 수도 있는 것이다.

'이제는 태양계 바깥 탐사도 시야에 넣어야 하는 건가? 귀찮군.'

용우가 태양계 전역을 탐사한 이유는 단순히 흥미와 보험이었다.

어느 날 갑자기 우주 저편에서 소행성 하나만 지구로 날아와도 인류는 멸망할 수 있었다. 그런 우주적 재난을 막기 위해 태양계 전역을 감시할 수 있는 네트워크를 만든 것이다.

'브리짓의 제안도 쓸모가 있겠군.'

브리짓은 향후 미국의 우주 연구를 위한 설비 구축을 용우와 협상하고자 했다.

태양계 어디든 한순간에 오갈 수 있는 용우를 통하면 현재 지구의 공학 기술로는 도저히 가격 대 성능비를 맞추기 힘든, 태양계 전역을 커버하는 관측 네트워크를 손쉽게 구축할 수도 있는 것이다.

어쨌든 그것은 나중에 생각할 일이었다.

용우가 닥터 엘리엇, 아니, 그를 장악한 외계 존재에게 물었다.

"왜 이런 짓을 하지?"

"네 물음은 정확성이 부족하다."

"너희는 왜 지구 인류를 침략했지?"

"지구 인류가 사랑스럽기 때문이다."

"뭐?"

"우리는 지구 인류를 사랑한다. 견딜 수 없이 사랑하기에 이런 일을 하고 있다."

"……."

용우는 이놈이 대체 무슨 소리를 하나 싶어서 눈살을 찌푸렸다.

외계 존재는 영어로 말하고 있었고, 정확히 'Love'라는 어휘를 사용했다.

"이런 상황에서 장난을 치는 유머 감각을 가진 것 같지는 않은데……."

"유머가 아니다."

"그럼?"

"우리는 오랫동안 고립되어 있었다."

외계 존재가 설명했다.

"오차가 어느 정도 있지만, 지구인의 방식으로 계산해 본 결과 지구 시간으로는 대략 61만 9,000년 정도로 추정된다."

"……."

정말 까마득한 시간이었다.

군단이 침략을 시작한 것보다도 아득히 오래전. 저 때면 인류
는 구석기 시대이지 않았던가.

"그리고 네 말이 옳다. 지구인의 상상력은 매우 뛰어나다."

"뭐?"

"지구인은 이미 우리 같은 존재를 많이 상상해 왔다. 픽션을
창작하고 즐기는 문화, 그건 매우 흥미로웠지."

외계 존재는 자신에 대해서 설명하길 주저하지 않았다.

'자신감이 넘쳐서 그런다기보다는… 이놈 그냥 이야기하고 싶
어서 환장한 것 같은데?'

용우가 그들의 적으로 나타났는데도 전혀 적의를 보이지 않는
다. 그러기는커녕 자기 이야기를 들어줄 상대가 나타나서 기뻐
하는 것 같지 않은가?

그들은 지구상의 생물학 분류에 해당하지 않는 존재였다.

그들의 본거지인 행성, 아니, 항성계에는 동물도, 식물도, 미생
물조차도 존재하지 않는다.

모든 것이 그들로 통합되었기 때문이다.

그들은 우주 공간에서도 생존의 위험을 느끼지 못하며 별들
사이를 오가는 우주적인 존재였다. 그들은 다양한 생명과 '융합'
하여 자신들의 가능성을 넓혀왔다.

"그중 가장 가치 있는 것은 지적 생명체였지."

지적 생명체와의 융합은 그들의 가능성을 크게 넓혀주었다.
그저 모든 것을 포식하며 확장해 갈 뿐이었던 그들은 지적 생명

체와의 융합을 통해서 한 단계 고차원적인 생명체로 거듭날 수 있었다.

"하지만 우리에게 있어서 그것은… 지구식으로 표현하자면 양 날의 검이었다."

지성이 없을 때의 그들은 저차원적이지만 강했다.

"우리는 무감각했다."

"정체됨이 고통스럽지 않았다."

"시간의 흐름을 두려워하지 않았다."

각인된 본능에 따라 별의 지표면에 있는 모든 생명을 먹어치우고, 또 다른 생명을 찾을 뿐.

종(種)의 본능에 각인된 기계적인 프로세스를 따르기만 하면 되었다. 그 이상도, 이하도 아니었다.

하지만 고도의 지성을 획득하여 고차원적인 존재가 되는 순간, 그들은 터무니없이 약해졌다.

그렇다고 해서 포식자로서 약해졌다는 뜻은 아니었다. 그들의 권능은 예전과는 비교도 되지 않을 정도로 강해졌으니까.

"우리는 정체됨이 고통스러워졌다."

"아무런 자극 없이 시간이 흘러감이 두려워졌다."

그들은 하나이며 여럿인 존재였다. 거대한 텔레파시 네트워크로 통합된 존재이되, 그 네트워크 속에 개성을 가진 다양한 자아 또한 존재하고 있었다.

외부 정보의 유입이 없다 해도 그들에게는 그동안 융합을 통해 확보한 가능성이 있었다. 자신을 변화시키고, 새로운 기능을 개발하는 일이 가능했다.

하지만 그것도 한계가 있었다.

그들은 더 이상 지적 생명체를 찾아내지 못한 채로 오랜 시간을 보내었다. 까마득한 시간의 흐름에 그들의 정신이 마모되어 갔다.

"우리는 고립된 채로 죽어가고 있었다."

그들이 손에 넣은 지성은 그들의 육체와 비교하면 터무니없이 약했다. 육체에는 아무런 문제가 없는데도 점점 정신이 죽어가기 시작했다.

"우리는 두려웠다."

다시금 무감각해져 가는 것이 두려웠다. 이대로 가면 다시금 지성을 잃고 저차원적인 존재로 격하되고 말 것이다.

"그러던 중, 우리를 '본' 자가 있었다."

그들의 정신이 인지하는 고차원적인 세계, 혼돈과 맞닿아 있는 정보세계의 존재가 그들을 관측했다.

종말의 군단이었다.

7

종말의 군단은 침략 대상을 찾아 헤매는 과정에서 외계 존재를 관측했다.

그리고 그것은 외계 존재 또한 종말의 군단을 관측할 수 있는 계기가 되었다.

"우리는 그들과 접촉하고 싶었다. 하지만 실패했다."

그들을 향한 외계 존재의 구애는 무참히 실패했다. 구세록의 룰을 강요받는 군단은 외계 존재의 간섭을 완전히 무력화할 수 있었기 때문이다.

대신 외계 존재는 군단의 행적을 관측함으로써 지구 인류의 존재를 알게 되었다.

"우리는 너희를 안 순간, 사랑에 빠졌다."

이제는 그의 말을 이해할 수 있었다.

외계 존재는 겨우 손에 넣은 마음이 고독에 삼켜져 죽어감을 두려워했다.

그리고 그 고독을 해소할 수 있는, 지구 인류라는 존재를 찾아낸 것이다.

"포식자의 사랑인가. 정말이지 우주적인 변태 새끼들이로군⋯⋯."

배고픈 사자가 눈앞의 토끼를 사랑한다면, 그건 이상한 일은 아닐 것이다.

하지만 용우는 납득하는 대신 고개를 갸웃했다.

"그런데 왜 이런 짓을 하고 있는 거지?"

외계 존재가 말한 바에 따르면, 그들은 여태까지 외부의 생명을 발견하는 순간 덮쳐서 포식해 왔다. 포식이라는 행위를 통해서 상대가 지닌 가능성과 융합할 수 있었기 때문이다.

하지만 인류를 상대로는 그런 방법을 취하지 않았다.

지금 용우가 보고 있는 것은, 지구 인류 입장에서 보면 그야말로 코즈믹 호러였다. 우주적인 존재가 지구 인류를 포식하고 싶어 하는 갈망을 드러내며 구애해 오는 상황인 것이다.

그런데 더 무서운 것은, 지금 이 상황이 저 외계 존재 입장에서는 최대한 신중하고 조심스러운 접근이라는 점이다.

"우리가 너희를 사랑하기 때문이다."

"네놈들이 말하는 '사랑'이 어떤 건지는 알겠어. 하지만 그게 왜 이런 짓을 할 근거가 되지?"

만약 상대가 인간이었다면 대답해 주지 않았을지도 모른다.

그러나 외계 존재는 오히려 용우의 질문에 즐거워하는 것 같았다.

"너희는 매우 뛰어난 정신을 지녔다. 상상력, 다양한 형태의 공감 능력 그리고 그것을 전파하는 커뮤니케이션 능력이 있지. 그것들이야말로 우리에게 있어서 그 무엇보다도 가치 있는 보물이다."

"왜?"

"지구 인류와 융합을 끝내고 나면, 우리는 또다시 기나긴 고립을 견뎌야 할 것이다. 어쩌면 영원한 고립일지도 모르지."

말하자면 이 외계 존재는 정신적 엔트로피를 늦추는 능력이 너무 약했다.

외부에서 새로운 자극이 가해지면 그때그때 감정을 발산할 뿐, 그것으로 다른 자극을 만들어내는 상상력이 없었다. 또한 그렇게 만들어낸 자극에 다양한 방식으로 공감하며 새로운 자극을 생산하는 공감 능력도, 그 자극을 전파하는 커뮤니케이션 능력도 없었다.

분명 여러 자아가 있지만, 그뿐이다. 일단 고립되면 정신적 엔트로피 상태에 빠져서 마음이 죽어가는 것을 막을 수가 없었던 것이다.

하지만 지구 인류에게는 그 고립을 견뎌낼 상상력이라는 무기가 있었다.

외계 존재가 '고립'이라고 여기는 상황은, 지구 인류에게 있어서는 매우 당연한 상황이었다. 종말의 군단이 나타나기 전까지 지구 인류는 이 넓은 우주 안에 다른 지적 생명체가 있긴 있는지 걱정하고 있었으니까.

"지구 인류와의 융합은 최대한 조심스럽게 진행할 것이다. 지구 인류가 지닌 가능성을 완벽하게 확보할 수 있도록."

"네놈들이 하던 대로 포식을 통해서는 가질 수 없나?"

"그동안 많은 지구인을 포식해 봤지만, 만족스러운 결과가 나오지 않았다."

용우의 눈썹이 꿈틀거렸다. 하지만 외계 존재는 그 사실을 눈치채지 못하고 말을 이었다.

"그래서 이런 방법을 택하게 되었지. 이들은 매우 유능하고, 이들을 통해서 우리는 외적 자극도 얻을 수 있으니까."

지구의 고학력자를 이용해서 인간과 자신들을 완벽하게 융합할 방법을 연구하는 것.

그것이 그들이 선택한 방법이었다.

"그래서 인간의 정신을 살려놓은 건가?"

"그렇다. 조작을 가해두기는 했지만, 인간 스스로 창의력을 발휘할 수 있는 상황이 아니라면 쓸모가 없지."

그것이 HU라는 기괴한 조직의 진실이었다.

용우가 눈살을 찌푸렸다.

"이해가 안 가는군."

"어떤 부분이 그런가?"

"네놈들은 어떻게 그런 방법을 쓸 수 있게 된 거지?"

장구한 세월 동안 생명체가 보이면 포식하는 것밖에 몰랐던 놈들이다. 단일한 존재가 아니라 여러 자아의 군집체임에도 외부의 자극 없이는 사고력을 유지하기도 힘들었던 놈들이 이런 방법을 떠올리고 실행할 수 있단 말인가?

"타당한 의문이군. 이건 우리가 생각한 방법은 아니다. 모방했다."

"누구를?"

"HU라 불리는 조직을 만든 존재의 방식을."

"너희 말고 다른 외계 존재인가?"

"그렇다. 그들은 우리가 볼 때도 이질적인 존재이지만, 우리와 한가지 공통점이 있었다."

"어떤?"

"지구 인류를 향한 사랑."

"……."

용우는 눈앞의 코즈믹 호러를 향해 내면의 폭력성이 맹렬하게 끓어오르는 것을 느꼈다.

"형태는 다르지만, 그들이 품은 인류를 향한 사랑은 우리에게 뒤지지 않았다. 그렇기에 우리는 그들의 방식을 모방했고, 이 방식이 매우 효율적이라고 생각했다. 그들이 우리의 존재를 불편하게 여겼기에 마찰을 빚었지만, 일단은 휴전협정을 맺었다."

"…후우."

용우는 이마를 짚으며 한숨을 쉬었다. 그리고 눈을 번뜩였다.

"야."

"듣고 있다."

"나불나불 궁금증을 해소해 줘서 고맙다. 이제 죽여줄게."

"오, 벌써 대화를 끝내는 건가? 나는 며칠 밤낮으로라도 네 궁금증을 풀어줄 의향이 있는데 아쉽군."

"왜지?"

"네가 우리가 모르는 미지의 존재이기 때문이다. 우리는 너에 대해서, 지구 인류의 규격을 초월한 강력함의 원천이 무엇인지 알고 싶다."

구구구구구······.

닥터 엘리엇의 말과 함께 연구 시설이 진동하기 시작했다.

"하지만 이제는 힘으로 제압하고 알아보는 수밖에 없겠군."

그 현상이 의미하는 바를 알아차린 용우가 눈을 가늘게 떴다.

"재밌군. 정말 감쪽같은 위장인데? 아니, 위장이라기보다는······."

주변 풍경이 급격하게 변하고 있었다.

너무나 비현실적인 광경이었다.

첨단 연구 설비가 녹아내리듯이 다른 무언가로 변한다.

표면이 검은 각질로 보이는 괴물의 몸 일부였다.

"변신인가? 물질의 구성 정보를 완벽하게 모방할 수 있다니, 훌륭한 능력이야. 그리고 징그러워."

연구 시설 전체를 텔레포트 시킬 수 있었던 이유는 간단했다.

이곳 전체가 외계 존재의 육체였기 때문이다.

지구의 첨단 기술이 적용된 연구 설비를 집어삼킨 다음 자신의 육체를 변화시켜 완벽하게 재현한다. 외계 존재는 그런 일도 가능한 존재였던 것이다.

'스펠로는 지극히 제한적으로나 가능한 일을 아무렇지도 않게 해내는군. 특기 분야가 다르다 이건가?'

감탄하는 용우에게 닥터 엘리엇이 말했다.

"지난번에는 확실히 놀랐지. 우리의 무력 제압 단말을 압도하는 지구 인류라니."

리사를 상대로 투입했던 무력 제압 단말은, 그 하나만으로도 지구 문명을 제압할 수 있을 정도의 힘을 가졌다.

원래는 지구인을 상대하기 위해 만들어낸 것도 아니었다. 그들이 모방한, HU를 만들어낸 외계 세력의 분쟁에 대비한 전쟁 병기라고 할 수 있었다.

그런데 그런 존재가 지구인에게 간단히 제압당해 버렸으니 당황할 수밖에.

"하지만 한번 겪은 이상 똑같은 실수는 하지 않는다. 네가 무력 제압 단말을 쓰러뜨린 그녀 이상으로 강하다고 할지라도, 우리 뱃속에 들어온 이상 승산은 없다. 그리고……"

파지지직!

완전히 괴물의 뱃속처럼 그로테스크하게 변해 버린 공간 속에서, 스파크가 튀기 시작했다.

"도망칠 수도 없다."

용우는 바깥에 안티 텔레포트 필드를 펼쳐서 외계 존재가 연구 시설째 도망치는 것을 차단했다.

그런데 정체를 드러낸 외계 존재는 용우가 이곳에서 벗어날 수 없도록 강렬한 재밍 기술을 사용해 공간좌표 설정을 막아버린 것이다.

"브리짓이 말한 기술이 이거였군."

하지만 용우는 당황하지 않았다. 재미있다는 듯 씩 웃었을 뿐이었다.

"에일리언, 내가 너희들에게 선물을 주지."

"무슨 뜻이지?"

"내가 너희들의 코즈믹 호러가 되어주겠다는 뜻이다."

용우의 눈이 서늘한 빛을 발했다.

*　　　　*　　　　*

쿠구구궁……!

굉음이 울리며 파리 시가지가 들썩거렸다.

일순간 찾아온 진동에 파리 시민들은 비명을 질렀다. 파리는 지진과는 거리가 먼 도시였으니까.

하지만 다행히 진동은 한 번으로 그쳤다.

파리 시민들은 불안해하며 주변을 둘러보았지만, 눈에 띄는 이상은 아무것도 없었다.

하지만 그들의 눈길이 미치지 않는 곳, 지하 깊은 곳에는 거대한 공백이 발생해 있는 상태였다.

*　　　　*　　　　*

쿠구구궁……!

꽝음이 울리며 흙먼지가 자욱하게 일었다.

사막 한복판이었다. 끝없이 펼쳐진 사막 한복판에 육중한 무언가가 떨어졌다.

그것은 거대한 정육면체였다. 검푸른 생체 조직으로 이루어진 그 정육면체의 면적은 뉴욕 고층빌딩보다도 더 거대했다.

파아아아……!

그 한복판을 가르며 빛의 칼날이 모습을 드러냈다.

"텔레포트를 막는 능력만큼은 인정해 주지. 하지만 애당초 도망칠 생각도 없었는데 텔레포트를 막아봤자 무슨 소용이야?"

에너지 칼날로 생체 정육면체를 베어버리며 나온 것은 용우였다.

이 거대한 정육면체 살덩어리가 바로 HU 연구 시설로 변신하고 있었던 외계 존재였다.

외계 존재는 자신의 몸속에 용우를 가둔 채로 제압하려고 했지만, 어림도 없는 일이었다.

"그 여자의 데이터를 바탕으로 최대한 고평가하려고 노력했는데, 그럼에도 우리 예측이 물렀군."

닥터 엘리엇이 말했다.

용우가 작게 한숨을 쉬었다.

"닥터 엘리엇이라고 했던가? 미안해."

"뭐?"

"나는 인간 닥터 엘리엇, 당신을 구할 생각이 없다. 내가 보기에 인간으로서의 당신은 이미 글렀어. 하지만 사과는 해둬야 할 것 같군. 당신을 죽여서 해방시켜 주고, 그리고 당신을 유린한

저 외계 존재에게 복수해 주겠다."

"인질로서의 가치가 없다는 말을 하고 싶은 것인가? 딱히 너를 상대로 인질극을 벌일 생각은 없었다."

고개를 갸웃하는 닥터 엘리엇에게 용우는 쓴웃음을 지었다.

"아니, 그냥 해둬야 할 말이라고 생각했을 뿐이야. 닥터 엘리엇뿐만 아니라 당신들 모두 마찬가지지."

용우의 말이 강력한 텔레파시에 실려 퍼져 나갔다.

그 자리에 있는 자들, 외계 존재에게 잠식당한 인간 모두에게 그 목소리가 닿았을 것이다.

"외계 존재, 너를 뭐라고 부르면 좋을까?"

"내게는 이름이라는 개념이 없다. 하지만 사랑하는 인류가 상상해 낸 존재 중에서 마음에 드는 이름이 있군."

"내 손에 죽은 외계 침략자 리스트에 그 이름으로 넣어줄 테니까, 말해봐."

"오버마인드."

"골라도 딱 자기 같은 걸 골랐군. SF가 꽤 입맛에 맞았던 모양이야."

"판타지보다는 그렇더군. 내가 처음 접촉한 게 미국인 SF 마니아였던 영향일지도 모르겠지만."

"그러냐."

혀를 차는 용우의 손에 한 자루 양손 대검이 소환되었다. 강력한 마력이 뿜어져 나오는 양손 대검을 본 닥터 엘리엇, 아니, 외계 존재 오버마인드가 눈을 가늘게 떴다.

"평범한 검은 아니로군. 지구 인류의 기술로 제작 가능한 검이 아닌데?"

"전리품이지."

"우리를 관측했던 자들이 만든 것인가? 흥미롭군. 그 또한 좋은 소재가 되겠어."

오버마인드가 주변을 둘러보며 물었다.

"여긴 어디지? 대기 구성은 지구와 동일하지만, 지구상에 존재하는 장소가 아니군?"

그는 파리의 지하에 있던 연구 시설, 정확히는 자신의 일부가 사막 한복판에 오게 된 과정을 이해했다.

거대한, 그리고 이동하는 워프 게이트가 지하에 출현해서 그를 집어삼켰던 것이다.

"글쎄다."

"넌 정말 아무것도 대답해 주지 않는군."

"너와 달리 적에게 정보를 나불거리는 걸 좋아하질 않아서."

용우가 코웃음을 쳤다.

이곳은 게이트 내부 필드였다. 하지만 예전에 써먹었던 곳은 아니었다.

게이트 내부 필드의 정체는, 몬스터의 정체와도 비슷했다.

세계를 침식하는 혼돈을 소재 삼아서 정보세계와 물질세계 양쪽 모두에 속하는 특별한 공간을 만들어낸 것이다.

구세록과 왕의 권능, 두 가지를 모두 손에 넣은 용우는 지금까지 존재했던 모든 게이트 내부 필드를 손에 넣어 재조립할 수 있었다.

지금에 와서는 작은 게이트 내부 필드는 전장으로 써먹기도 애매하기에, 여럿을 하나로 합쳐서 커다란 필드를 만들어낸 것이다.

그렇게 재조립해서 커다란 필드를 여럿 만들어냈고, 마음만 먹으면 소량의 영적 자원을 소모하는 것만으로도 환경을 바꿀 수 있게 만들었다.

즉 아군에게 완전히 유리한 전장을 만들어낼 수 있게 된 것이다.

'장기적으로는 이렇게 만들어낸 환경 속 자원을 지구에 수급할 수도 있지.'

용우가 원한다면 거의 무한히 자원을 만들어낼 수 있었다. 인류가 지구상에 존재하는 자원을 다 쓴다 해도 해결책이 있는 셈이다.

"어디 실력 좀 볼까?"

"음?"

그때 오버마인드가 흠칫했다.

그 반응을 본 용우가 감탄한 표정을 지었다.

"여기서도 텔레파시 통신 상태가 막힘이 없나? 대단한 놈일세."

이 전장에는 텔레파시로 외부와 교신하는 것을 차단하는 조치가 취해져 있었다.

구세록의 초월권족이나, 군단이라면 외부와의 연결이 차단당했을 것이다. 그런데 오버마인드는 게이트 내부 필드가 아닌 외부, 지구에서 일어나는 일을 알아차리고 있었다.

생체 조직을 물질로, 그것도 첨단 기계 설비로 변신시키는 능력도 그렇고…… 아무래도 완전히 다른 방식으로 마력을 활용하고 있어서 그런 것 같았다.

오버마인드가 말했다.

"그녀와 너, 두 사람만이 아니었군. 여덟 명인가? 아니면 더 있나?"

팀 섀도우리스 전원이, 오버마인드 세력이 운용하는 HU 연구시설을 동시에 급습했다.

용우가 차갑게 웃었다.

"일단 지구에 뿌리 내렸던 네 더러운 세포조직부터 전부 치워주지."

8

오버마인드의 전투 방식은 아주 간단했다.

무수한 단말의 연결로 구성된 거대한 정신적 네트워크에서 비롯된 힘으로 적을 압살한다.

그것은 일격에 별을 부수고, 천체의 운행을 바꿀 수 있는 힘이다.

우주적인 권능을 숨 쉬듯이 자연스럽게 발하는, 지구 인류에게 있어서는 코즈믹 호러 그 자체.

하지만 오버마인드는 지구에서는 그런 식으로 싸울 수 없었다.

지구인 때문이다.

그들의 입장에서 보면 지구인은 날파리, 아니, 현미경으로 봐야 겨우 발견할 수 있는 수준으로 작은 존재다.

지구 인류가 구축한 문명사회는 거대한 미생물의 군집체나 마찬가지였다. 오버마인드의 스케일 감각으로는 그랬다.

오버마인드는 지구인을 사랑한다. 그 마음에 거짓은 없었다.

오버마인드와 지구 인류가 완전한 융합을 이루는 그날까지, 지구 인류는 온전히 살아남아야 한다. 그 일을 위해서 오버마인드는 얼마든지 출혈을 감수할 수 있었다.

그렇기에 오버마인드는 본체로 지구를 강습하는 대신 작은 단말들을 만들어 침투했다. 그리고 지구인을 연구하고, 포식하는 과정에서 무력 제압 단말을 만들어냈다.

"지구인을 지키기 위해 만들어낸 단말인데, 지구인을 제압하기 위해 쓰게 되다니 역시 앞날은 알 수 없군."

"뭐?"

용우가 황당해하자 오버마인드가 설명했다.

"지구상에 남아 있는 몬스터를, 지구 인류가 감당할 수 있을지 알 수 없었다."

만약 지구 인류가 9등급 몬스터를 제압할 수 없어서 파멸의 위협을 겪는다면, 오버마인드는 지구 인류를 지키기 위해 무력 제압 단말을 투입할 생각이었다.

"뿐만 아니지. 우리가 아닌 다른 외계 존재로부터 지구 인류를 지키기 위해서도 '적정 수준'의 전투 능력을 가진 존재가 필요했다."

인류의 일원으로 위장해서 인류를 지키기 위해 만들어진 오버마인드의 전투 병기.

그것이 바로 무력 제압 단말이었다.

"하지만 설마 지구인 중에 더 강한 존재가 있을 줄 몰랐지. 그래서 더 강화한 개체들을 준비하면서 걱정했는데… 여기서는 걱정할 필요가 없을 것 같군."

오버마인드는 지나치게 강한 전투 병기를 만든 게 아닐까 하는 걱정을 했다. 지구 인류를 지키기 위해 만든 병기가, 전투 과정에서 발생하는 여파로 지구 인류를 멸망시키기라도 한다면 얼마나 비극적인 일이겠는가?

"아, 정말 참신하게 미친 새끼네, 이거……."

용우가 혀를 내둘렀다.

그 앞에서 오버마인드가 변화한다.

연구 시설을 이루고 있던 오버마인드의 생체 조직이 무수히 분화한다.

동시에 시설 일부는 연구원들을 집어삼켜서 멀리 달아나기 시작했다.

"소중한 자원이라 이거지?"

용우는 그것을 그냥 지켜보았다. 어차피 이 게이트 내부 필드에서는 달아날 수 없으니까.

연구 시설의 나머지 부분이 분화하더니 인간 비슷한 형상으로 변했다. 총 17개체의, 인간을 닮은 검푸른 살덩어리가 전신에서 푸른빛을 발하기 시작했다.

'평균적으로는 리사가 싸웠던 놈의 1.8배 정도.'

구세록의 권능이 적을 분석한다.

하나하나가 9등급 몬스터를 훨씬 능가하는 마력을 지닌 개체 17명이 일제히 용우에게 적의를 발산했다.

"지구를 제압하기에는 충분한 숫자긴 하군."

용우는 그만한 전력을 앞에 두고도 동요하지 않았다. 구세록의 초월권족에게서 노획한 양손 대검을 붙잡고 마력을 끌어올릴 뿐.

〈아직도 자신감이 넘치나?〉

〈하긴 지구인은 전투 기술에 큰 가치를 부여하더군.〉

〈네 마력은 무력 제압 단말과 비슷한 수준. 전투 기술에서 큰 격차가 나면 이 숫자를 극복할 수 있을 것 같은가?〉

오버마인드가 17명의 무력 제압 단말로 용우를 포위하며 텔레파시로 물었다.

용우가 심드렁하게 말했다.

"그런 거 아닌데."

〈그럼?〉

"애당초 마력이 비슷하다는 전제부터가 틀렸어."

용우가 검을 휘둘렀다.

〈어?〉

오버마인드가 당황했다.

용우가 검을 휘두르는 동작을 제대로 보지 못했기 때문이다. 용우가 휘두른 검 끝의 속도는 제3우주속도를 돌파했다.

콰과과과과과과!

그리고 한 박자 늦게 대폭발이 그 자리를 집어삼켰다.

〈…….〉

검이 휘둘러지는 방향에 있던 무력 제압 단말 7명이 증발했다.

"혹시 모르니까 둘 정도 남겨놓고 해볼까."

용우가 느긋하게 중얼거리며 다시금 검을 휘두른다.

그러자 다시금 소형 전술핵이 터졌을 때와 버금가는 대폭발이 일어나면서 무력 제압 단말 5명이 증발했다.

〈넌 뭐냐?〉

오버마인드가 당황했다.

용우의 힘이 상정한 바를 아득히 뛰어넘었다. 그가 수집한 지구 인류의 정보는 이렇게 강한 존재가 있을 수 없다는 결론을 내리고 있었다.

용우는 대답하지 않았다.

한 걸음만으로 무력 제압 단말에 다가가더니 손을 뻗었다.

콰아아앙!

빛이 폭발하며 또 하나의 무력 제압 단말이 소멸했다.

"말했잖아. 너희들의 코즈믹 호러가 되어주겠다고. SF 소설을 많이 봤으면 무슨 뜻인지 알아야지?"

인간은 지구라는 행성에 비하면 모래알처럼 작은 존재다.

그런 지구 인류에게 우주를 자유롭게 돌아다니며 행성을 집어삼키는 오버마인드는 그 스케일을 가늠할 수도 없을 정도로 거대한 공포, 즉 코즈믹 호러였다.

그런데 그런 오버마인드에게 있어서 코즈믹 호러가 된다?

그것은 오버마인드를 능가, 아니, 압도할 정도로 우주적인 힘을 가져야만 가능했다.

"너는 관측당함으로써 관측자를 파악했지. 그런데 지구에 침입하기까지 했으면서 네 본체가 어디 있는지 파악 당하지 않으리라고 믿었다면 너무 뻔뻔하지 않냐?"

용우가 무력 제압 단말 17명 중 15명을 없애고 2명을 제압하기까지는 채 30초도 걸리지 않았다. 그것도 중간에 대화를 나누는 시간까지 합쳐서 그랬다.

〈너만이 아니군. 너희 모두가… 지구 인류를 멸망시킬 수 있을 정도로 강해.〉

오버마인드가 믿을 수 없다는 듯 중얼거렸다.

지구 곳곳에서 비슷한 상황이 벌어지고 있었다.

*   *   *

이비연은 푸른빛의 실루엣으로 화한 무력 제압 단말들을 보며 시큰둥하게 말했다.

"고작 이걸로 지구가 걱정된다느니 하는 소리를 한 거야?"

그녀는 가속 스펠을 중첩, 초가속 상태에 들어간 채로 무력 제압 단말을 덮쳤다.

퍼엉!

그녀가 뻗은 주먹에 맞은 무력 제압 단말이 터져 나갔다.

쾅!

그녀의 하단 돌려차기에 맞은 무력 제압 단말의 두 다리가 폭발했다.

콰콰콰콰쾅!

주먹, 팔꿈치, 어깨치기, 무릎 차기, 발차기…….

현란한 격투기술로 무력 제압 단말을 학살한다. 무력 제압 단말 중 그녀의 일격을 버텨내는 놈이 없었다.

"그런 스케일의 이야기를 꺼내기에는 너무 약한걸?"

〈이건 대체 어떻게 하고 있는 거지?〉

오버마인드가 경악했다.

이비연은 오버마인드가 놀랄 정도로 빠르고, 강했다.

하지만 진정 경이로운 것은 이비연의 움직임이 빚어내는 결과였다.

그녀가 움직이는 속도, 그리고 그녀가 발하는 마력을 고려하면 일격을 가할 때마다 최소한 전술 무기급의 파괴력이 발생해야 정상이었다.

그런데 이비연은 전투로 인해 발생하는 여파를 보통의 인간들끼리 싸울 때 발생하는 물리적 여파, 그것을 불과 몇 배 정도 증폭시킨 수준으로 억제하고 있다. 그리고 그렇게 억제된 파괴력이 고스란히 표적의 내부로 집중되는 것이다.

"그야, 기술이지."

순식간에 무력 제압 단말들을 해치운 이비연은 마지막으로 남은 개체를 붙잡으며 잔혹하게 웃었다.

*   *   *

서용우, 이비연 두 사람과 비교하면 다른 이들은 그래도 전투다운 전투를 벌이고 있었다.

리사는 16개체의 무력 제압 단말을 상대로 현란한 공방을 펼쳤다.

콰콰콰콰쾅……!

얼어붙은 산악 지형 곳곳에서 폭발이 치솟았다.

오버마인드는 텔레포트 재밍으로 리사의 기동력을 제한시키고, 머릿수를 이용한 화력전으로 우위를 쥐려 했다.

그리고 오버마인드가 쥔 우위는 한 가지 더 있었다.

"UFO?"

리사가 자기도 모르게 중얼거렸다.

16개체의 무력 제압 단말들은 관성을 무시하는 초음속 비행 능력을 갖추고 있었기 때문이다.

확실히 똑같이 마력을 원천으로 삼아 초능력을 쓴다고 해도 스펠과는 차이가 크다.

리사는 지구 인류를 멸망시키고도 남을 권능을 가졌지만 저런 비행 능력, 그리고 몸을 자유자재로 변화시키는 능력 따위는 없었다.

'하지만 전투 효율성은… 글쎄?'

한동안 오버마인드의 공격을 회피하는 것에만 전념하던 리사는, 어느 순간 반격에 나섰다.

─피지컬 부스트!

가속 스펠이 걸리면서 그녀의 움직임이 확 빨라졌다.

그러자 무력 제압 단말들의 화망(火網)이 그녀를 놓쳤다. 일정한 속도로 몰아가고 있던 표적이 갑자기 두 배 가까이 빨라졌으니 그럴 수밖에 없었다.

그리고 화망을 빠져나간 리사가 소총의 방아쇠를 당겼다.

퍼어어엉!

극초음속으로 쏘아져 나간 에너지탄이 무력 제압 단말을 관통, 대폭발을 일으켰다.

'역시 마력에 비하면 전투 능력이 별로야.'

리사는 차분하게 오버마인드의 능력을 파악했다.

그녀만이 아니라 팀 섀도우리스 전원이 같은 작업을 수행하면서 정보를 종합하고 있었기에, 빠르게 분석이 이루어지고 있었다.

오버마인드는 텔레포트 외에 다른 공간 간섭계 능력이 없다. 워프 게이트에 대한 대응책이 없었던 것은 그런 이유였던 것 같다.

또한 오버마인드는 가속 능력이 없다. 관성을 무시한 비행은 가능해도 속도 면에서는 철저하게 마력의 출력에만 좌우될 뿐, 추가적인 효과가 붙어 있지 않았다.

'염동력은 좀 짜증 나지만……'

스펠로 펼치는 염동력은 그 형태가 제한적이다.

그에 비해 오버마인드는 염동력을 광범위하게, 자유자재로 펼칠 수 있었다.

몇몇 개체가 힘을 합쳐서 염동력을 펼치자 리사조차도 한 템포씩 움직임이 늦어질 정도로 강한 압력이 걸렸다.

하지만 이 모든 장점에도 불구하고, 스펠을 통해 싸우는 리사의 전투 효율이 훨씬 우위였다.

'동급 마력의 몬스터보다는 우위지만 동급 마력의 언데드나 타락체보다는 아래.'

그것이 팀 섀도우리스 전원이 판단한 오버마인드의 전투 능력이었다.

퍼어어엉!

또 하나의 무력 제압 단말이 에너지탄에 맞고 터져 나갔다.

설령 마력이 동급이더라도 지구 인류가 만들어낸 무기를 통해 발사되는 공격은 본인의 마력을 훨씬 뛰어넘는 위력을 발휘한다.

하물며 리사의 마력은 무력 제압 단말보다 월등히 위였으니, 무력 제압 단말이 증폭탄두를 이용한 사격을 버텨낼 수 있을 리가 없었다.

우우우우우!

리사의 마력이 급상승하기 시작했다.

〈지금까지도 전력을 다한 게 아니었나?〉

오버마인드가 놀랐다.

리사의 마력은 지난번 무력 제압 단말과 싸웠을 때보다 훨씬 높았다.

그런데 그것조차도 전력이 아니었다는 듯 마력의 크기가 계속해서 상승한다.

─프리징 필드!

어느 순간 리사의 손에 나타난 빙설의 창으로부터 순백의 파동이 폭발했다.

극저온의 파동이 터지자 반경 2킬로미터가 한순간에 하얗게 얼어붙었다. 하늘을 날던 무력 제압 단말들도 이 공격을 피할 수 없었다.

'왕의 권능, 좋은데?'

이 작전을 앞두고 서용우는 멤버들에게 새로운 무기를 쥐어주었다.

군단과의 최종 결전 때 라지알이 선보였던 것, 즉 왕의 권능으로 소수의 아군을 강화하는 권능이었다.

이 권능은 성좌의 의식보다는 위력이 약하지만, 대신 제물을 준비할 필요가 없었다. 그리고 사용자가 어느 정도의 힘을 끌어낼 수 있을지 자유롭게 통제 가능하다는 강점도 있었다.

라지알이 썼을 때는 왕이 거느린 백성이 많아야 의미가 있는 권능이었다. 그러나 서용우는 그런 제약을 초월했다.

그가 구세록과 군단의 왕좌 모두를 손에 넣었고, 그 열쇠가 되는 궁극의 융합체 네불라를 가졌기에 가능한 일이었다.

"그럼 끝내자."

리사는 담담하게 말하며 무력 제압 단말을 하나하나 제거해 나갔다.

* * *

팀 섀도우리스가 오버마인드의 무력 제압 단말 부대를 압살해버리기까지는 그리 많은 시간이 필요하지 않았다.

오버마인드가 신음했다.

"너희들은 위험하다……!"

"그게 네놈이 할 소리냐?"

용우가 어이없어하자 오버마인드가 말했다.

"너희와 지구에서 싸운다면 소중한 지구 인류가 피해를 볼 것이다. 그렇게 놔둘 수는 없지. 내 본체가 있는 곳을 알려줄 테니, 와라."

"뭐?"

"내 본체가 있는 항성계에는 다른 생명체가 없다. 네놈들이 전력을 다한다 해도 천체가 부서질 뿐이지. 지구 인류가 피해를 입을 일도 없을 것이고. 우리가 결판을 내기에는 적절한 전장일 것이다."

"……."

황당해하는 용우에게 오버마인드는 정말로 자신의 본체가 있는 항성계의 공간좌표를 알려주었다.

용우는 허탈해하며 중얼거렸다.

"와, 진짜 어이없는 놈들……."

9

용우의 계획은 HU를 제압, 정신적 연결 고리를 통해서 본체의 위치를 추적하는 것이었다.

리사는 실패했었지만, 자신과 이비연이라면 다를 것이라는 자신감이 있었다. 또 구세록과 왕의 권능이라는 근거도 있었다.

하지만 오버마인드는 용우 일행과의 전투가 지구에 피해를 입힐 것을 우려해서 자신의 본거지를 알려주었다.

오버마인드와의 전투를 끝낸 멤버 전원이 구세록의 정보공간에 모였다.

휴고가 혀를 내둘렀다.

"누가 외계인 아니랄까 봐 진짜 사고방식이 이상한 놈들이군."

"왜곡된 사랑의 끝판왕이네요."

유현애는 소름 끼친다는 듯 몸을 부르르 떨었다.

"어쩔 건가, 캡틴?"

차준혁의 물음에 용우가 눈살을 찌푸렸다.

구세록의 권능으로 확인해 보니 실제로 그곳에서 오버마인드의 존재가 확인되었다.

구세록의 탐색 능력은 경이적이었다. 일단 찾아내야 할 존재의 단서가 주어지고 나면 광활한 우주 저편에 있는 존재라도 찾아낼 수 있었다.

"31억 7천만 광년이라니… 이거 실화야?"

구세록이 산출한 물리적 거리 수치를 본 유현애가 입을 쩍 벌렸다.

31억 7천만 광년 저편에서 지구까지 찾아왔단 말인가?

지구와 그 정도로 떨어진 곳에 있었다니, 오버마인드가 수십만 년 동안 다른 지성체를 못 찾아내고 고립된 것도 이해가 갔다.

용우가 잠시 생각해 보고는 말했다.

"나랑 비연이만 가지. 나머지는 지구에서 놈의 흔적을 없애고, 지원이나 부탁해."

구세록이 지구 곳곳에 있는 오버 마인드의 흔적을 찾아낸다. 생체 조직과 정신파 패턴까지, 샘플이 충분히 확보된 이상 오버 마인드는 구세록의 탐색을 피할 길이 없었다.

차준혁이 물었다.

"괜찮겠어?"

"우리가 안 괜찮으면 지구도 안 괜찮은 거야."

"……."

그렇기는 했다.

이비연이 말했다.

"가자, 오빠."

두 사람은 오버마인드가 있는 항성계로 향했다.

$$*\qquad*\qquad*$$

물질세계와 정보세계를 자유자재로 넘나드는 서용우와 이비연에게 우주의 물리적 거리는 큰 장애가 되지 못한다.

그 광활함에 막막해지는 것은 실제로 이동할 때가 아니라 탐색할 때였고, 그 탐색 과정이 생략되면 31억 7천만 광년이라는 거리조차도 한순간에 넘어서 목적지에 도달할 수 있었다.

"여기서는 안 보이는군."

용우가 중얼거렸다.

공기가 존재하지 않는 별의 지표에 발 디디고 있었기에 소리로는 의사소통이 불가능하다. 하지만 용우와 이비연은 텔레파시를 실어 말했기에 굳이 말하는 습관 자체를 고칠 필요성을 느끼지 못했다.

뿐만 아니다. 두 사람은 우주 공간에서도 아무런 생존 문제를 겪지 못하고 있었다. 허공장을 약간 조정하는 것만으로도 신체를 위협하는 모든 환경적 요인으로부터 자신을 지킬 수 있기 때문이다.

"4억 킬로미터 넘게 떨어져 있다고는 해도 지금쯤은 보여야 할 것 같은데… 왜지?"

두 사람은 오버마인드가 알려준 좌표로 곧바로 이동하지는 않았다.

만약을 대비해서 그 좌표에서 4억 3천만 킬로미터 정도 떨어진 곳에 있는 다른 행성으로 이동한 채 상황을 살폈다.

4억 3천만 킬로미터는 지구와 화성의 거리가 가장 멀 때보다도 더 먼 거리였다. 오버마인드의 본거지 행성은 지름이 지구보다 1.7배나 크기 때문에, 방향과 위치를 확실하게 잡고 보면 이 거리에서도 콩알만 하게 보이기는 해야 정상이었다.

용우와 이비연이 멀리보기 스펠을 써서 그 위치를 살필 때였다.

⟨왔군…….⟩

소리를 전달할 대기가 없는 우주 공간에 거대한 정신파가 울려 퍼졌다.

⟨역시 여기까지 올 능력을 가진 존재였는가.⟩

우주의 물리적 거리가 장애가 되지 않는다. 그런 기준을 가진 존재는 우주적인 권능의 소유자일 수밖에 없었다.

용우, 이비연과 오버마인드는 4억 3천만 킬로미터 저편에서 서로를 인식하고 시간차 없는 대화를 나누고 있었다.

전파로는 불가능하지만, 텔레파시로는 가능한 일이었다. 상대를 인지하고 있다면 정신파는 물리적 거리를 초월해 상대에게 도달하니까.

"아하. 저래서였군."

용우가 왜 오버마인드의 행성이 육안으로 안 보였는지 알아채고 고개를 끄덕였다.

행성의 모습이 변하고 있었다.

행성 표면을 가득 채우고 있었던 새카만 어둠이 퍼져 나가면서 비로소 행성의 모습이 드러난다.

"대기는 있는 행성이었네, 저거."

행성 표면에 수백억 개체의 오버마인드 단말이 달라붙어서, 행성에 닿는 빛을 모조리 빨아들이고 있었던 것이다.

오버마인드 단말은 생물로서 당연히 갖춰야 할 디자인이 결여되어 있었다.

행성의 표면을 감싸고 있던 수백억 개체 모두가 정육면체의 검푸른 살덩어리였다. 무리에 따라서 크기의 차이가 있을 뿐, 외형에서 살아있는 존재라는 느낌이 드는 구석은 전혀 찾아볼 수가 없었다.

이비연이 중얼거렸다.

"저거 군단보다 더 위험할지도 모르겠는데? 숫자가 상상을 초월하는 수준이잖아."

"물리적으로야 그렇겠지만, 군단의 힘은 그것만이 아니었다는 점을 고려해야지."

"아, 하긴… 능력적인 부분으로 보면 결여된 게 많구나."

오버마인드는 물리적 규모에서는 군단과 비교도 안 될 정도로 압도적이다.

하지만 실제로 군단과 맞붙었다면 승패를 예측하기 어려웠을 것이다.

구세록의 규칙을 강요받을 때라면 오버마인드의 승산이 절대적이었겠지만, 그 제약이 풀린 상태였다면 상황이 전혀 달라진다.

오버마인드는 마력을 쓰며, 그 인지능력이 고차원적인 영역에 닿아 있지만 그럼에도 물리적 우주에 속박되었다는 약점을 가졌기 때문이다.

그에 비해 군단은 정보세계와 물질세계를 넘나들며, 시공간에 간섭하고 에너지를 자유자재로 변환시키는 고차원적인 권능을 가졌다.

"군단 놈들이 때리다가 지쳐서 나가떨어지는 그림이 그려지는데……."

군단이 압도적으로 유리한 고지를 차지하고, 우월한 권능으로 오버마인드를 난타할 것이다.

하지만 오버마인드는 군단의 백만대군이 초라해 보일 정도의 수적 우위를 지니고 있는 데다, 우주를 무대로 활동하는 강건함을 지녔다. 군단이 아무리 열심히 공격해도 오버마인드에게 정말 유의미한 수준의 타격을 입히기 어려울 것이다.

오버마인드 쪽에서도 군단이 정보세계로 빠져 버리면 싸우기가 난감하다. 인지할 수는 있지만 유의미한 타격을 가할 수가 없으니까. 군단이 물질세계에 병력을 현현한 상태로 때리다 지쳐서 실수할 때마다 하나둘씩 해치우는 정도가 고작일 텐데…….

이런 소모전 양상이 되면 결국 군단이 때리다 지쳐 나가떨어지지 않았을까?

'아니면 군단의 병력이 하나둘씩 포식당하면서, 오버마인드가 정보세계에 직접 간섭할 능력을 손에 넣었을 수도 있지.'

그랬다면 오버마인드는 지금과는 비교도 안 될 정도로 위험한 존재일 것이다.

"우리는 그런 꼴이 나지 말아야 할 텐데 말이지."

이비연이 투덜거렸다. 오버마인드의 군세가 그들이 보고 있던 행성에만 있는 게 아님을 알았기 때문이다.

지금까지 그들이 보던 곳은 이 항성계에서 가장 항성에 가까이 위치한 행성이었다.

그런데 오버마인드 세력은 그 행성 말고도 항성계의 다른 행성에, 수백억 개체씩 달라붙어 있었던 것이다.

"아, 현기증 나는 숫자다, 정말. 군단은 고작해야 백만대군이었는데 이건 무슨⋯⋯."

한숨을 쉬는 그녀의 손에 칠흑의 장검 한 자루가 소환되었다.

성좌의 무기 두 개와 군주 코어 세 개의 융합체─굉뢰(轟雷)였다.

"오랜만에 풀파워로 가볼까?"

이비연이 살짝 흥분한 기색으로 중얼거렸다.

그녀의 단발머리가 휘날리기 시작한다. 공기가 없는 우주 공간인데 마치 바람이라도 불어오는 것처럼.

4억 3천만 킬로미터 저편에서 오버마인드 군세가 전개하고 있었다.

그 전개 속도는 빨랐다. 물리적으로 가속하면서 이동하는 게 아니라 전 단말이 텔레포트로 목표 지점에 배치되었기 때문이다.

"지구 쪽, 준비 끝났어?"

〈벌써 쓸 건가?〉

이비연의 물음에 차준혁이 놀라서 물었다.

"지금 써도 괜찮을 것 같긴 한데… 아니, 한 번에 퍼붓는 게 낫겠지. 느긋하게 준비해."

이비연은 그렇게 말하고는 텔레포트했다.

천체와 천체 사이를 징검다리를 뛰듯이 텔레포트해서 9천만 킬로미터 거리까지 다가간다.

오버마인드 군세는 이미 포진을 마치고 전투태세로 들어가 있었다.

……!

순간 이비연이 있는 행성으로 정신파의 폭풍이 휘몰아쳤다.

860만 개체의 오버마인드 단말이 연동하면서 쏟아낸 텔레파시 공격이었다.

그 규모와 파괴력은 그야말로 전략급을 넘어 행성급이다. 지구에 직격했다면 전 인류의 정신이 파괴되었을 것이다.

뿐만 아니다.

쿠구구궁……!

초고밀도, 행성급 규모의 정신파가 작렬한 여파는 놀랍게도 물질에까지 영향을 끼쳤다.

정신파 폭풍의 궤도에 있던 소행성군이 박살 나고, 행성의 지표면이 거대한 대패로 깎아낸 것처럼 터져 나갔다. 전략핵 따위는 비교도 안 될 정도로 어마어마한 파괴력이었다.

"확실히……."

그런 공격이 작렬했음에도 이비연은 멀쩡했다.

"개체의 마력은 한계가 있지만, 연동이 장난이 아닌걸?"

⟨어떻게……?⟩

오버마인드가 당황했다.

별을 깎아내어 그 자전축을 어긋나게 했을 정도의 공격이다. 천체의 운행을 바꿀 정도의 공격에 직격당했는데도 아무렇지 않을 수가 있단 말인가?

이비연이 웃었다.

콰아아앙……!

우주 공간에는 소리가 없다.

하지만 우주 한복판에서 발생한 열과 충격이 퍼져 나가면서, 그 범위 안에 있던 존재를 두들겨 대는 진동을 느낄 수 있게 해주었다.

그녀가 굉뢰를 휘두르자 공간을 격하는 일격이 가장 가까운 곳에 있던 오버마인드 단말 하나를 베어버렸다.

단말 중에서는 작은 편이었지만 그래도 크기가 20미터에 달하는 괴물인데도 일격에 두 동강 나고, 그 단면으로부터 발생한 초고열이 주변을 휩쓸면서 수십 개체를 집어삼켰다.

공격은 그 한 번으로 그치지 않았다.

용우도 궁극의 융합체—네뷸라를 휘둘러서 오버마인드 단말들을 베어 넘겼다. 공간을 뛰어넘는 일격이 집결해 있는 오버마인드 단말들 사이를 가르면서 대폭발을 일으켰고, 그럴 때마다 적어도 수십 개체의 오버마인드 단말이 파괴되었다.

용우와 이비연은 완전히 반대편으로 갈라져서 행성의 양쪽을 향해 접근했다.

그러면서 빠르게 오버마인드를 분석하고 있었다.

〈지구의 단말과 똑같아. 결과적으로 공간에 간섭하지만, 공간을 직접 조작하는 능력은 없어.〉

이비연이 정신파 폭풍을 방어한 방법은 간단했다.

육체를 정보세계의 존재로 전환시켜 물질세계에서 탈출했다.

정신파 폭풍의 위력이 워낙 강해서 정보세계에까지 영향력이 닿기는 했다. 하지만 그 위력은 1,000분의 1 미만이었기에 이비연은 손짓 한 번으로 그것을 막아낼 수 있었다.

하지만 이것은 이비연이기에 가능한 곡예였다. 그녀 역시 구세록과 왕의 권능 양쪽을 쓸 수 있는 자였으니까.

서용우와 이비연, 이 둘이야말로 군단이 꿈꾸던 진정한 왕을 초월한 권능의 소유자였다.

〈정보세계에 대한 간섭도 마찬가지. 정보세계를 인식하고 정신파로 간섭할 수 있지만, 직접 정보세계로 침투할 수는 없어. 꽤 낭비가 심한 방식으로밖에 간섭 못 한다고 봐야겠지.〉

〈하지만 저 파괴력은 주의할 필요가 있군. 잘못 맞으면 위험해.〉

〈무엇보다 수가 너무 많아.〉

행성의 표면을 완전히 감싸 버릴 정도의 숫자였다.

용우와 이비연이 쉬지 않고 공격해서, 초당 수십 개체씩 파괴하고 있는데도 전혀 티가 안 날 정도로 많았다.

그리고 그만한 숫자가 소름 끼칠 정도로 유기적인 움직임을 보였다.

'물고기들 뺨치는군!'

작은 물고기 수천수만 마리가 무리를 지어 움직이는 것은 자연의 경이다. 그 정밀성은 인간은 도저히 따라 할 수 없는 수준이다.

오버마인드는 그 이상의 움직임을 보여주고 있었다.

70만 개체가 일제히 텔레포트해서 용우를 포위하는 최적의 포진으로 배치된다.

군사학적 관점으로 보면 도저히 대책이 안 나오는 짓이었다. 규모가 얼마가 되건 한순간에 최적의 포진을 짤 수 있다니 이런 말도 안 되는 병력 운용이 있단 말인가?

당연히 거쳐야 할 중간 과정을 생략해 버린 오버마인드 단말 70만 개체가 텔레포트 재밍 기술을 걸었다.

'음……!'

그 압력은 용우조차 텔레포트가 불가능할 정도였다.

직후 70만 개체의 오버마인드 단말이 일제 사격을 퍼부었다.

콰아아아앙……!

한발 한발이 전술병기급의 파괴력을 자랑하는 섬광 수만 발이 용우를 포위한 채로 쏟아졌다.

용우가 디디고 있던 소행성이 증발하고 대폭발이 우주 공간을 뒤흔들었다.

그런 것처럼 보였다.

〈음?〉

오버마인드가 놀랐다.

터져 나가던 열파와 충격파가 일정 권역에 갇힌 채 나가지 못하고 있었다.

공간왜곡장이었다.

거대한 공간왜곡장이 폭발로 인해 발생한 에너지를 모조리 한 점으로 집중시킨다.

―에너지 컨버전!

전략핵 수백 발에 해당하는 에너지가 모조리 용우가 원하는 형질, 막대한 빛에너지로 변환되었다.

―광휘의 군단!

그리고 무수한 빛의 구체가 나타났다.

눈이 멀어버릴 듯 강렬한 빛으로 이루어진 구체 수천 개체가 관성을 무시한 움직임으로 오버마인드 단말들에게 돌격했다.

콰과과과과광……!

그리고 그대로 자폭, 화려한 섬광이 우주 공간을 수놓았다.

"자릿수가 변하질 않는군……."

용우가 질렸다는 듯 중얼거렸다.

지구에서 벌어진 전투였다면 대군을 몰살시키고 전쟁을 종식했을 타격이다. 그러나 오버마인드에게 있어서는 손톱 끝이 살짝 갈린 정도에 지나지 않았다.

지금 이 순간에도 구세록의 권능은 오버마인드를 분석하고 있었다.

실시간으로 총 개체 수를 파악하고 알려주고 있는데, 그 숫자가 무려 1,373억 117만 이상이다. 용우와 이비연이 파괴한 개체는 겨우 10만을 넘었을 뿐이었다.

〈탐색전 한답시고 이렇게 찔끔찔끔 싸우다가는 정신적으로

지쳐서 나가떨어지겠어.〉

이비연이 투덜거렸다.

〈그래도 한 가지는 분명하네. 이놈들, 수가 실시간으로 불어나지는 않아.〉

〈수를 불리기 위해 유기 생명체를 포식하는 행위가 필요한 건지, 아니면 존재 유지 비용 때문인지 모르겠지만…….〉

무작정 수를 불린다고 좋은 게 아닐 것이다. 지구 인류가 늘 식량이나 자원 문제를 이야기하듯, 오버마인드도 단말의 수가 늘어날수록 존재 유지 비용을 걱정할 수밖에 없으리라.

아마도 지금까지는 행성의 표면을 덮은 채 태양빛을 흡수하는 것으로 버티고 있었던 것 같았다.

〈어쨌든 우리 입장에서는 지금 포착된 놈들만 없애면 되니까 좋은 일…….〉

거기까지 말하던 용우가 흠칫했다.

〈이런 젠장.〉

구세록이 포착한 오버마인드 단말의 숫자가 실시간으로 폭증하고 있었다.

〈다른 항성계에도 뿌려놨었냐?〉

구세록이 각각 16만 광년, 172만 광년 저편의 항성계에 존재하는 오버마인드 세력을 찾아냈다.

오버마인드의 텔레파시 네트워크를 추적해 본 결과 그 이상은 없는 것 같아서 다행이었지만…….

〈2,735억 7천만…….〉

정신이 아득해지는 수치였다.

〈스케일이 큰 것도 정도가 있지, 이건 해도 해도 너무하잖아. 빌어먹을 코즈믹 호러 새끼.〉

10

이비연이 탄식했다.

〈세상에. 칼질하다 늙어버리겠어. 근데 오빠, 이놈들 영혼 수확 가능할까?〉

〈될 것 같은데.〉

지금까지 상당수의 오버마인드 단말을 파괴했음에도 영혼을 수확하지 못했다.

그럼에도 용우는 영혼 수확이 가능하리라 여기고 있었다.

〈단말이 파괴될 때마다 영혼으로 추정되는 것들이 놈들의 정신 네트워크를 타고 다른 곳으로 이동하고 있어.〉

영혼이란 생명체가 살아가면서 축적한 기억과·의념이 구성한 일종의 정신체.

오버마인드는 아득한 우주 공간을 뛰어넘는 정신 네트워크를 이용, 강력한 영적 인력으로 영혼을 붙잡아두고 있었다.

〈아마 단말 개체 수에 따라서 수용할 수 있는 영혼에 한계가 있겠지.〉

〈결국 다 죽여 버리면, 영혼을 다 수확할 수 있다는 거네.〉

〈그래.〉

오버마인드 자체의 전투 능력만 보면 충분히 상대할 만했다. 시공간에 간섭하고 에너지를 자유자재로 변환시키는 스펠의 힘은 전투적 측면에서 오버마인드가 다루는 권능보다 우위에 있다.

오버마인드는 마력을 쓰며, 그 인지능력이 고차원적인 영역에 닿아 있지만, 그럼에도 물리적 우주에 속박되었다는 약점을 가졌다.

하지만 문제는 물리적 우주 안에서는 정말 우주적인 재앙이라는 점이다.

아무리 용우와 이비연이 고차원적인 권능을 다룬다 하더라도 그것은 질적인 문제다. 저 우주적 스케일의 존재를 섬멸하는 것은 양적인 문제인데, 저토록 거대한 것으로도 모자라서 허공장까지 가진 놈들을 섬멸하는 것은 얼마나 말도 안 되는 일인가?

〈다 필요 없고 그냥 우리 태양계로 전군 돌격시켜서 들이받으면 모든 게 끝나겠지.〉

오버마인드가 너 죽고 나 죽자는 식으로 공격해 오면 용우도 대책이 없었다.

지구로 직접 돌격하는 것은 막을 수 있었다.

하지만 달을 파괴한다면?

거기까지도 어떻게든 막을 수 있을 것이다.

그럼 2,735억 7천만 개체가 일제히 태양계 전역을 타격한다면?

결국 태양계를 이루는 천체들이 파괴되거나, 공전 궤도가 바뀌면서 태양계 전역의 균형이 바뀐다. 그리고 그 영향만으로도 연약한 지구 인류가 멸망하기에는 충분했다.

〈진심으로 지구 인류를 사랑하는 괴물이라 다행인데?〉

〈아, 사랑. 빌어먹을 사랑…… 정말로 사랑만이 인류를 구원하는군.〉

진저리를 친 용우가 양손 대검을 들어 올렸다. 궁극의 융합체—네뷸라가 눈부신 빛을 발하기 시작했다.

〈지구 쪽, 준비는 끝났어?〉

〈세팅 끝났다. 발사할까?〉

〈발사해.〉

그리고 10초 후, 차준혁이 말했다.

〈1차분 240발 일제 발사했다.〉

동시에 지구의 동료들이 고속으로 이동하는 존재 240개의 좌표를 전송해 왔다.

용우와 이비연은 곧바로 워프 게이트를 열고, 그 좌표의 존재들을 오버마인드의 세력 한복판으로 이동시켰다.

그곳에서 튀어나온 것은 붉은 섬광에 휘감긴 미사일들이었다. 초열투창 스펠로 발사되어 극초음속으로 날아가던 미사일들이 이동된 것이다.

추진제에서 아무것도 분사하지 않는 대신, 그곳에 폭발용 스펠이 세팅된 대량의 마력석이 뭉쳐져 있었다.

〈뭐지?〉

오버마인드가 놀라는 순간, 미사일의 뇌관이 작동하면서 폭발했다. 그리고 그 폭발에 반응하도록 세팅된 스펠이 작동하면서 마력석도 폭발을 일으켰다.

콰아아아아아아……!

핵미사일 240발이 일제히 폭발하면서 우주 공간을 뒤흔들었다.

〈처분도 곤란한 구형 핵무기도 처리하고, 인류의 적도 타격하고. 이게 바로 일석이조지.〉

그것은 레이저 수소폭탄이 실전 투입되기 전, 인류가 꾸역꾸역 생산해서 쌓아둔 구형 핵무기들이었다.

인류 입장에서는 핵폐기물과 더불어 정말 처치 곤란한 재앙덩어리라고 할 수 있다. 그런데 그것을 지구에서 31억 7천만 광년 떨어진 곳에서 터뜨린 것이다.

초열투창으로 발사해서 마력을 휘감고, 대량의 마력석을 세팅해서 핵무기의 폭발력에 마력을 덧씌우는 과정을 거쳤다. 이 정도면 핵무기의 파괴력 중 절반 정도는 오버마인드 단말들에게 먹힐 것이다.

〈일단 2차분도 세팅해 줘.〉

〈알겠다. 2,735억이라니 지구상의 핵무기를 다 써봤자 몇이나 줄일 수 있을지 모르겠군…….〉

차준혁이 질렸다는 듯 중얼거렸다.

용우가 말했다.

〈그건 걱정하지 마.〉

그가 공간왜곡장을 펼쳐서 방금 전의 공격으로 발생한 에너지를 한곳으로 집결시켰다.

〈같은 수법이 계속 통할 것 같은가?〉

하지만 오버마인드도 가만히 보고 있지 않았다. 이미 용우의 수법을 보고 학습했기에 70만 개체와 또 70만 개체, 그리고 또 70만 개체를 각각 다른 지점에 포진시킨 다음 시간차 공격을 퍼부었다.

……!

정신파 폭풍이었다.

한 행성 문명을 멸망시키고도 남을 정신파 폭풍이 우주 공간을 집어삼켰다.

"고작 그 정도로?"

그러나 용우는 코웃음을 쳤다.

그가 네뷸라를 한번 휘두르자 에너지 칼날이 한없이 광속에 가까운 속도로 뻗어나갔다.

그리고 그 궤도에 걸려든 정신파 폭풍이 종잇장처럼 찢어지는 게 아닌가?

〈이럴 수가?〉

용우가 발한 일격은, 거기에 실린 에너지량만 보면 정신파 폭풍에 비할 바가 못 된다.

하지만 초고밀도로 집중된 데다가 정신파를 흩어놓는, 텔레파시의 정보를 지워 버리는 힘이 실려 있어서 정신파 폭풍을 무력화해 버렸다.

"너야말로 처음에도 재미 못 본 수법을 두 번째로 써먹으면 뭐 달라질 거 같냐?"

용우가 코웃음을 치고는 말했다.

"그래도 한 가지는 알겠다. 지구에 보낸 단말은 정말로 공들여서 만든 거였군."

지구에서 싸웠던 무력 제압 단말은 하나하나가 9등급 몬스터를 우습게 때려잡을 수 있는 수준이었다.

하지만 모든 오버마인드 단말이 그 수준으로 강력한 것은 아니다.

눈에 띄는 대형 단말들은 그 이상의 강력함을 지녔지만, 가장 수가 많은 작은 단말들은 4등급 몬스터보다도 못한 수준이었다.

'어차피 수십 수백만 단위로 연동해서 거대한 힘을 내긴 하지만.'

그럼에도 하나하나의 힘이 약하다는 것은, 용우 입장에서는 충분히 찔러볼 만한 약점이었다.

'그렇게 연동해서 내는 힘은 정밀하거나 고밀도로 효율화된 게 아니라, 그저 우주적 재해를 흩뿌릴 뿐.'

용우처럼 인간 사이즈이면서 우주적 권능을 가진 존재와 싸울 때는 효율성이 크게 떨어진다.

—염마용참격!

용우가 공간왜곡장으로 집중한 핵폭발 에너지로 에너지 칼날을 형성해서 뻗어냈다. 에너지 칼날이 500킬로미터를 넘는 길이로 뻗어나가는 광경은 거대한 혜성이 우주 공간을 내달리는 것 같았다.

그 검이 휘둘러지자 10만 개체를 넘는 오버마인드 단말이 터져 나간다.

—보이드 바운드!

그리고 그 궤적이 사라지기 전에, 그 속에서 무수한 공간 붕괴가 일어나면서 연쇄 폭발이 일어났다.

—끝없는 미궁!

용우는 거대한 공간왜곡장을 펼쳐 그 폭발 에너지, 그리고 찢어발겨진 오버마인드 단말을 구성하던 물질을 한 지점으로 집결시켰다.

뿐만 아니다.

쿠구궁……!

오버마인드의 본거지 행성 주변을 도는 3개의 위성, 지구의 달보다는 훨씬 작은 천체가 차례차례 파괴되었다.

〈달을? 무슨 생각이지?〉

오버마인드가 의아해했다. 3개의 위성에는 오버마인드 단말이 전혀 배치되어 있지 않았기 때문이다.

달보다도 훨씬 작다고는 하지만 천체를 부수는 행위에는 엄청난 에너지가 필요했다. 이 상황에서 용우와 이비연이 오버마인드를 공격하는 대신 위성을 부순 이유를 알 수 없었다.

〈우리는 지구 인류와는 다르다. 위성을 파괴해 봤자 우리에게 타격을 줄 수는 없음을 모르는가?〉

만약 달이 파괴된다면 지구 중력의 밸런스가 요동칠 것이고, 그 여파는 지구 인류에게는 멸망을 걱정해야 할 재앙이리라.

그러나 오버마인드는 모든 개체가 우주여행이 가능한 우주 생명체였다. 위성이 파괴된 여파 정도로는 생존을 위협받지 않는다.

"나도 알아. 지금 너희들 하는 짓을 다 봤는데 설마 이걸로 너희가 죽기를 기대하겠냐?"

용우가 심드렁하게 말했다.

공간왜곡장에 삼켜진 에너지는 지구 문명을 몇 번 멸망시키고도 남을 무지막지한 양이다. 또한 물질의 질량 역시 지구 인류 전원, 그리고 그들이 이룩한 문명을 이루는 물질의 질량 총합을 넘어섰다.

〈땔감 추가로 투입할게!〉

용우와 행성 반대편에 있던 이비연은 소행성군을 포착, 워프 게이트를 열어서 용우의 공간왜곡장 속으로 던져 넣었다.

거대한 질량의 물질이 한 지점에 집결하고, 공간왜곡장에 갇혀 한 방향으로 진행하는 것만을 강요받는 에너지가 더해지면서 최악의 현상이 벌어지기 시작했다.

바로 중력붕괴였다.

〈중력붕괴? 고작 이것만으로?〉

오버마인드가 놀랐다. 중력붕괴는 이렇게 쉽게 일어나는 현상이 아니다. 지구의 고학력자들을 통해 학문적 지식을 얻었기에 더욱 그 사실에 놀랄 수밖에 없었다.

경계심을 느낀 오버마인드가 용우를 향해 공격을 퍼부었다.

텔레파시 재밍으로 10억 킬로미터 권역을 장악하고 별조차 부수는 공격을 퍼붓지만, 소용없다.

용우는 물질세계와 정보세계를 자유자재로 넘나들면서 오버마인드의 공격을 무력화했다. 그리고 용우를 핀포인트로 때리지 못하고 광역으로 흩뿌려진 파괴 에너지는 모조리 공간왜곡장으로 빨려 들어갔다.

분명 오버마인드는 물리적 파괴 능력에 있어서만은 용우와 이비연조차 능가한다. 그러나 마력을 다루는 권능이 고차원적인 영역에 달하지 못했다는 것은 이 두 사람을 상대하기에는 너무나 치명적인 약점이었다.

"너는 우리가 상상도 못 할 정도로 오랫동안 우주를 돌아다녔으니 몇 번이나 본 적이 있겠지."

용우는 중력붕괴를 일으키는 공간왜곡장의 중심부에 대량의 마력을 퍼부으며 금단의 스펠을 발동했다.

"오버마인드, 한 가지만은 너한테 감사한다. 우리 태양계에서는 이런 짓도 못하거든. 네 본거지로 불러줘서 고맙다. 다른 건 몰라도 네 인류에 대한 사랑만큼은 인정해 줄게. 그러니까……."

용우의 눈이 형형하게 빛났다.

"그 사랑 갖고 꺼져."

종말급 스펠이란 한 문명에 종말을 가져올 수 있는 힘을 가진 스펠.

지구 기준으로 봐도 그것은 최소한 전략 병기급의 재앙이다.

그런데 종말급으로 분류되는 스펠은 한두 가지가 아니었다.

당연히 상황에 따라서 그 파괴력과 쓸모가 달랐고……

―공허의 입!

그 위험성 또한 여러 단계로 나뉬었다.

이것은 종말의 군주도, 최고위급 초월권족도 단신으로는 사용할 수 없었던 권능의 산물.

문명이 아니라 세계 그 자체를 파멸시킬 수 있는 힘.

"사상의 지평선 관광이나 해라."

오버마인드의 본거지 행성 앞에 발생한 블랙홀이 모든 것을 집어삼키기 시작했다.

〈이, 이건……!〉

오버마인드가 경악했다.

지성을 획득하기 전, 수억 년 동안이나 우주를 헤매고 다녔기에 알고 있었다. 저것은 우주에서 결코 만나서는 안 되는 최악의 재앙이다!

그런데 그 재앙이 자신의 본거지 별에서 채 1만 킬로미터도 떨어지지 않은 곳에 나타났다. 우주 곳곳에서 무수히 발생하지만, 얼마 버티지 못하고 소멸하는 마이크로 블랙홀과 달리 별을 집어삼키다 못해 항성계 전부를 집어삼킬 수도 있는 크기였다.

〈이건… 이런, 건… 불가, 능, 해……!〉

오버마인드가 절규했다.

이런 크기의 블랙홀은 있을 수 없다.

용우가 공간왜곡장으로 그러모은 물질의 질량, 그리고 에너지는 어마어마했다. 하지만 블랙홀을 형성할 정도는 아니었다.

"그건 그렇지. 인공지능한테 계산시켰더니 말도 안 된다고는 하더라. 지구인 고학력자만 골라서 써먹더니 똑똑한데?"

용우가 코웃음을 쳤다.

"근데 그럼 네가 하는 짓은 말이 되는 것 같냐? 애당초 물리법칙상으로는 불가능한 걸 가능하게 하는 게 '권능'이라는 거란다."

마력은 세계의 정보를 조작하여 현상을 일으킬 수 있는 힘.

그렇기에 지구 인류가 구축한 과학 지식으로는 불가능한 일도 얼마든지 일으킬 수 있었다.

〈크아, 악……!〉

오로지 정신파만이 우주 공간에 메아리치는 가운데, 모든 물질이 블랙홀로 수렴되어 간다.

우주에 전개했던 수백억 개체의 오버마인드 단말 또한 예외가 아니었다.

11

용우와 이비연은 블랙홀 발생 직전에 오버마인드의 항성계를 탈출, 정보세계에서 구세록의 힘으로 상황을 관측하고 있었다.

"엄청난 속도로 분쇄되고 있네."

이비연이 혀를 내둘렀다.

처음 용우가 만들어낸 블랙홀의 지름은 고작 1킬로미터 정도였다. 하지만 주변에 있던 수백억 개체의 오버마인드 단말과 소행성, 그리고 행성까지 집어삼키면서 계속해서 커져가고 있었다.

저 항성계에 존재하던, 1,373억 개체를 넘었던 오버마인드 단말은 순식간에 1,100억 개체 미만으로 줄어들었다. 저대로 가면 단번에 700억 미만까지 떨어질 것이다.

"행성을 잡아먹는 선에서 블랙홀이 더 확장되지 못하고 안정되겠지. 그다음에는 블랙홀의 증발을 가속시켜서……."

용우가 중얼거릴 때였다.

"음?"

갑자기 오버마인드 단말이 소멸하는 속도가 느려지기 시작했다.

"설마, 저놈……."

용우는 무슨 일이 벌어지고 있는지 짐작하고 눈을 크게 떴다.

어마어마한 압력이 발생, 오버마인드의 군세를 감싸고 블랙홀의 초고중력에 저항하고 있었다.

"지금 저거, 염동력으로 블랙홀을 막고 있는 거야?"

이비연이 입을 쩍 벌렸다.

고차원적인 권능을 갖지 못한 오버마인드는 블랙홀을 막아내기 위해 말도 안 되게 무식한 방법을 선택했다.

저 항성계에 존재하는 단말뿐만 아니라 다른 항성계에 존재하는 모든 단말의 힘을 하나로 모아서 발한 염동력으로 블랙홀의 초고중력에 저항하는 것이다.

"마력을 가진 2,500억 개체가 연동하면 저럴 수도 있는 건가. 와, 이거 진짜 힘으로는 도저히 안 되겠는데? 감당 못 할 한 방을 기습으로 던져줬기에 망정이지……."

행성을 집어삼키며 확장하던 블랙홀이, 오버마인드의 염동력에 찢겨 나가고 있었다.

그야말로 별을 찢어발기는 완력이 아닌가?

"지금 좀 아프게 만들어놔야겠어."

오버마인드는 모든 힘을 블랙홀을 중화하는 데 집중하고 있었다.

블랙홀을 해체하는 것으로 끝이 아니다. 블랙홀을 해체하는 순간, 그 안에 갇혀 있던 에너지가 해방되는데 이것은 작은 신성(新星) 폭발과도 같다.

그 폭발에 몰살당하지 않으려면 오버마인드는 염동력을 한계까지 쥐어 짜내야 할 터.

"전력을 다해서 하나 막고 있는데……."

즉 지금의 오버마인드는 외부에서 날아드는 공격을 막아낼 도리가 없다.

"하나 더 늘어나면 어떨까?"

오버마인드가 블랙홀을 막고 있는 항성계에서 16만 광년 떨어진 항성계에 용우의 모습이 나타났다.

오버마인드의 또 다른 근거지 항성계였다.

―공허의 입!

수백억 개체의 오버마인드 단말이 빼곡히 표면을 덮고 있는 행성의 지표에서 불과 1만 킬로미터 떨어진 지점에 작은 블랙홀이 발생했다.

용우가 스펠로 일으킨 폭발 에너지에 이 항성계의 위성들을 부숴서 집결시키고, 거기에 소행성들까지 던져 넣어 발생시킨 블랙홀이 오버마인드를 급습했다.

〈이, 이런……!〉

오버마인드는 첫 번째 블랙홀을 해체하고, 그로 인한 폭발을 한 방향으로 집중시켜서 항성계 밖으로 날려 보내는 작업을 수행하고 있었다.

그런데 용우가 그 틈을 찔러 다른 항성계의 물질을 그러모아 두 번째 블랙홀을 만들어낸 것이다.

"말했잖아."

용우는 곧바로 항성계를 이탈하며 말했다.

"내가 너의 코즈믹 호러가 되어주겠다고."

〈너는, 대체 무엇이, 냐……?〉

오버마인드는 믿을 수 없다는 듯 물었다.

그가 본 우주의 그 어떤 존재도 이토록 무시무시하지 않았다.

실로 오랜만에 오버마인드는 한 가지 감정을 느끼고 있었다.

자신의 생존이 위협받는 상황에서 느끼는, 절박한 공포였다.

"너희들을 관측한 놈들이 도달하고 싶었던 존재라고 할까?"

〈지구인일 리가 없다. 각각 독립된 개체인 지구인이 이런 힘을 가질 수 있을 리가 없어……!〉

"내가 지구인이 아니면 뭘로 보이냐?"

〈우리가 모르는 외계 존재… 아니…….〉

오버마인드는 생존을 위해 안간힘을 쓰면서도 용우에 대한 관심을 끊지 못했다. 그 호기심이 그토록 두려워하던 지성의 상실을 막는 방벽이라도 되는 것처럼.

〈알겠다. 네 정체를!〉

"내 정체를 알겠다고? 뭐라고 생각하는데?"

〈신(神)!〉

"뭐?"

〈네가 바로 인류가 그토록 갈구한 신이라는 존재로구나.〉

"……."

용우는 너무 어이가 없는 나머지 말문이 막혀 버렸다.

〈지구 인류는 모두가 신이라는 상상의 존재를 믿고 있었지. 종교, 신화, 픽션… 수없이 많은 형태로 신의 존재를 그리지만, 그 존재에 대해서는 주장이 있을 뿐, 실존이 증명된 바는 없었다.〉

오버마인드는 그 사실을 흥미로우면서도 의아하게 생각했다.

〈우리는 어쩌면, 우리야말로 지구 인류가 갈망하던 신이라는 이미지에 합치되는 존재일지도 모른다고 여겼지.〉

그리고 자신들과의 융합이야말로 인간이 바라는 '신의 품에 안기는 것'과 같을지도 모른다고 생각했다.

"…그걸 그렇게도 해석할 수 있군? 하긴 꿈보다 해몽이지."

원래 신화적 개념이라는 게 귀에 걸면 귀걸이, 코에 코걸이 아니던가? 그 모호함으로부터 비롯된 해석의 다양성이야말로 인류 문화의 매력적인 부분이다.

'근데 그 짓을 인류를 포식자의 사랑으로 바라보는 에일리언이 하니 진짜……'

실로 소름 끼치는 발상이 아닌가?

⟨하지만 아니었군.⟩

⟨우리가 틀렸어…….⟩

⟨우리는 지구 인류의 신이 아니었다.⟩

⟨그들에게는…….⟩

⟨그들에게는 정말로 신이라는 존재가 있었던 거로군.⟩

오버마인드는 자신의 착각(?)을 부끄러워하는 것 같았다.

⟨지구 인류의 신화에서는 신이 인격신으로 그려지는 경우가 많았지.⟩

⟨과장과 상상의 결과물이라고 여겼다.⟩

⟨하지만 우리가 틀렸다.⟩

⟨정말로 있었군.⟩

⟨지구인의 모습을 하고, 그들과 같은 정신을 갖고…….⟩

⟨지구 인류를 보듬어 살피는 신이!⟩

오버마인드는 웃고 있었다. 절망과 환희, 양극단에 위치한 두 가지 감정이 하나로 섞여서 우주 공간에 퍼져 나갔다.

〈우리는······.〉

〈우리가 발견한 것이다.〉

〈지구 인류가 그토록 갈망하던 존재를!〉

〈작고 가련한 인간, 그들의 힘겨운 삶을 지탱해 주는 기둥을!〉

용우는 혼란에 빠졌다. 도통 오버마인드의 심리 상태를 이해할 수 없었다.

절망하는 거야 당연했다. 하지만 별조차 멸하는 우주적 스케일의 공격에 맞고 생존이 위협받는 상황인데 대체 왜 좋아하는 것인가?

〈지구 인류는 구원받을 수 있었다!〉

〈그들은 돌봐주는 이 없는 미아가 아니었어.〉

〈그렇다면······.〉

오버마인드는 격정에 몸을 떨었다.

이 순간에도 그들은 죽어간다. 하나의 블랙홀을 해체하고, 그 여파를 막아내는 동안 또 다른 블랙홀에 공격당하면서 총 개체 수가 2,200억 미만까지 떨어졌다.

그러나 계속해서 자신들을 죽여가는 블랙홀을 막는 것보다도 용우의 정체에 집중하는 것 같았다.

'확실히 획일적이군.'

용우는 왜 오버마인드가 지구 인류의 정신을 갈망했는지 알 것 같았다.

2,200억에 달하는 개체가 존재하고, 그만큼은 아니라 해도 다수의 자아를 가졌는데 다양성이 결여되어 있다.

생존이 위협받는 상황인데도 용우라는 강렬한 자극을 발견하자 호기심에 집착하고 있다.

심지어 그게 공감의 결과물, 말하자면 정보가 전파되면서 일어난 사회현상 같은 게 아니다. 그냥 오버마인드의 무수한 자아들이 제각각 용우를 보고 반응하는데 그 방향성이 거의 비슷한 것이다.

모두가 같은 곳만을 바라보는 세상은 이상하다. 모두가 오른손을 들 때도 누군가는 왼손을 드는 것이 정상적인 세상이다.

지구 인류에게는 그렇다. 하지만 오버마인드에게는 아니다.

게다가 오버마인드의 정신은 너무나 거대하다.

지구 인류와는 비교도 안 될 정도로 거대하기에 섬세함이 부족하다. 개별 자아의 반응이 조금씩 차이나는 것만으로는 다양성으로 연결되지 않는다.

예를 들어 지구 인류의 경우 파충류를 보고 혐오스럽다고 생각하는 사람이 있는가 하면 귀엽다고 생각하는 사람도 있다. 무섭다고 생각하는 사람이 있는가 하면 별 감정을 느끼지 못하는 사람도 있다······.

크게 분류해도 그 정도고, 각각의 감정 분류 안에서도 반응이 천차만별로 나뉜다. 그리고 약간의 차이만으로도 나와 상대가 다름을 인지할 수가 있다.

그런데 오버마인드의 정신은 그렇게 섬세하게 개성을 빚어내는 능력이 없다.

하지만 그렇기에 시공간을 초월하는 연결성을 가질 수 있는 것이다. 육체만이 아니라 정신까지도 동일한 규격성에 갇혀 있기 때문에.

'지금 반응도 아마 지구인을 상당수 포식하고, 그들과 연결된 채로 정신 활동을 관찰한 영향이 있지 않을까?'

오버마인드는 지구 인류의 정신을 '학습'했다. 지금의 반응은 그 학습의 결과이리라.

'어쩌면 놈이 목표로 하던 지구 인류와의 완전한 융합을 이룬다면, 오히려 약해질지도 모르겠군.'

분명 정신적 엔트로피에 저항하는 힘은 더 강해질 것이다.

하지만 지금 오버마인드가 보여주는 강력함, 그 원천이라고 할 수 있는 연결성은 약화될지도 모른다.

용우는 그렇게 추측했다.

〈인류의 신이여.〉

그 말에 용우가 작게 한숨을 쉬었다.

"내가 여태까지 그렇게나 인류의 신이 되지 않겠다고, 그게 내게도 인류에게도 좋은 일이라고 말해왔는데……."

그런데 외계 존재에게 이런 소리를 들을 줄이야.

〈네 존재가 두렵다.〉

〈네 존재를 원한다.〉

〈우리 앞에 나타나 준 것에 감사한다.〉

〈우리 앞에 나타나 준 것을 원망한다.〉

〈지구 인류의 갈망에 응하지 않았던 것처럼……〉

〈끝끝내 나타나지 않았으면 좋았을 것을.〉

〈끝끝내 나타나지 않는 길을 선택하지 않아 다행이다.〉

오버마인드는 혼란의 한복판에 내던져진 것 같았다.

절망과 환희가 교차한다.

양극단의 감정이 우주 공간을 내달리고 있다.

〈지구 인류의 신, 너를 손에 넣겠다. 우리는 너와 달리 절망하는 자를 버려두지 않을 것이다. 온 세상에서 절망과 슬픔을 지우고, 지구 인류에게 신의 실존을 알려주리라.〉

오버마인드가 전의를 불사른다. 이미 천억 개체가 죽어나가서 전투 능력이 대폭 깎였음에도 더욱 강한 열망으로 용우에게 맞서고 있었다.

〈지구 인류는 진정한 구원을 얻을 것이다. 우리와 하나가 됨으로써, 우리와 지구 인류 모두 보다 고차원적인 존재로 거듭나겠지. 그때가 되면 더 이상 고독을 두려워하지 않는 우주의 지배자가 탄생할 것이다……!〉

"정말 한결같은 놈이군."

용우가 질렸다는 듯 고개를 저었다.

"하지만 오버마인드, 이제 와서 투지를 불태워 봤자 늦었다. 승패는 이미 갈려 있었어. 정리하는 데 시간이 걸릴 뿐이지."

용우의 의식이 광활한 우주 공간 저편으로 향했다.

오버마인드의 의식이 용우에게 집중된 사이 이비연도 움직이고 있었다.

—오버 커넥트!

그녀는 우주 공간에 거대한 워프 게이트를 열었다.

그 지점은 바로 오버마인드가 한 방향으로 집중시켜서 날려보낸, 해체된 블랙홀에서 쏟아져 나온 폭발 에너지와 물질들의 진행 궤도였다.

그 진행 방향에 있는 모든 것을 파괴하며 수십 광년 저편까지 도달했을 우주적 재앙이 워프 게이트로 빨려 들어갔다.

그리고 워프 게이트의 반대편, 172만 광년 저편에 있는 오버마인드의 행성을 직격했다.

이것은 단지 이비연의 힘이 강대하기 때문에 할 수 있는 일이 아니다. 구세록의 권능이 그녀의 힘을 쓸 방법을 뒷받침해 주기에 가능한 것이다.

〈크아아아악……!〉

오버마인드가 비명을 질렀다.

수백, 수천만의 단말이 그 공격에 증발해 갔다. 수천억 규모를 자랑하는 오버마인드도 별을 부수는 공격에 난타당하자 파멸을 피할 수 없었다.

—광세(光世)의 별!

용우가 행성을 집어삼킨 블랙홀을 매개로 또 다른 종말급 스펠을 발동했다.

별을 집어삼킨 블랙홀이 해체되면서, 그 안에 갇혀 있던 무지막지한 에너지가 일순간에 해방된다.

하지만 그 직전, 블랙홀이 소실되었다.

……!

그리고 172만 광년 저편, 오버마인드 세력이 있는 또 다른 항성계에 나타나서 폭발했다.

블랙홀 발생에서 이어지는 신성 폭발.

개체 수가 2,000억 미만으로 떨어진 오버마인드는 그 공격을 막아낼 수가 없었다.

〈아아……!〉

〈아아아아아아악!〉

오버마인드의 비명이 우주에 메아리쳤다.

"군단이 우리에게 패한 것을 안타까워해라. 만약 우리가 군단에 패했다면, 너희들은 모든 걸 가질 수 있었을지도 모르지."

용우는 우주에 태어나 수억 년, 어쩌면 수십억 년 만에 처음으로 종(種)의 파멸로 떨어지고 있는 오버마인드에게 고했다.

"하지만 기뻐해라. 너희들은 이제 더 이상 고립을 두려워할 필요 없어. 오늘이 너희들에게 약속된 종말의 날이니까."

오버마인드의 개체 수가 가파르게 감소하면서, 마침내 그들이 발휘하던 영적 인력이 무너지기 시작했다.

구세록의 권능이 오버마인드의 영혼을 수확한다.

무수히 파편화된 외계 존재의 영혼이 구세록의 지옥으로 끌려가고 있었다.

"걱정 마라. 네놈들이 지구에 끼친 해악만큼 봉사하기 전에는 사라질 수도 없을 테니까. 진정으로 지구 인류를 사랑하는 법을 가르쳐 주지."

그렇게 우주 역사에 하나의 종말이 더해졌다.

12

닥터 도먼트는 HU 일본 오사카 지부의 연구 총책임자였다.

미국의 거대 제약 회사 출신인 그녀는 작년 말, 직장 내부에서 위험한 연구를 하다가 발각당해서 해고당했다. 그리고 HU의 스카우트 제의를 받고 일본으로 오게 되었다.

지금은 소멸한 거대한 범죄 조직 팬텀에서 만들어낸 신비의 약 '아니마'를 이용해서 일반인을 각성자로 만드는 연구였다.

다른 주제로 시작했다가 진행한 이 연구가 피험자로 나선 사람들에게 비인륜적인 실험을 강요했다는 이유로 그녀는 해고당했다.

하지만 HU는 그녀를 높이 평가하고, 아낌없는 지원을 해주었다.

그녀는 대도시 한복판에 건립된 거대한 연구 시설을 총괄하는 몸이 되었다.

불법적인 돈이기는 하지만 200만 달러의 연봉이 주어졌고, 최고의 설비와 다수의 똑똑한 연구원을 부하로 부릴 수 있게 되었다.

또한 HU는 그녀는 연구를 완성하기 위해 필요한 실험체도 아낌없이 제공해 주었다.

필요하다면 얼마든지 소모해도 되는 '인간'이라는 자원을.

*   *   *

쿠과과광!

닥터 도먼트가 총괄하는 연구 시설 한쪽 벽이 폭발했다.

그리고 그 벽으로 한 사람이 여유롭게 걸어 들어왔다.

"……"

당당하게 걸어온 침입자가 흠칫했다.

HU 연구원들이 무표정한 얼굴로 자신을 바라보고 있었기 때문이다.

인간성이라고는 눈곱만큼도 느껴지지 않는 모습이다. 분명 인간인데도 잘 만든 마네킹을 보는 것 같아서 섬뜩했다.

침입자, 서용우가 혀를 찼다.

"정체를 숨길 마음이 아예 없군?"

"이미 우리에 대해 알고 왔을 테니, 눈 가리고 아웅 하는 짓은 비효율적이지. 지구상에서 오버마인드가 사라졌더군. 당신이 한 일인가?"

칙칙한 금발의 중년 여성, 닥터 도먼트가 물었다.

용우가 눈살을 찌푸렸다.

"그런 것도 알 수 있나?"

"오버마인드는 우리와 접촉했고 싸우기까지 했으니까. 더 싸우다가는 지구 인류를 멸망시킬 위험이 있어서 휴전 협정을 맺기는 했지만, 위험한 적의 동향은 항시 체크하고 있지. 하지만 그들의 소실 과정은 모르겠군. 그들의 거점이 공격받은 것까지는 알겠는데 그 후로는 관측할 수 없었어."

닥터 도먼트는 그렇게 말하며 의자를 끌어당겨 앉았다.

용우는 그녀를 잠시 바라보다가 말했다.

"희한한 놈들일세. 오버마인드도 희한했지만 네놈들, 오버마인드와는 극단적으로 다르군?"

"어떤 면에서 말이지?"

"모르는 건가?"

"아니, 당신의 견해를 듣고 싶다. 당신을 뭐라고 부르면 좋을까? 지구인의 한계를 초월한 자여."

"너희는 뭔데?"

"우리는 자신을 이름으로 정의하지 않는다. 하지만 지구인의 방식을 따라 우리의 호칭을 정한다면… 그래. 시청자(視聽者) 정도가 적절할 것 같군."

"시청자?"

용우가 의아함을 느꼈다. 꽤나 해괴한 호칭이 아닌가?

"TV 시청자 할 때 그 시청자 말인가?"

"정확하다."

"이상한 놈들이군. 하긴 외계 침략자니까 이상한 놈일 만도 하지만……."

용우가 고개를 절레절레 젓고는 말했다.

"오버마인드가 철저하게 물질세계에 뿌리내린 존재인데 비해 너희는 정보세계의 존재로군. 네놈들도 오버마인드가 했던 것처럼 홀연히 사라졌다길래 오버마인드처럼 연구 시설째로 텔레포트하나 했더니만, 그게 아니라 이거 다 가짜잖아?"

용우가 주변을 휘 둘러보며 말했다.

오버마인드의 HU 거점이 그러했듯 이곳도 첨단 연구 시설이었다. 고학력자 연구원들이 자신의 두뇌를 활용하기에 완벽한 환경이다.

하지만 용우의 눈은 그 실체를 꿰뚫어 보고 있었다.

이곳은 텅 빈 공간이다.

첨단 설비 따위는 전혀 존재하지 않는다. 이곳에 실재하는 것은 인간뿐이다.

외계 존재에게 육체를 장악당한 인간, 그리고 그들에게 모르모트로 쓰이고 있는 인간.

그렇다면 이 연구 시설의 정체는 대체 무엇일까?

단순한 환영은 아니었다.

"정보공간을 이런 식으로 구현하다니, 좀 놀랍군."

그 속에 들어온 자에게는 실체와 다름없는 인식을 제공하는 정보공간이었다.

의자를 끌어와서 앉은 닥터 도먼트는, 사실은 의자에 앉은 자세를 하고 있을 뿐이다. 육체에 고통을 주는 투명의자 상태인 것이다.

하지만 그 육체는 전혀 고통스러워하지 않는다. 정말로 의자에 앉아 있다고 믿고 있고, 실제로 육체도 의자에 앉았을 때의 반응을 보이고 있다.

장자의 호접지몽(胡蝶之夢) 일화가 생각나는 순간이다.

과연 현실이란 무엇인가?

물질이 실존하지 않는데도 인간이 그것을 실존한다고 믿고, 거기에 어떤 의심도 갖지 않는다고 해서 그것을 현실이라고 할 수 있는 것인가?

닥터 도먼트가 말했다.

"가짜는 아니지. 실존을 의심하지 않고, 심지어 그 쓰임이 현실에 영향을 끼치는데 어찌 가짜라고 한단 말인가?"

"그래 봤자 상자 속의 이야기지. 이곳에서만 실존한다고 믿을 수 있는, 밖으로 가져 나갈 수 없는 것. 가상현실을 진짜 현실이라고 할 수 있을까?"

"그건 너무 낡은 인식이 아닐까? 50년쯤 지나면 아마 지구 인류는 현실에 대한 정의를 바꿔야 할 것이다."

시청자가 어깨를 으쓱했다.

용우가 물었다.

"그래서, 너희는 뭐지?"

"그 전에 당신의 이름을 알려주지 않겠나?"

"딱히 가르쳐 주고 싶지 않은데."

"교섭할 생각이……."

"응. 없어."

용우가 피식 웃었다.

펑!

닥터 도먼트의 몸이 산산조각으로 터져 나갔다.

―몽환포영(夢幻泡影)!

그리고 용우를 중심으로 강력한 정신파가 퍼져 나갔다.

동시에 주변의 풍경이 변화한다.

용우가 텔레파시를 매개체로 삼아 구현한 정보공간이, 시청자가 구현한 정보공간을 침식해 버린 것이다.

"음……!"

시청자가 신음했다.

용우가 강력한 존재라는 사실은 알고 있었다. 하지만 그들은 정보세계의 주민, 즉 물질세계의 존재인 인간보다 고차원적인 존재이기에 위기감을 느끼지 못했다.

"너희들의 생사여탈권은 이미 내 손에 있다."

용우가 말했다.

"그리고 오해할 것 같아서 말해두는데, 네놈들이 강탈한 인간의 육체가 아니라 네놈들의 존재 자체를 말하는 거야."

"지금 보여준 건 대단하지만 너무 자기 능력을 과신하는군."

시청자가 눈살을 찌푸렸다.

그들은 정신을 가진 존재를 장악하고, 그 육체를 통해서 물질세계에 간섭할 수 있는 존재였다. 정보공간을 구현하여 현실을 조작하는 힘을 가진 그들에게 있어서 용우가 발한 몽환포영은 그렇게까지 놀라운 힘이 아니다.

그들의 정보공간을 침식한 것은 놀랍지만, 그건 어디까지나 몽환포영이 공격용으로 설계된 스펠이기 때문에 가능한 일이다.

일시적으로 자신에게 유리한 전장을 구현하는 능력과 아무런 시간 제약 없이 현실과 몽상의 꿈을 허물어뜨릴 수 있는 능력, 둘 중 어느 쪽이 대단한가는 말할 필요도 없지 않겠는가?

"물질세계에서 그치지 않는 능력은 훌륭하다. 하지만 우리의 본질에 닿을 수 있을 것 같은가?"

"있을 것 같은데. 정보세계의 존재를 한두 명 죽여본 것도 아니고……."

씩 웃은 용우가 시청자가 장악한 연구원 중 하나를 붙잡았다.

그러자 놀라운 일이 벌어졌다.

〈끄아아아아악!〉

육성이 아니라 텔레파시로 비명이 울려 퍼졌다.

정보세계에서 원격으로 인간의 육체를 조종하던 시청자의 영혼이 끌려오고 있는 것이다.

"봤지?"

용우가 가볍게 손을 흔들자 연구원의 육체가 터져 나갔고, 시청자의 영혼이 어디론가 사라졌다.

그것을 본 시청자들이 경악했다.

"무, 무슨……."

"우리를 물질세계로 끌어온다고?"

"네놈들은 오버마인드하고는 다르군. 확실히 각 개체가 독립적인 모양인데?"

용우는 시청자들 하나하나의 반응이 다른 것을 보고는 그들이 독립된 개체라는 사실을 알아차렸다.

"잘됐군. 나도 그쪽이 편하거든. 오버마인드는 너무 크고, 많고, 힘만 센 놈이라 절멸시키기도 힘들었어."

그러자 시청자들의 술렁였다.

"오버마인드를 절멸시켰다고?"

"그런 일이 가능할 리가 없어."

"놈은 물질세계에 속박된 저차원적인 존재지만 이 태양계조차 간식거리로 잡아먹을 수 있는 우주적인 스케일의 재앙. 지구 인류의 모든 역량을 모은다 하더라도 오버마인드를 절멸시키는 건 불가능하다."

"절멸시키기는커녕 타격을 주는 것 자체가 불가능하지."

"호오."

용우가 고개를 갸웃했다.

"그렇게 말하는 걸 보니 네놈들은 오버마인드의 실체를 파악한 거군?"

"……."

"아, 말하기 싫어? 그럼 그냥 입 다물고 있어. 곧 말하고 싶어
서 안달이 날 테니까."

용우가 이를 드러내며 웃었다.

그리고 정보세계의 존재, 시청자들은 기원 이후 처음으로 영
혼을 압도하는 공포를 알게 되었다.

13

스스로를 '시청자'로 칭한 존재에게는 마음이 없었다.

종말의 군단이 물질세계의 생명체였던 자신들을 정보세계의
주민으로 만든 것과 달리, 그들은 처음부터 정보세계에서 발생
했다.

물질세계를 투영하는, 파편화된 세계가 혼돈에 잡아먹히는 과
정에서 그들을 낳은 것이다. 그야말로 이론으로도, 확률로도 재
단할 수 없는 혼돈의 산물이었다.

정보를 존재 기반으로 삼는 그들은 지성을 가졌으나, 그것을
움직일 마음이라는 동력원을 갖지 못했다.

어떠한 욕망도 없이 그저 존재할 뿐.

하지만 현실세계를 투영한 정보가 계속 유입되는 과정에서 변
화가 일어났다.

종말의 군단이 그들을 관측했다.

그리고 그들 또한 종말의 군단을 알게 되었다.

같은 정보세계의 주민이었지만 물질세계의 욕망을 고스란히 보존한 그들과, 마음이 없는 존재인 시청자는 전혀 다른 존재였다.

하지만 그들의 관측은 시청자에게 한 가지 욕망을 일깨워 주었다.

지성체의 정보를 알고자 하는 욕망을.

그 욕망에 따라 시청자는 종말의 군단을 추적했다.

하지만 그들은 오버마인드와 똑같은 문제에 가로막혔다.

종말의 군단은, 구세록의 규칙에 갇혀 있는 동안에는 모든 간섭을 무력화할 수 있었던 것이다.

시청자는 기다렸다.

마음이 없는 그들에게는 초조함이 없었고, 그것을 이겨내기 위한 인내심도 필요 없었다.

장벽 너머에서 종말의 군단을 관측하며 그들의 실체를 알 수 있기를 기다릴 뿐.

그러던 중 변화가 생겼다.

관측을 막던 장벽이 사라진 것이다.

하지만 그 장벽 너머에는 종말의 군단이 존재하지 않았다.

"지구와, 지구 인류만이 있었다."

시청자는 숨을 헐떡이며 이야기를 이어갔다.

지금까지 그들에게 있어서 인간이 겪는 공포, 절망, 그리고 고통은 모두 콘텐츠였다.

그로 인해 자신의 존재를 위협받을 일이 없었다는 뜻이다.

하지만 이제 그것은 그들의 현실이 되었다.

용우의 손에 끌려와 인간의 육체에 갇힌 시청자들은 처음으로 존재를 위협하는 진짜 고통과 공포를 알게 되었다. 그 위협을 견뎌내는 방법도, 그리고 그래야 할 이유도 없기에 그들은 쉽게 용우의 의도에 굴복하고 말았다.

"우리는 무슨 일이 일어난 건지 알고 싶었다."

시청자는 지구를 관측했고, 놀라운 사실을 알게 되었다.

그들은 지구 인류를 관측하는 것만이 아니라 직접 간섭할 수도 있었다.

"우리는 자신을 인간의 정신과 이을 수 있었다."

그리고 그 이어짐을 통해서 인간의 정신을 장악하는 것은 식은 죽 먹기였다.

인간은 물질세계에 속박된 존재이기에 육체, 그것도 제한된 영역만을 뜻대로 다룰 뿐 정신을 직접적으로 통제하는 능력이 없었기 때문이다.

"인간을 통해 우리는 결여를 채울 수 있었다……."

마음이 없는 시청자는, 인간과 연결됨으로써 마음을 얻을 수 있었다.

인간은 그들의 꿈이었다.

인간에게 그 감각을 설명하려면 TV를 보는 것과 비슷하다고 해야 할지도 모르겠다.

그들은 자신을 다수의 인간과 연결할 수 있었고, 원하는 때마치 TV 채널을 돌리듯이 연결되는 인간을 바꿀 수도 있었다.

그들이 자신을 '시청자'라고 이름 붙인 것도 그런 특성에서 기인했다.

하지만 시청자가 인간을 보며 얻는 것은 인간이 TV 시청으로 얻을 수 있는 것과는 비교도 되지 않는다.

인간이 보는 것, 만지는 것, 듣는 것, 냄새 맡는 것, 맛보는 것, 생각하는 것…….

그 모든 것을 특정한 인간과 연결된 시청자 역시 느낄 수 있기 때문이다.

거기서 더 나아가서 지금처럼 그 인간의 몸을 장악해서 자신의 육체처럼 쓸 수도 있었다.

"그렇군. 관음증 환자 노릇만으로는 만족하지 못하고 정신기생체가 되었다 이거지?"

마음이 없던 그들은 지구 인류와 연결됨으로써 마음을 얻었다.

오로지 지구 인류를 통해서만 존재를 실감할 수 있게 된 그들은, 한 번도 가져본 적 없는 욕망을 주체하지 못하고 폭주하기 시작했다.

인간을 보고 구경하는 것에 만족하지 못하고 직접 인간으로 살아가며 세상에 영향을 끼치길 바라게 된 것이다.

TV에서 제공해 주는 콘텐츠를 소비하는 것에 만족하지 못하고 직접 콘텐츠 생산에 나선 개인 방송인 같은 꼴이었다.

그렇게 직접 인간으로 위장해서 살아가는 시청자의 경우는 다른 시청자의 연결도 허용하는데, 흥미로운 삶을 살아가는 존재일수록 많은 시청자와 연결된다고 한다.

'완전히 시청률 경쟁이군. 이놈들도 만만치 않게 골 때리네.'

개체 하나하나의 전투 능력은 약하지만 정말 끔찍한 침략자가 아닌가?

HU를 통한 연구처럼 눈에 띄는 짓을 하고 있기에 망정이지, 조용히 지구 인류를 관음하는 것에 만족했다면 그 존재를 알아차리지도 못했을 것이다.

"거기까지는 알겠어. 그런데 왜 이런 짓을 하고 있었던 거야?"

시청자가 지구 인류를 재미있는 콘텐츠를 제공하는 TV 채널 취급한다는 것은 이해했다. 인간의 몸을 차지하고, 인간들 속에서 살아가면서 다른 시청자들의 관심을 받는 콘텐츠 생산자가 되길 바란다는 것까지지도.

하지만 그것만으로는 HU의 존재를 설명할 수 없다. 대체 왜 지구인을 인위적으로 각성자로 만드는 연구를 하고 있는 것인가?

"그건 두 가지 이유가 있다."

"두 가지씩이나?"

"일단 수신률 문제가 있다."

"수신률?"

시청자가 각성자를 늘리고 싶어 하는 이유는 간단했다.

일반인과 연결될 경우에는 자신들에게 전달되는 정보가 열화된다. 열화를 피하기 위해서는 많은 마력이 소모되기 때문에 지구인과의 연결 시간이 그만큼 줄어든다.

하지만 각성자와 연결될 때는 그런 문제가 현저히 줄어든다.

"일반인이 HD 영상이라면 각성자는 8K 영상이라고 할 수 있지. 그 두 규격의 화질, 음질 차이처럼 극심한 차이가 있고 그 차이를 메꾸기 위해서는 막대한 마력을 소모해야 한다."

"…그거 참 머리에 쏙쏙 들어오는 비유로군."

시청자는 1년 365일 언제나 지구 인류와 연결되어 있고 싶어했다. 연결을 끊는 순간 그들은 다시 마음을 잃고 공허한 존재가 되어버리니까.

아무것도 몰랐을 때는 괜찮았다. 하지만 한번 지구 인류를 통해 마음을 손에 넣게 되자 그 공허가 견딜 수 없을 정도의 고통으로 다가왔다.

"우리는 태생부터가 지옥의 주민이었던 것이지. 우리의 존재에 빛을 준 지구 인류를 진화의 다음 스테이지로 올려놓고 싶었다."

시청자는 모든 지구 인류를 각성자로 만들고, 그 누구라도 자신들이 연결하고 장악할 수 있는 존재로 만들기를 원했다.

즉 그들은 지구 인류가 정복당한지도 모르게 정복하겠다는, 소름끼치는 야망을 품고 있었던 것이다.

'이놈들도 코즈믹 호러군.'

특히 지구 인류 입장에서는 저항은커녕 인지하는 것조차 불가능하다는 점이 끔찍했다.

"그래서 두 번째 이유는 뭔데?"

"인류를 위해서였다."

"그 계획의 어디가?"

"인류는 이미 마력의 존재, 그리고 그것을 다루는 각성자라는 초인을 알았지. 결과적으로 게이트 재해를 통해서 인류라는 종(種), 그리고 인류가 이룩한 문명은 다음 스테이지로 나아갈 수밖에 없게 되었다고 본다."

전 인류가 각성자가 되는 것이야말로 당연한 진화의 벡터다.

시청자는 그렇게 주장하고 있었다.

"글쎄. 인류는 마력 없이도 잘 살았고 앞으로도 그럴 거라고 보는데."

"그건 네가 여타 인류를 아득히 초월하는 권능을 가진 초월자이기 때문에 가질 수 있는 발상이다. 네가 인류에게서 각성자가 될 수 있는 가능성을 빼앗는다면, 그게 기득권자가 자신의 기득권이 침해당할 것이 두려워 사다리를 걷어차는 것과 다를 게 뭐지?"

"......"

"네가 하는 짓은 인류의 권익을 침해하는 짓이다. 인류는 더 위대한 존재로 거듭날 권리가......"

"아, 외계 존재란 놈은 왜 이렇게 하나같이 참신하게 미쳐 있지?"

용우가 시청자의 말을 자르며 탄식했다.

"이 드넓은 우주에서 이종족 지성체를 만나기도 참 어려운 일일 텐데, 왜 만나는 이종족 지성체마다 이 모양 이 꼴인지 모르겠군."

"반박할 말이 없나 보군."

"아니, 너무 어이가 없어서 반박할 가치를 느끼지 못하겠다. 이 외계인 관심종자야."

"아아아아아악!"

용우는 나불거리던 시청자에게 신경계가 불타오르는 격통을 선사해 주고는, 다른 시청자를 바라보았다.

"사실 전 인류를 각성자로 만들건 말건 상관없어. 인류의 미래를 위해 그런 연구를 할 수도 있지. 근데 말이지."

용우의 눈빛이 살벌해졌다.

"그런 실험을 위해서 인간의 존엄을 짓밟는 놈들이 뭐 잘났다고 숭고한 척이냐?"

동시에 인간의 몸에 갇힌 시청자들이 일제히 비명을 지르기 시작했다.

용우는 비명과 절규 속에서 말을 이어갔다.

"인간의 프라이버시를 콘텐츠로 삼아서 하악거리는 고차원적 관음종자 새끼들아. 그냥 관음하고만 살았으면 이럴 일도 없었을 텐데 참 욕망이라는 게 무섭지? 정신을 차리고 보니 폭주해서 인간을 덮치고 있었으니. 이제 그 대가가 뭔지 배워보자고."

"너, 너는 실수하는 것이다. 진정 지구 인류를 위한다면 지금이라도 마음을 돌려라, 지구인 초월자!"

고통 속에서 시청자 하나가 절규했다. 흥미를 느낀 용우가 그의 고통을 멎게 하고는 물었다.

"무슨 실수 말이지?"

"아직도 믿기 어렵지만 오버마인드를 없앤 게 사실이라면… 그 시점에서 너는 이미 큰 실수를 저지른 것이다."

"왜?"

"지구 인류를 주목하는 게 우리뿐이라고 생각하나?"

"음?"

용우가 눈살을 찌푸렸다.

시청자가 헐떡거리며 필사적으로 말을 이었다.

"우리를 발견했고 우리가 발견한 자들, 그들이 누구인지는 모르겠지만 그들은 우리만이 아니라 무수한 존재들을 발견했다."

오버마인드도 그랬지만 시청자 역시 군단의 실체까지는 모르고 있었다. 그들이 용우의 손에 끝장나기 전까지, 이들은 지구를 관측할 수 없었던 것이리라.

"우리는 한발 앞섰을 뿐이다. 우리는 다른 외계 존재의 은밀한 침투와 관측을 막고 있었다. 그리고 오버마인드를 노출시킴으로써 물질세계의 존재들이 지구에 접근하는 것을 막는 방벽으로 삼았지……."

시청자와 오버마인드가 휴전협정을 맺은 이유는 전쟁으로 인류 문명을 파괴할지도 모른다는 두려움 때문만은 아니었다.

오버마인드는 몰랐지만, 시청자는 오버마인드의 존재가 지구를 지키기 위해 필요하다고 생각한 것이다.

"하지만 이제 오버마인드는 사라졌다. 그리고 우리마저 사라진다면 지구는 무수한 침략자의 존재에 노출될 것이다!"

지구의 존재를 알게 되는 외계 존재 중에는 지구 인류의 정신에 매력을 느끼는 오버마인드와 시청자 같은 자들이 있을 것이다.

그리고 단순히 지구 인류가 너무나 취약하다는 점 때문에 침략하기 만만해 보인다고 여기는 자들도 있을 것이다.

"지구 인류는 다음 스테이지로 향해야만 한다! 마력을 손에 넣고, 그것으로 문명을 발전시켜 다가올 외압으로부터 스스로를 지킬 수 있게 되지 않으면 파멸만이 기다릴 뿐이다!"

시청자는 광기에 젖은 눈으로 열변을 토했다.

"우리처럼 지구 인류를 사랑하고, 이들의 정체성을 보존하려고 노력하는 존재가 또 있을 것 같은가? 단언컨대 없다!"

시청자에게 있어서 지구 인류는 모든 것이었다.

그들의 마음이었고, 그들의 심장이었으며, 그들의 삶이었다.

그들만큼 지구 인류가 번영하기를 바라는 자는 없다.

"우리만큼 지구 인류를 사랑하는 자는 오버마인드뿐이었지! 그리고 이제 그들이 사라졌으니 오로지 지구 인류의 취약함을 노리고! 지구 인류의 자원만을 탐하는 괴물들이 몰려올 것이다!"

"……."

"지구인 초월자여, 우리는 아직 대화로 서로를 이해할 여지가 있다. 지구 인류를 지키기 위해서는……."

"아, 군단 놈들 진짜……."

용우는 시청자의 열변을 자르며 얼굴을 감싸 쥐었다.

"어차피 뒈질 거면 곱게 뒈질 것이지 이렇게 거하게 똥을 싸질 러 놓다니."

군단이 확보한 침략 대상 리스트를 발견했을 때부터 이런 가 능성을 떠올리기는 했다. 하지만 오버마인드와 시청자를 치워 버리면 되지 않을까 낙관하고 있었다.

하지만 시청자가 이야기하는 현실은 매우 혹독했다.

이제부터 지구는 도대체 몇이나 되는지도 모를 외계 세력들에 게 침략당하게 될 것이다.

"그래. 알겠다……."

용우가 힘없이 말하자 시청자가 반색했다.

"이해해 주는 것인가? 잘 생각했다! 우리는……."

"일단 너희부터 치워 버리고 나서 찾아오는 놈마다 하나씩 하나씩 격파하면 되겠지. 온 우주에 소문이 나게 만들어야겠어. 지구를 건드린 대가는 파멸뿐이라는 것을."

얼음장처럼 싸늘한 목소리가 시청자의 희망을 단칼에 잘라 버렸다.

타협의 여지는 없다. 그런 입장을 명확히 한 용우가 쓴웃음을 지으며 중얼거렸다.

"생각해 보면 비극이로군. 정말로……."

문명이 발달하고, 우주의 광활함을 인지하게 된 지구 인류는 고독을 두려워했다.

이 드넓은 우주에 문명을 이룬 지성체가 자신들밖에 없을지도 모른다는 두려움. 그 두려움을 해소하기 위해 먼 우주로, 막대한 비용을 들여서 있을지 없을지도 모르는 외계 지성체를 향한 메시지를 날리도록 만들었다.

그리고 용우는 알게 되었다.

인류는 광활한 우주의 공허 속에 고립된 고독한 존재가 아니었다.

그러나 인류의 고독을 치유해 주는 외계 지성체는, 순진한 지성인들이 바라던 선량한 친구가 아니었다.

인류 역사상 존재했던 그 어떤 침략자보다도 두렵고 위험한 코즈믹 호러.

종말의 군단도,
구세록의 초월권족도,
오버마인드도,

시청자도……

하나같이 인류의 친구가 될 수 없는 자들이었다.

심지어 인류에게 호의를 품고, 인류를 깊이 사랑하는 자들마저도 그렇다니 이 얼마나 비극적인 일인가?

"내가 해야 할 일을 알겠다."

용우는 절규하며 죽어가는 시청자들을 보며 피로함을 느꼈다. 언제까지 이런 놈들과 싸워야 한단 말인가?

동시에 오기가 치솟았다.

"그렇게 많은 외계 존재가 있다면 그중에 하나쯤은 인류의 친구가 되는 해피엔딩이 있겠지. 어디 끝까지 가보자, 이놈들아."

14

인류는 오랫동안 우주로 향하는 꿈을 꾸고 있었다.

20세기의 끝에 인류가 그린 미래의 모습에는 언제나 우주의 모습이 있었다. 21세기가 되면 달나라 여행이 해외여행만큼이나 일상적인 일이 되리라는 꿈을 꾸었다.

하지만 우주 사업은 너무나 많은 비용이 많이 드는 일이었다.

우주 기술의 발달은 너무나 더뎠다. 분명 차근차근 발달해 왔지만, 20세기 인류가 꿈꾸던 수준에 도달하기에는 턱도 없었다.

그런데 어느 순간, 인류가 포기하지 않고 지속해 온 우주 사업은 무서울 정도로 탄력을 받기 시작했다.

지금까지 그들을 가로막던 문제, 비용 대비 효율을 해결해 주는 구세주가 나타났기 때문이었다.

*   *   *

2031년 9월.

종말의 군단이 멸망한 지 2년 4개월이 지난 시점에, 차준혁은 성층권 고도 30킬로미터 지점을 날고 있었다.

아니, 정확히는 계속 도약 스펠로 뛰어오르고 있었으니 달린다는 표현이 옳을지도 모르겠다.

[제로, 곧 보이기 시작할 겁니다.]

한국 유일의 우주 센터, 나로 우주 센터에서 날아든 통신이었다.

한국은 작년에 선거를 치르고 새 정부가 출범한 후부터 우주사업에 대해 공격적인 행보를 보이고 있었다.

유현애, 이미나, 차준혁을 중심으로 한 최정예 헌터 팀을 투입해서 재해 지역 제주도를 정리한 다음 그곳에 탐라 우주 센터를 건립하기 시작한 것이다.

하지만 탐라 우주 센터가 완성되기까지는 아직 5년의 시간이 필요하니, 그때까지는 나로 우주 센터가 한국 우주사업의 중추 역할을 수행할 것이다.

"발견했다."

제로라는 코드네임으로 불리는 차준혁이 성층권의 허공을 밟고 도약하면서 말했다.

굳이 나로 우주 센터에서 그의 헬멧 바이저에 표시해 주는 정보가 없더라도, 육안으로 표적을 관측할 수 있었다.

파괴된 인공위성의 잔해가 불타오르며 떨어지고 있었다.

오래된 러시아 인공위성이었다.

스페이스 데브리와 충돌해서 파괴된 러시아 인공위성이 하필이면 한반도를 향해 추락하고 있는 상황이라 차준혁이 나선 것이다.

"회수 작업에 들어간다."

차준혁은 예지 능력으로 인공위성 잔해의 궤도를 파악한 뒤 스펠을 펼쳤다.

추락하는 인공위성을 피해 없이 막아내는 것 따위, 그에게는 너무나 쉬운 일이었다.

*   *   *

나로 우주 센터의 연구원들은 경악을 금치 못했다.

"맙소사. 정말로 회수했잖아?"

지금 한국 언론은 인공위성이 한반도로 추락하는 것 때문에 난리가 났다.

정부는 추락 지점을 광범위하게 예상하고, 그 지역 주민들을 피난시키는 작업에 들어가 있었다.

그런 한편, 진실을 아는 자들이 차준혁에게 의뢰해서 사태 해결을 시도했던 것이다.

"막아내는 것도 말도 안 된다고 생각했는데, 이렇게 멀쩡한 형태로 회수해 오다니……."

나로 우주 센터에는 러시아 인공위성의 잔해가 입수되어 있었다.

차준혁은 인공위성의 추락을 막는 것에 그치지 않고 아직 형태를 보존하고 있던 모든 잔해를 회수해 온 것이다. 이것은 앞으로 중요한 연구 샘플로 활용될 것이다.

한국 정부는 이번 일을 위해 차준혁에게 500억 원이라는 의뢰금을 제시했지만, 그가 해낸 일을 보면 너무나 싸게 먹혔다고 할 수 있었다.

"도대체 정체가 뭐지?"

"아무리 뛰어난 각성자라지만 이럴 수가 있나?"

제로라 불리는 정체불명의 각성자는 연구원들이 자기를 두고 수군거리는 것에 신경 쓰지 않고 그 자리를 빠져나왔다.

헌터로서는 대중에게 정체를 드러낸 차준혁이었지만, 그가 지닌 진정한 힘을 아는 이는 극소수에 불과했다.

이번처럼 인간의 한계를 훨씬 초월한 능력을 발휘할 때는 정체를 감추는 게 낫다고 판단, 용우가 쓰던 제로라는 코드네임을 쓴 것이다.

그만이 아니라 팀 섀도우리스 멤버들은 필요할 때면 전부 제로의 가면을 쓰고 활동하고 있었다.

2년 전만 해도 그들은 지구상의 재해 지역이 정리되고 나면 더 이상 이 초월권적인 권능을 활용할 일이 없어질 것이라고 생각했다.

하지만 시간이 흐르고 보니 그렇지가 않았다.

물론 아직도 지구상에는 많은 재해 지역이 남아 있다.

그것은 인류의 전투 능력이 부족해서가 아니라 영토 소유권을 비롯한 여러 정치적인 문제가 얽혀 있기 때문이다.

이로 인해 크고 잦은 전쟁이 끊이지 않았지만, 팀 섀도우리스는 이런 문제에는 개입하지 않았다. 이것은 한두 명의 초월자가 아니라 인류가 스스로 해결해 나가야 할 문제였으니까.

하지만 몬스터를 상대하는 일이 아니더라도 인류가 그들의 힘을 써먹을 곳은 많았다.

이번 인공위성 추락 같은, 인간의 손으로 어쩔 수 없는 재난으로 인한 피해를 막는 것부터 시작해서 인류의 영역을 우주로 확장하는 것까지…….

*　　　　*　　　　*

달.

인류가 가장 처음으로 도달한 지구 밖 천체.

대기권을 돌파해서 달에 도달하는 것으로 인류의 세계관은 넓어졌다.

우주를 그저 관측의 대상이 아니라 직접 날아가서 발 디딜 수 있는 세계로 인식할 수 있게 된 것이다.

하지만 20세기가 끝나고, 21세기가 온 지 30년이 되었음에도 여전히 인류는 우주의 물리적 크기를 감당하기 버거웠다.

달은 인류가 도달할 수 있다고 자신할 수 있는 유일한 천체였다.

게이트 재해와 싸우느라 정신없던 인류는 2031년까지도 달 외의 천체에는 유인 탐사선을 보내지 못한 것이다.

그 달의 대지를 한 사람이 걷고 있었다.

누가 봤으면 영화 속 한 장면이라고 생각했을, 인위적으로 만들어졌다고밖에 볼 수 없는 광경이었다.

대기가 없는 달의 지표면을, 우주복조차 입지 않은 검은 단발머리 소녀가 걷고 있는 것은 그만큼 비현실적이었다.

지구 중력의 6분의 1 중력이 적용되는 대지를 가벼운 발걸음으로 걷던 단발머리 소녀, 이비연은 문득 고개를 들어 지구를 바라보았다.

"왜요?"

달 위를 걷다가 지구를 보며 하는 말 치고는 너무나 뜬금없었다.

〈일은 잘 되어가요?〉

지구와 달의 거리는 평균적으로 38만 킬로미터를 넘는다.

물리적 거리가 너무 멀어서 전파통신으로는 실시간 통신이 불가능하고 약간씩 딜레이가 발생한다.

하지만 텔레파시 통신에는 그런 문제가 없었다.

"공사는 여기도, 화성도 잘 되어가고 있는 것 같아요. 화성 쪽에는 두 시간쯤 후에 폭풍이 불 것 같아서 막으러 가야 할 것 같고."

이비연의 눈이 달 주변을 돌고 있는 인공위성으로 향했다.

달 궤도를 관측하고 통신을 원활하게 하기 위해서 띄운 인공위성 중 하나였다.

뿐만 아니다.

달 표면에는 무인 로봇들에 의해서 대규모 건설 작업이 진행되고 있었다.

인류가 꿈꾸던 달 기지 건설이었다.

인류는 달에 유인 탐사선을 보낼 수는 있어도 달 기지 건설을 할 수는 없었다.

만약 인류의 모든 역량을 동원했다면 가능했을지도 모른다. 하지만 달까지 기자재를 쏘아 보내고, 그곳에서 건설 작업을 수행하기 위해 감당해야 할 비용은 도저히 감당할 수 없는 수준이었다.

하지만 이제는 사정이 달라졌다.

팀 섀도우리스에게 의뢰하면 지구와 달을 직접적으로 잇는 워프 게이트를 열 수 있었으니까.

당연히 그들에게 어마어마한 대가를 주어야 했지만, 그것은 불가능을 가능으로 바꾸는 것에 비하면 저렴한 비용에 불과했다.

그리하여 5개월 전부터 인류는 달 기지는 물론이고 화성 기지 건설까지 동시에 추진 중이었다.

이비연은 용우와 교대로 달과 화성을 왔다 갔다 하면서 작업을 체크하고, 공사에 영향을 끼칠 현상이 일어날 경우 막아주는 일을 하고 있었다.

"근데 무슨 일이에요, 은혜 씨?"

텔레파시로 연락해 온 것은 김은혜였다.

김은혜는 여전히 한국 이재민 구호 사업을 총괄하고 있었다. 하지만 한국 정세가 빠르게 안정되면서 구호 사업의 규모를 점진

적으로 축소되어갔기에 그녀의 업무량도 줄었다.

그런 가운데 각국에서 팀 섀도우리스 멤버들의 진정한 힘을 필요로 하는 일이 생기자 다시금 매니지먼트 역할을 맡은 것이다.

〈지난번에 말씀드린 일 말인데요. 미국이 예산안을 통과시켰다고 해요.〉

"지난번이라면… 음, 스페이스 데브리 청소였던가요?"

〈아뇨. 그건 한국과 미국만이 아니라 다른 나라들하고도 협의 중이라 좀 더 시간이 걸릴 것 같고요.〉

인류는 우주사업을 시작한 이래 한 가지 심각한 문제를 만들었다.

스페이스 데브리, 즉 우주 쓰레기 문제였다.

인류가 우주사업을 벌이느라 지구에서 내보낸, 더 이상 쓸모없어져서 버려진 물질들.

우주에 버렸다고 끝이 아니다. 그것들은 지구 주변을 영원히 멈추지 않고 돌고 있었고, 인류의 우주 진출에 큰 걸림돌로 작용했다.

며칠 전 차준혁이 막아낸, 추락한 러시아의 인공위성 역시 파괴된 원인은 우주 쓰레기와의 충돌이었다.

시간이 갈수록 우주 쓰레기가 증식하고 있고, 이대로 가면 인류는 우주 쓰레기에 의해 지구 안에 갇혀 버릴 수도 있다는 예상까지 나오는 판이라 이것을 해결할 방법이 필요했다.

문제는 현재 인류의 기술로는 해결책이 없다는 것이다.

하지만 팀 섀도우리스라면 이 문제도 해결할 수 있었다.

우주사업을 꿈꾸는 몇몇 국가가 모여서 이 문제에 대해서 협의 중이니 늦어도 내년쯤에는 행동에 들어가게 될 것이다.

〈우주 망원경이요.〉

"아, 그거……."

지구 인류는 퍼스트 카타스트로피 이후로도 지속적으로 우주 망원경을 설치하고 있었다.

그리고 이렇게 우주에 배치된 우주 망원경들에게는 큰 문제가 하나 있었는데, 우주왕복선 시대의 유산인 허블망원경을 제외하면 유지 보수가 불가능하다는 점이다.

하지만 이런 문제도 팀 섀도우리스를 거치면 해결된다.

이 사실을 알게 된 미국 항공우주국, 즉 NASA는 완전히 신이 났다.

달 기지와 화성 기지 건설 계획이 우선적으로 통과되었지만, 그것 말고도 수많은 계획을 입안했다.

우주 망원경 설치도 그중 하나였다.

'현실적인 문제로 사이즈가 제한될 수밖에 없었던 기존의 우주 망원경보다 훨씬 크고 아름다운 우주 망원경을 제작해서 설치하자. 허블망원경 궤도에도 설치하고, 라그랑주 포인트에도 설치하고, 아예 화성 기지하고 연동되게 화성 궤도에도 하나 띄우고, 명왕성… 아니, 에리스 궤도에도 하나 띄우자!'

공돌이의 망상이 폭주할 수밖에 없는 상황이었다.

하지만 팀 섀도우리스의 몸값도 워낙 거금이었기 때문에 그들은 결국 예산 문제로 좌절을 겪을 수밖에 없었다.

그래도 우주사업에 있어서 꼭 필요하다고 생각하는 것들의 예산안을 하나하나 통과시키고 있었고, 이제 우주 망원경 계획의 차례가 온 것이다.

〈상의해 본 결과 화성 궤도에 설치해서 화성 기지하고 연동하겠다고 하더군요. 통신 중계점 역할을 할 인공위성도 몇 개 추가하고…….〉

"돈이 많아서 주체가 안 되나 보네요."

〈우주 개발이 단번에 반세기 이상 도약하는 거니까 그 정도 투자는 충분히 할 만하다고 하더군요. 아, 그러고 보니 캡틴은 뭘 하고 있는 거죠? 연락이 안 되는데.〉

원래 김은혜는 이비연이 아니라 서용우에게 먼저 보고를 올릴 생각이었다. 하지만 용우가 준 텔레파시 회선으로도 연락이 안 되어서 이비연에게 연락한 것이다.

이비연은 지구에서 시선을 떼며 말했다.

"오빠는 지금 에리스 궤도보다도 더 멀리 나가 있어요."

〈에리스라면… 설마 카이퍼 벨트 밖으로 나갔다고요?〉

"네."

〈그럼 사실상 태양계 밖이라는 거잖아요?〉

"맞아요."

김은혜가 혀를 내둘렀다.

에리스는 태양계의 끝에 자리한 왜행성. 명왕성보다도 훨씬 멀리 떨어져 있는 천체였다.

지금도 달 표면을 지구에서와 다름없는 캐주얼한 복장으로 돌아다니는 사람과 텔레파시 통신을 하고 있는 상황이었지만, 인간이 단독으로 태양계 바깥으로 나갔다는 소리를 들으니 한층 더 현실감이 없어진다.

〈거기서는 텔레파시 통신이 안 되는 건가요?〉

"텔레파시가 안 되는 건 지금 오빠가 긴급 통신 말고는 다 막아놔서 그래요."

〈설마 또?〉

"바로 그 설마죠."

이비연의 눈이 먼 곳을 향했다.

광활한 진공의 어둠 너머, 태양계 바깥에서 벌어지는 전투가 그녀의 눈에 비춰지고 있었다.

*　　　　　*　　　　　*

정보세계의 존재 '시청자'는 서용우에게 경고했다.

오버마인드와 자신들의 존재가 다른 무수한 외계 존재들의 눈이 지구로 향하는 것을 막고 있었다고.

자신들이 사라지는 순간, 무수한 외계 존재들이 탐욕과 악의로 지구를 노릴 것이라고.

그 말이 위기를 모면하기 위한 허세였다면 얼마나 좋았을까?

"늘 나쁜 예감은 들어맞게 마련이지."

용우는 우주 공간에서 투덜거렸다.

그는 태양에서 가장 먼 태양계 왜행성, 에리스의 궤도 너머 130억 킬로미터 지점에 있었다.

오버마인드와 시청자를 절멸시킨 후, 용우와 이비연은 구세록의 관측 및 감시 기능을 대폭 강화했다.

태양계 전역에 외계 존재가 침입할 경우 즉시 추적해서 대응하기 위해서였다.

구세록의 권능과 왕의 권능을 더해서 조정하자 오버마인드처럼 지구를 관측하고 텔레포트로 넘어와도, 시청자처럼 정보세계에서 물질세계로 넘어와도 알아차릴 수 있는 체제를 완성할 수 있었다.

동시에 두 사람은 태양계 바깥에서 접근해 오는 존재에 대한 관측 시스템도 완성했다.

그 결과가 이것이다.

〈뭐지? 내 머릿속에… 뭘 한 거지?〉

태양계 바깥에서 날아온 외계 존재가 혼란스러워하며 물었다.

"텔레파시가 통한다니 다행이군."

외계 존재는 텔레파시를 쓸 줄 몰랐다. 하지만 용우가 텔레파시를 연결하자 대화가 가능했다.

그들은 거대한 세력이었다.

지금 용우와 대치하고 있는 무리의 머릿수는 무려 1,077만 6,711명.

그들의 외형은 금속 거인이었다.

크기는 천차만별이었다. 대다수는 키가 20미터에서 30미터 정도. 하지만 50미터 이상인 놈도 즐비했고 가장 큰 놈은 1킬로미터가 넘었다. 그리고 거대할수록 강력한 마력을 품고 있는 것이 느껴졌다.

그들은 유기 생명체와는 근본적으로 다른 존재이지만 우주 저편에서 날아온, 완전히 이질적인 존재라는 점을 감안하면 믿을 수 없을 정도로 인류와 닮은 구석이 있었다.

누가 봐도 '거인'이라는 호칭을 떠올리게 되는, 인류를 닮은 실루엣을 가진 것이다.

'이놈들은 거인형인데도 오버마인드보다 더 생명체라는 느낌이 옅군.'

용우는 별로 어렵지 않게 그들의 존재를 받아들였다.

종말의 군단의 언데드, 제1세계의 초월권족, 제2세계의 암석인, 오버마인드, 시청자까지……

그동안 용우가 본 외계 존재만도 다섯이다. 우주를 날아다니는 금속 거인 군단 정도는 별로 놀라울 것도 없었다.

〈너는 뭐냐? 무슨 짓을 한 거지?〉

"그건 내가 물을 말이다. 침입자들."

〈침입자? 너는 혹시 저 항성계의 원주민인가?〉

"그래."

용우의 대답에 금속거인들이 술렁였다.

텔레파시를 연결해 놓고 있었기에 용우는 그들이 동요하는 이유가 적나라하게 읽을 수 있었다.

금속 거인들은 지구 인류가 우주로 나왔다는 사실 자체에 놀라고 있었다. 그들이 관측한 바로는 우주에 나올 수 없는, 행성의 중력에 속박된 하찮은 존재들이었으니까.

용우는 그들의 대화 방식을 알 수 있었다.

'접촉을 통해서 정보를 전달하는군. 특이한데? 몸을 이루고 있는 금속에 그런 기능이 들어 있는 건가? 아니면 코어의 마력에

서 비롯되는 힘인가?'

용우가 보기에 그들은 지금까지 본 다른 종족에 비해서 몬스터에 가까웠다.

몸속에 마력 덩어리이며 의념이 들어 있는 그릇이기도 한 코어가 있고 그것을 중심으로 금속의 신체를 컨트롤하고 있는 것이다.

'이놈들은 좀 붙잡아놓고 연구할 수 있으면 좋을 텐데⋯⋯.'

용우는 금속 거인들에게 흥미를 느꼈다.

그들이 태양계로 접근해 온 방식 때문이었다.

놀랍게도 금속 거인들은 텔레포트나 워프 게이트를 쓰지 않았다. 그렇다고 종말의 군단처럼 물질세계와 정보세계 양쪽을 오가는 것도 아니었다.

금속 거인들은 초광속 비행으로 날아왔다.

물리법칙상 불가능한 일이다. 빛보다 빠르게 움직이는 물체는 있을 수 없으니까.

물론 용우는 그것을 가능케 하는 방법을 알고 있었다.

'상대 시간 가속.'

대부분의 가속 스펠이 가속 효과를 발생시키는 방식이었다.

하지만 이들이 과연 그런 방식으로 초광속 비행을 해낸 것 같지는 않았다. 아무리 봐도 다른 기술을 가진 것으로 보였다.

"너희들은 우리 지구인의 영역을 무단으로 침범했다."

〈지구인. 그것이 너희들의 종족명인가?〉

가장 거대한 거인, 키가 1킬로미터가 넘는 존재가 대꾸했다. 아무래도 그가 이 무리의 대표인 것 같았다.

"그래. 너희들은?"

〈크록시아.〉

"나도 발음 가능한 이름이군. 그래서 크록시아, 너희들은 왜 여기에 온 거지? 우리의 별, 지구로 향하고 있는 건가, 아니면 다른 곳으로 가다가 우연히 이곳으로 들어선 것뿐인가?"

〈지구. 그런 이름이로군. 우리는 지구로 향하고 있었다.〉

"이유는?"

〈지구라는 별을 먹기 위해서.〉

"뭐?"

용우가 놀라서 눈을 크게 떴다.

〈지구라는 별은 대단히 먹음직스러워 보였다. 우리는 그 별을 먹을 것이다. 그러기 위해 여기까지 날아왔다.〉

"……"

용우는 황당한 나머지 잠시 말문이 막혔다.

"별을 먹는다고?"

〈그래.〉

"별을 먹는다는 행위 자체는 그렇다 치고… 별이라면 우주에 수도 없이 많은데 왜 하필이면 지구야?"

〈영적 에너지가 넘치는 별이기 때문이다.〉

대표로 나선 거대한 크록시아는 용우의 물음에 망설임 없이 대답했다.

크록시아는 평소 행성을 이루는 물질 그 자체를 먹어치우면서 존재를 유지한다.

하지만 크록시아에게 있어서 대부분의 행성은 먹어치워 봤자 그저 존재를 유지할 수 있을 뿐, 그 이상을 바랄 수 없다.

오직 영적 에너지가 넘치는 별만이 크록시아에게 힘을 준다.

크록시아 개체가 덩치를 키워 더욱 강해지고, 개체수를 늘려서 종족의 번성을 이루기 위해서는 반드시 영적 에너지가 넘치는 별이 필요했다.

광활한 우주에서 그런 별은 흔치 않다.

그런 별은 지구처럼 생명이 꽃피고, 지성체가 문명을 일구면서 번성하거나 아니면 아주 특별한 역사를 가져야만 했다.

그렇기에 크록시아에게 있어서 지구는 그 존재를 알게 된 순간 돌격해 올 수밖에 없을 정도로 먹음직스러운 별이었다.

〈우리는 지구를 먹을 것이다.〉

"지구인인 내 앞에서 그런 소리를 하는 게 무슨 의미인지는 알고 있냐?"

〈물론이다. 이것은 그대들에 대한 예의다.〉

"예의라니, 무슨 뜻이지?"

〈그대는 우리에게 먹혀 사라질 별의 원주민이니까. 자신들이 사라지는 이유 정도는 알 권리가 있지 않은가?〉

"하……."

용우는 어이없어서 웃고 말았다.

"이번에도 꽝이군."

〈무슨 소리지?〉

"사실 서로 다른 종족, 다른 문명이 만났을 때 유혈이 뒤따르는 것은 어쩔 수 없는 일일지도 모르지. 문명이 충돌할 때 서로에 대한 존중은, 서로가 자신을 지킬 무력을 지녔을 때 나오니까."

서로 싸우기보다는 대화를 통해서 관계를 구축하는 것이 이득임을 알았을 때부터 긍정적인 관계 구축이 가능해진다.

하지만 그것도 상대가 타협 가능한 존재일 때나 가능한 일이다.

크록시아는 타협 가능한 존재가 아니었다.

"일단 너희들에게 기회를 주지. 좋은 말로 할 때 지구를 포기하고 너희 고향으로 돌아가라. 아직 지구에 아무런 해도 입히지 않았으니까 지금 물러나면 봐줄게."

〈들을 가치가 없는 소리구나.〉

"역시나."

〈신기한 지구인이여, 지구로 돌아가서 네 종족에게 멸망을 알려라. 그것을 위해 네게 우리에 대해 설명한 것이니.〉

"왜 친절하게 나불거리나 했더니 나를 심부름꾼으로 쓸 생각이셨어?"

용우는 질렸다는 듯 눈살을 찌푸리고는 허공에 손을 뻗었다.

그러자 아공간에서 거대한 양손 대검이 소환되어 그 손에 쥐어졌다. 궁극의 융합체―네뷸라였다.

"미리 말해두는데 크록시아, 너희들은 다섯 번째야."

〈다섯 번째?〉

"종말의 군단, 구세록의 초월권족, 오버마인드, 시청자……. 지구를 어떻게 해보겠다고 덤볐다가 내 손에 멸망한 놈들의 이름이다. 너희들 이름이 이제 그 리스트의 다섯 번째를 채우게 될 거야."

용우가 마력을 개방하자 우주 공간에 거대한 마력의 해일이

몰아치기 시작했다.

"벌써 다섯 번째인데, 이번에도 배드엔딩이라니 유감이야. 하지만 이 넓은 우주 어딘가에는 해피엔딩이 있겠지. 어디 끝까지 해보자고."

오기를 불사르는 용우와 크록시아가 격돌하며 우주 공간에서 현란한 빛이 폭발했다.

그리고…….

*   *   *

서기 2031년 9월.

아직 인류는 친구가 되어줄 외계 존재를 만나지 못했다.

〈완결〉

외전

이계 진입자

1

지구를 침략했던 외계 존재, 종말의 군단은 영원을 꿈꾸고 있었다.

이계의 일곱 성좌로부터 비롯된 위대한 권능의 산물들은 그 영원을 세우기 위한 기둥이었다.

성좌의 무기 일곱 개.

군주 코어 일곱 개.

이 보물들은 엔트로피에 역행하는 기적의 결정체들이었다.

단위 시간당 생산량에는 한계가 있지만, 아무런 연료 없이도 끊임없이 에너지를 생산한다. 무(無)에서 유(有)를 창조하는, 상대적이지만 무한한 영구 동력원이었다.

그 근본이 되는 이계의 일곱 성좌는 신화였다.

종말의 군단과 초월권족 둘 모두가 공유하는, 세계를 초월하는 신화.

그 신화의 근원은 그들에게 있어서도 '다른 세계'였다.

그들의 영적 근원이라고 할 수 있는 세계가 파멸할 때, 그 세계의 중심에 있던 일곱 성좌가 그들을 가호하는 빛이 되었다는 이야기.

그런데 이 신화를 공유하는 것은 종말의 군단과 초월권족만이 아니었다.

'들립니까?'

왕의 섬에 있던 용우는 어느 날, 아득히 먼 곳에서 날아온 목소리를 들었다.

'위대한 성좌의 화신이여, 제 목소리가 들립니까?'

그것은 용우로서는 결코 지나칠 수 없는 내용을 담고 있었다.

*　　　　*　　　　*

황제는 위대한 존재였다.

태곳적 혼돈으로부터 세상을 지켜 안주의 땅을 만들어낸 자들, 용의 피를 각성한 자.

선왕의 열여섯째로 태어났으면서도 형제들을 모조리 제압하고 제위를 차지한 그의 치세는 10년째 세상을 공포에 떨게 하고 있었다.

10년 전까지만 해도 왕이라 불렸던 그는 이제 더 이상 그렇게 불리지 않았다.

용황제.

어느 순간부터 그는 더 이상 인간이 아니게 되었다.

그리고 그에게 충성을 맹세한 부하들 또한 그러했다.

용황제의 축복을 받아 인간을 초월한 드라칸.

새로운 세상의 유일한 지배계급으로 인정받은 그들은 압도적인 힘으로 세상을 짓밟고, 인간을 가축처럼 지배하고 있었다.

*　　　*　　　*

용황제가 지배하는 나라, 벨다드 제국은 대륙의 절반에 달하는 땅을 지배하고 있었다.

하지만 그들은 원한다면 국토 바깥까지도 얼마든지 영향력을 행사할 수 있었다.

'황실에 거역하는 반란 세력이 너희 나라로 숨어들었다. 그러니 우리가 너희 영토에 들어가서 군사 활동 좀 하겠다.'

그런 말도 안 되는 통보를 일방적으로 한 후에 군대가 국경을 넘어와도 타국이 반항하지 못했다.

반항한 나라는 전부 지도상에서 사라졌기 때문이다.

사실상 벨다드 제국은 세계를 지배하고 있었다. 정복 전쟁을 계속해서 대류 전체를 지배하지 않는 게 이상할 정도로.

*   *   *

엘리는 자신이 특별하다는 것을 알고 있었다.

언제부터였는지는 모르겠다.

평범한 아낙인 줄 알았던 어머니가 사실은 용황제와 같은 혈통을 이어받은 벨다드 황족인 것을 알았을 때부터일까?

아니면 그녀가 자신에게 넌 내 친딸이 아니라고 말하며 죽음이 예정된 곳으로 뛰어들었을 때부터일까?

어쨌든 어느 순간부터 그녀는 특별한 존재가 되어 있었다.

고도의 정신 감응 능력으로 사람들의 눈길을 피하고, 누구든 속여 넘길 수 있었다.

꿈의 세계를 몽유하며 본 적도 들은 적도 없는 사람들의 이야기를 알아낼 수도 있었다.

그래서 그녀는 어느 날, 꿈의 세계에서 오랜 시간 동안 역사 속에서 잊혔던 보물의 존재를 알게 되었다.

별의 돌.

이 세계의 창세신화에도 기록된 이계의 일곱 성좌, 그 무한한 힘이 담겼다고 일컬어지는 돌.

그중에서 새벽의 힘이 담긴 돌을 손에 넣은 엘리는, 18세가 되는 해에는 용황제에게 반발하는 저항군의 중심 간부가 되어 있었다.

*　　　　　*　　　　　*

쿠과광… 콰광……!

건물 밖에서 폭음이 울려 퍼지고 있었다.

금발의 소녀, 엘리는 저항군의 비밀 아지트 지하 깊숙한 곳에 있었다. 그녀는 지금 필사적으로 하나의 마법 의식을 준비하고 있는 중이었다.

"엘리! 사방이 다 막혔어!"

그때 한 사람이 엘리가 있는 곳으로 뛰어들어 왔다.

키가 큰 여자였다. 저항군의 간부이며, 엘리의 호위병이기도 한 마우디가 절망감을 드러내고 있었다.

엘리는 침착하게 물었다.

"공간이동은?"

"막혔어. 결계를 파괴하러 간 사람들은 전원 연락이 끊겼고."

"역시……."

엘리가 나직이 탄식했다.

제국의 토벌대는 여기서 저항군의 수뇌부를 말살시키기 위해 단단히 준비하고 왔다.

인간을 초월하는 힘을 가진 용인 다수가 투입되었고, 그들의 지휘를 받는 상급 마법사가 즐비했다.

그들이 모습을 드러냈을 때는 이미 모든 탈출로가 봉쇄된 후였다. 강력한 공간이동 봉쇄 결계가 최후의 희망까지 꺾어버렸다.

마우디가 말했다.

"너라도 도망쳐. 결계가 있다고 해도 너 혼자라면 몸을 뺄 수 있을 거야."

"그럴 수는 없어."

"죄책감이라도 느끼는 거야? 지금 그럴 때가 아니야. 용황제에게 별의 돌을 빼앗기면 모든 게 끝장이야. 너라도 도망쳐서 희망을 이어야……."

"아니, 마우디. 그런 뜻이 아냐. 나도 도망칠 수 없어."

"뭐?"

그제야 엘리의 말에 담긴 심상치 않은 뉘앙스를 감지한 마우디가 흠칫했다.

엘리가 말했다.

"용황제가 직접 힘을 쓰고 있어. 내가 꿈의 세계로 도망치거나 아니면 새벽의 힘을 써서 달아나면 그 순간 용황제에게 포착될 거야."

"그럴 리가. 아무리 용황제라도……."

"이제야 알겠어. 그도 별의 돌을 가졌어. 그것도 새벽의 힘을 추적할 수 있는 유일한 힘, 광휘의 힘을……."

"……."

마우디는 말문이 막혀 버렸다.

엘리는 쓴웃음을 지으며 하던 작업을 계속했다. 마우디가 의아해하며 물었다.

"뭘 하고 있는 거야?"

"최후의 발악."

마우디가 어리둥절해하자 엘리가 석판 위에 닭의 피로 신성한 고대문자를 쓰며 덧붙였다.

"성좌의 화신을 부를 거야."

"그게 뭔데?"

"별의 돌에 담긴 힘의 근본이 되는 이계의 일곱 성좌, 그 힘을 가진 존재야. 전설에 따르면 그 힘은 대지를 부수고 하늘을 떨쳐 울릴 정도라고 해."

"그런 게 있었어? 그럼 왜 여태까지 안 부른 거야?"

"그만한 권능의 소유자를 불러서 우리가 바라는 일을 시키려면 그만한 대가가 필요하니까."

"무슨 대가?"

"내 목숨."

비장한 표정을 지은 엘리의 대답에 마우디는 숨이 턱 막히는 감각을 느꼈다.

"말도 안 돼! 인신 공양을 하겠다는 거야?"

"인신 공양이라니 듣기 나쁘네. 숭고한 희생이라고 해줘."

"때려치워! 엘리, 네가 목숨을 바쳐서 우리가 살아남아 봤자 뭐 해?"

"여태까지 많이들 그랬잖아."

엘리는 손을 멈추지 않은 채로 대답했다.

"이제는 내 차례일 뿐이야."

"엘리!"

"아무것도 못 해보고 죽는 것보다는 낫잖아. 용황제에게 최소한 자기가 짓밟으려고 하는 것들이, 밟히면 꿈틀거릴 줄 안다는 건 가르쳐 줘야지."

엘리는 의식 준비를 마치고 일어나서 손을 툭툭 틀었다. 그리고 마우디를 보며 씩 웃었다.

"지금까지 고마웠어. 뒷일을 부탁해, 마우디."

"뒷일이라니……."

"성좌의 화신이 어떤 존재일지는 몰라. 하지만 최소한 우리가 원하는 일이 무엇인지 전달해 줄 사람은 있어야 할 거야. 부탁할게."

"엘리……."

마우디의 목소리가 떨려 나왔다.

엘리는 언제나처럼 씩씩하게 웃으며, 자신이 그린 마법진 안으로 걸어 들어갔다.

그녀의 손에 들린, 어린애 주먹만 한 회색 돌이 영롱한 빛을 발하기 시작했다.

"위대한 성좌의 화신을 청합니다."

엘리는 꿈의 세계에서 알아낸 주문을 외우기 시작했다.

잠시 후, 마법이 발동하자 그녀가 눈을 감은 채로 물었다.

"들립니까?"

엘리는 자신의 의식이 아득히 먼 곳까지 뻗어나간 것을 느꼈다.

그것은 하늘 저편, 무수한 별들이 흩어져 있는 우주보다도 더 먼 것 같은 감각이었다.

"위대한 성좌의 화신이여, 제 목소리가 들립니까?"

엘리는 망망대해 속에서 혼자 외치는 것 같은 막막함을 느꼈다.

의식은 아주 먼 곳까지 날아갔는데 자신의 목소리가 어디까지 닿는지 알 수가 없다. 아무것도 없는 곳에서 혼자 목소리를 내고 있는 것 같은 공허함이 밀려왔다.

"부디 이 미욱한 존재의 부름에 응해주십시오. 위대한……."

"별로 위대한 존재는 아니야."

그때 누군가의 목소리가 귓전에 울렸다.

순간 엘리는 헉 하고 헛숨을 토하며 눈을 떴다.

"그리고 성좌의 화신도 적합한 호칭은 아니지. 그건 이미 사라졌으니까."

한 번도 들어본 적 없는 이질적인 언어가 귓가를 파고들었다.

생소한 발음의 나열임에도 엘리는 자신이 그 말뜻을 똑똑히 알아듣고 있다는 사실에 놀라워했다. 그리고 곧 그 이유를 깨달았다.

"정신 감응……."

"텔레파시를 그렇게 부르나 보군."

엘리는 어느새 자신의 옆에 서 있는 한 남자를 발견했다.

이질적인 외모의 남자였다. 이목구비도 그랬지만 복장도 이상하기 이를 데 없었다.

"당신은… 성좌의 화신인가요?"

엘리의 물음에 남자는 고개를 저었다.

"그런 존재는 더 이상 없어. 적어도 우리 우주에는……."

"그럼 당신은 누구죠?"

엘리는 경계심을 보이며 물었다. 그녀의 옆으로 다가온 마우디가 조용히 검을 꺼내 들었다.

남자가 피식 웃으며 말했다.

"네가 부른 존재에 가장 근접한 두 사람 중에 하나."

"무슨 뜻이죠?"

"너와 거래할 수 있는 존재라는 뜻이지."

남자가 손가락을 한번 까딱거리자 구석에 있던 의자가 날아와서 그의 옆에 놓여졌다. 거기에 앉은 남자가 물었다.

"말해봐. 날 부른 이유가 뭐지?"

2

서용우는 눈앞의 이계인을 신기해하며 바라보았다.

그도 이계 진입은 처음이었다.

아니, 어비스의 경험을 이계 진입이라고 하면 두 번째일까?

하지만 별 어려움을 느끼지 않았다. 그는 이미 수도 없이 물질세계와 정보세계를 넘나들었고, 이계 진입 과정도 비슷했으니까.

자신을 부르는 목소리를 따라서 다른 세계로 넘어와 보니, 인간과 상당히 흡사한 지성체가 자신을 바라보고 있었다.

인간과의 차이점이라면 피부는 옅은 회색을 띠고 있고, 이마에는 은은한 빛을 발하는 보석이 박혀 있다는 것 정도.

눈앞에 있는 두 여자는 모두 마력을 지녔는데, 이마의 보석이 뇌를 도와서 마력을 컨트롤하는 보조 장치 역할을 해주는 것 같았다.

'유사 인간계로군.'

그것은 군단이 관측한 세계 중에서 지구 인류와 비슷한 종족이 문명을 일구고 사는 세계를 말한다.

용우가 종말의 군단을 끝장낸 이후로 만난 외계 지성체는 하나같이 이질적인 존재들이었다.

그에 비하면 초월권족이나 종말의 군단은 상당히 인간적인 자들이다. 종말의 군단은 구성원들이 정보세계의 존재인 언데드였지만, 그들도 물질세계의 존재일 때는 인간과 비슷한 생명체였다.

용우는 그런 인간을 닮은 지성체의 세계를 유사 인간계라는 이름의 카테고리로 분류해 놓고 있었다.

"그러니까 날 부른 이유는 이 국면을 타개할 용병으로 쓰고 싶다는 건가?"

"…그렇게 되겠지요."

엘리의 설명을 다 들은 용우가 묻자, 그녀가 떨떠름한 얼굴로 고개를 끄덕였다. 아무래도 자신이 예상했던 것과는 전혀 다른 존재가 나타나서 당황하고 있는 것 같았다.

"대가로 제 목숨을 드리겠습니다. 부디 제국군을 격퇴하여 저항군에게 길을 열어주세요."

"네 목숨? 그런 건 필요 없어."

"네?"

용우가 심드렁하게 대꾸하자 엘리가 당황했다.

"당신이 왜 그런 대가를 주겠다고 하는지는 짐작이 가는군."

용우는 어비스에서 수도 없이 봤던 성좌의 아바타를 떠올리며 쓴웃음을 지었다.

"하지만 난 인신 공양 따윈 받지 않아. 그러니 대가로는 다른 걸 받기로 하지."

"뭘 드리면 될까요?"

"그걸 줘."

용우가 가리킨 것은, 엘리가 쥐고 있는 별의 돌이었다.

엘리는 잠시 생각해 보더니 고개를 끄덕였다.

"…좋아요. 하지만 당신이 정말 제가 말한 것을 이뤄줄 수 있는 존재인지 확신하기 전에는 줄 수 없어요."

"후불인가? 좋아. 나중에 말 바꾸지만 마라."

용우는 어깨를 으쓱하고는 물었다.

"의뢰 내용을 정리하지. 넌 제국군의 격퇴와 저항군의 탈출, 둘 중 어느 쪽을 우선해 주길 바라지?"

"그야… 후자지요."

"네 의뢰는 어디까지나 이 국면을 타파해 주는 것에 국한된다. 의뢰를 확대해석해서 내게 추가로 뭔가 더 부탁할 생각은 하지 마."

엘리는 그 말에 흠칫했지만, 곧 고개를 끄덕일 수밖에 없었다.

그런데 그때 마우디가 반발했다.

"젠장! 얼마나 대단한 힘을 가졌는지 모르겠지만 사람이 절박한 상황에 처했다고 너무 후려치는 거 아니야?"

"후려치다니?"

"별의 돌이 얼마나 큰 가치를 가졌는지 아니까 달라고 하는 거잖아. 이 세상에 단 일곱 개밖에 없는 보물이야! 용황제도 혈

안이 되어 손에 넣으려고 하는 물건이라고! 그걸 대가로 받으면서 고작 이 전투 한 번만 싸워주겠다고?"

"일곱 개? 아니, 그렇게 많지는 않아. 이 별에는 세 개밖에 없는데?"

"응?"

용우의 반문에 마우디가 눈을 크게 떴다.

"일곱 성좌의 힘을 가진 물건이라 일곱 개가 있다고 생각했나 보군. 근데 이 별에는 새벽, 광휘, 빙설 세 개밖에 없어."

"…그걸 어떻게 아는데?"

"내가 너희가 목숨을 바쳐서라도 부르려고 했던 성좌의 화신이니까."

용우가 피식 웃었다.

"어쨌든 모든 것의 가치는 상황에 따라 변하게 마련이지. 내가 도와주지 않으면 다 끝장인 너희들을 살려서 다음 기회를 주겠다는데 그 이상을 바라면 날강도 심보 아닐까?"

"크윽……!"

마우디가 입술을 깨물었다.

엘리가 목숨을 걸고 만들어낸 기회다. 그래서 어떻게든 협상을 해보려고 했지만 상대는 그럴 여지를 주지 않았다.

"무엇보다 한쪽 이야기만 듣고 판단할 수는 없지."

"무슨 뜻이죠?"

엘리가 표정을 굳히며 물었다.

"엘리, 당신이 말하는 게 진심이라는 건 알았어. 하지만 그것만으로는 안 돼."

"제가 거짓말을 했다는 건가요?"

"아니, 당신은 진심을 말했지. 하지만 당신이 알고 있는 게 진실인지는 알 수 없거든. 당신 의뢰는 받아들이겠지만 제국을 어떻게 할지는 그들과 이야기를 해보고 결정할 거야."

"그런……."

"자, 그럼 일단 의뢰를 수행해 볼까?"

용우가 천장을 바라보더니 눈살을 찌푸렸다.

'안티 텔레포트 필드? 아니, 좀 다르군. 오버마인드의 텔레포트 차단과 비슷한가?'

텔레포트가 차단된 것을 안 용우가 허공에 손을 뻗었다.

―오버 커넥트!

허공에 새카만 구멍이 뻥 뚫렸다.

엘리와 마우디가 놀라서 뒤로 물러나는데, 용우가 그 안으로 뛰어들어서 사라졌다.

"뭐, 뭐야?"

"공간이동? 하지만 결계가 펼쳐져 있는데?"

놀라는 두 사람에게 용우의 목소리가 들려왔다.

〈지상에 나왔다. 지금부터 상황을 중계해 주지.〉

그리고 마치 하늘 높은 곳에 떠서 지상을 굽어보는 것 같은 영상이 두 사람의 뇌리에 떠오르기 시작했다.

*　　　　*　　　　*

용우가 지상으로 올라왔을 때, 그곳은 완전히 전쟁터 한복판이었다.

콰쾅! 콰과과광……!

하늘에서 커다란 불덩어리가 떨어져서 폭발했다.

물론 그것은 자연현상이 아니라 마력을 지닌 자가 가한 공격
이었다.

용우가 주변을 둘러보자 통일된 검푸른 제복과 규격화된 무
장을 갖춘 병사들과 그렇지 않은 자들이 싸우고 있는 것이 보였
다.

어느 쪽이 제국군인지는 고민할 필요도 없었다.

'완전히 압살당하기 직전이군.'

용우가 혀를 찼다.

저항군의 아지트는 황야 한복판에 있는 유적이었다. 오래된
석재 건물 주변에 건물을 짓다 만 것 같은 벽들과 기둥들이 서
있었는데, 저항군은 그것을 방패 삼아서 제국군과 맞서고 있었
다.

하지만 전세는 완전히 제국군이 압도하는 중이었다.

1,500명 정도의 병력으로 구성된 제국군은 놀랍게도 병사 모
두가 마력이 깃든 장비를 갖추고 있었다. 병과는 창병 혹은 궁병
이었는데, 창병도 창에 에너지탄을 쏘아내는 기능이 있어서 중거
리 화력전을 담당했다.

콰과과과광!

게다가 후방에 자리한 자들이 쏘아내는 불덩어리가 너무나
강력했다.

저항군은 창병과 궁병이 쏘는 공격 때문에 방패막이로 삼은

곳에서 나오지도 못하고 있다가 포물선을 그리며 떨어져 내리는 불덩어리의 폭발에 휩싸여 죽어가고 있었다.

"이야아아아아아!"

그 절망적인 상황 속에서 저항군 하나가 달려 나왔다.

'호오.'

용우가 눈을 빛냈다.

달려 나온 저항군은 검사였다. 나오자마자 제국군의 십자포화가 쏟아졌는데, 그는 빛을 발하는 검으로 날아드는 에너지탄과 화살을 모조리 쳐내면서 제국군 사이로 뛰어들었다.

푸화아아아아악!

초인적인 신체 능력을 지닌 저항군 검사가 제국군에게 도달하기까지는 채 3초도 걸리지 않았다.

그리고 그가 검을 휘두르는 족족 제국 병사들이 피를 흩뿌리며 쓰러지기 시작했다.

콰아아아앙!

그는 검만 쓰는 게 아니라 마력을 제어해서 스펠 비슷한 힘을 쓰고 있었다.

그에게서 뿜어져 나오는 충격파가 제국 병사들의 균형을 무너뜨리고, 접근을 막아냈다.

투캉!

하지만 그의 활약은 금세 가로막히고 말았다.

제국군 사이에서 이질적인 존재가 모습을 드러냈기 때문이다.

3미터의 거구에 용의 머리를 가진 괴물이 저항군 검사를 가로

막았다.

"드라칸!"

용황제의 축복을 받은 존재, 드라칸.

검푸른 비늘 위로 검푸른 제복을 입은 드라칸이 그 거구에 맞는 거대한 검을 휘둘렀다.

드라칸은 3미터의 거구이기에 느릴 것 같지만 전혀 그렇지 않았다. 지구의 격투기 선수로 치면 경량급, 그중에서도 톱 스피드를 자랑하는 선수보다도 두 배 이상 빠르다.

후우우우우!

저항군 검사는 아슬아슬하게 그 검을 피했다.

쾅!

하지만 물 흐르듯이 이어지는 드라칸의 다음 검격은 피하지 못했다. 검을 세워서 공격을 막은 저항군 검사가 그대로 튕겨 나갔다.

"크억……!"

가까스로 넘어지지 않고 착지한 저항군 검사가 그 자리에 주 저앉았다.

그런 그에게 드라칸이 성큼성큼 다가오며 말했다.

"저항군에도 제법 기개 있는 자가 있군. 네 목은 내가 거둬주마."

"용황제의 사냥개 주제에……!"

저항군 검사가 비틀거리며 일어났다. 하지만 일격을 받아낸 것만으로도 그의 육체는 한계에 도달한 것 같았다.

그때였다.

"괴물치고는 괜찮은 디자인이군."

둘 사이에 용우가 사뿐하게 내려섰다.

드라칸이 흠칫했다.

"넌 뭐지?"

지금의 용우는 셔츠 위에 재킷을 입고 청바지를 입고 있었는데, 이 세계의 존재가 보기에는 너무나 이질적인 복장이었다.

게다가 용우의 이목구비 또한 이질적이기는 마찬가지다. 회색 피부를 가진 이곳 인간들의 이목구비는 동양인과는 많이 달랐다.

용우는 드라칸의 물음을 무시하고 중얼거렸다.

"성좌의 힘과 이어져 있는 걸로 봐서는 양산형 셀레스티얼 같은 건가? 이런 놈들을 계속 찍어냈다면 상당히 가격 대 성능비가 훌륭한걸."

드라칸의 마력은 6등급 몬스터 수준, 그중에서도 상급이었다.

그에 비해 저항군 검사의 마력은 4등급 몬스터 수준에 불과하다. 지구인 각성자를 기준으로 보면 최상급이었지만 드라칸을 상대하기에는 역부족이다.

'게다가 이게 저항군 중에서는 세 손가락 안에 드는 수준이고.'

저항군 생존자 중에 이 검사보다 마력이 강한 자는 엘리와, 그녀의 호위인 마우디뿐이었다.

그리고 이들 3명을 포함, 허공장 보유자는 아무도 없었다. 이러니 제국군에게 압살당하는 것도 당연한 결과였다.

"건방진 놈."

드라칸이 분노를 드러냈다. 5미터 정도의 거리를 한 걸음에 좁히면서 검을 휘둘렀다.

턱.

하지만 인체를 산산조각 내고도 남을 그 검격은 아무것도 파괴하지 못하고 허공에 멈췄다.

용우가 아무렇지도 않게 맨손으로 그 칼날을 잡아버렸기 때문이다.

콰직!

그리고 약간 힘을 쓰자 검이 그대로 두 동강 났다.

"드라칸은 너 말고도 많으니까, 좀 현실 파악이 빠른 놈을 찾아서 대화하는 게 낫겠다."

용우가 경악한 드라칸의 복부를 툭 건드렸다.

퍼엉!

동작은 가벼웠지만 결과는 그렇지 않았다. 용우의 손이 닿자 드라칸이 쏘아진 포탄처럼 날아가서 땅에 처박혔다.

"뭐, 뭐야?"

그 광경을 본 제국군은 얼이 빠져 버렸다. 지금 자신이 뭘 본 건지 이해할 수가 없었다.

―리모트 힐!

용우의 머리에 후광 같은 빛의 파문이 발생하면서 저항군 검사의 몸이 급속도로 회복되기 시작했다. 그가 당황해서 물었다.

"다, 당신은 대체 누구십니까?"

"임시로 엘리라는 애한테 고용된 몸이야. 당신들을 최대한 살려서 탈출시켜 주기로 했으니까 일단 여기로 들어가. 허튼짓 하지 말고 그냥 거기에 있으면 내가 상황을 해결해 주지."

용우는 그렇게 말하고는 워프 게이트를 열었다. 허공에 열린 시커먼 구멍을 멍하니 바라보던 저항군 검사는, 이내 고개를 끄덕이고는 그 안으로 뛰어들어 사라졌다.

"자, 그럼……."

용우가 허공을 바라보자 연쇄 폭발이 일어났다.

퍼버버버버벙!

제국군이 쏘아낸 불덩어리들이 모조리 폭발해서 사라진 것이다.

놀란 제국군은 잠시 전술 행동을 멈추고 말았다.

그사이 용우는 살아남은 저항군 병사들에게로 향했다.

〈엘리, 보고 있지?〉

〈보, 보고 있어요.〉

엘리는 자신이 보는 것을 믿을 수 없는지 어안이 벙벙해져 있었다.

〈하나하나 붙잡고 설명하고 설득할 시간이 없어. 너희 편은 다 그쪽으로 보낼 테니까 설명은 네가 해라.〉

〈…알겠습니다. 하지만 이곳으로 모여서 뭘 어떻게 하죠? 빠져나갈 길이 없는데요.〉

〈제국군을 물러나게 만든 다음 너희를 다른 곳으로 데려다주지. 그럼 되잖아?〉

도대체 뭐가 문제냐는 듯한 용우의 물음에 엘리는 할 말을 잃었다.

말도 안 되는 소리 같은데, 지금 용우가 보여주는 능력은 그런 일이 충분히 가능하다고 말하고 있었다.

"당신 뭐야?"

"으악!"

"무슨 짓을……!"

그리고 연속으로 저항군의 비명이 울려 퍼졌다. 용우가 총알처럼 다가가서 그들을 워프 게이트에 던져 버렸기 때문이다.

"37명. 생존자는 다 회수했다."

아까 전까지만 해도 훨씬 많은 숫자가 있었던 것 같지만, 지금까지 살아 있던 것은 그들뿐이었다.

〈아직 제국군이 유적 안으로 진입하지는 않았군. 유적 안에 있는 너희 쪽 사람들은 알아서 한곳으로 모아두도록 해. 난 일단 제국군을 물러나게 만들고 나서 가겠다.〉

그렇게 말한 용우가 제국군을 향해 다가갔다.

"어이, 거기 제국군 지휘관 나와봐. 이야기 좀 하자."

느긋하게 손을 흔들며 말하는 그의 모습은 제국군에게는 황당함 그 자체였다.

당연하지만 토벌군으로서 이 자리에 온 제국군 입장에서는 용우와 대화를 나눌 이유가 없다.

"쏴라!"

전열을 갖춘 창병과 궁병이 용우를 향해 십자포화를 퍼부었다.

하지만 그들은 곧 얼어붙은 듯 굳어버렸다. 그럴 수밖에 없었다.

날아가던 에너지탄과 화살이 모조리 허공의 한 지점에서 정지해 버렸기 때문이다.

"이야기 좀 하자고 했는데 귀가… 아니, 뇌가 막혔냐?"

용우는 심드렁하게 말하며 멈춰 버린 그것들 사이를 빠져나와 계속 걸었다.

후두두둑…….

파직, 파지직…….

운동에너지를 잃은 화살이 떨어져 내리고, 에너지탄이 작은 스파크만을 남기며 흩어져 갔다.

"내가 까라면 까야 되는 군대의 입장을 이해하기 때문에 아주 관대하게 대해주려고 노력한다는 점을 이해해 줬으면 좋겠는데."

"이놈……!"

이해할 수 없는 사태 앞에서 얼어붙은 병사들 사이로 다섯 명의 드라칸이 달려 나왔다.

다섯 드라칸은 곧바로 산개해서 둥글게 용우를 반포위하는 형국으로 거리를 좁혔다.

순식간에 거리를 50미터까지 좁힌 그들 중 둘이 손을 뻗었다.

파지지지직!

시퍼런 전격의 사슬이 두 줄기가 용우를 강타했다.

화아아악!

뒤이어 반대쪽의 드라칸 두 명이 입을 벌려서 강력한 불을 뿜었다. 빠르게 날아든 불기둥이 용우에게 도달해서 폭발했다.

그 위력은 방금 전, 백 명이 넘는 병사가 날렸던 십자포화를 훨씬 능가했다.

"대화를 나누는 것 말고는 답이 없다는 걸 이해시켜 줄 수밖에 없겠군."

다음 순간, 제국군이 경악했다.

용우가 아무렇지도 않게 폭발을 뚫고 걸어 나왔기 때문이다.

"설마 환영술인가?"

마지막 공격을 준비하던 중앙의 드라칸이 놀라서 중얼거렸다.

용우가 정교한 환영술로 자신들을 속여 넘긴 게 아니라면 설명할 수가 없는 상황이었기 때문이다.

"환영술? 너희들 상대로 그런 귀찮은 짓을 할 필요가 없지."

용우가 피식 웃으며 드라칸에게 뛰어들었다.

그 속도가 너무나 빨라서 드라칸은 용우가 자신의 간격 안으로 들어온 후에야 움직임을 알아차렸다.

"큭……!"

말도 안 되는 일이었다.

드라칸의 신체 능력은 인간을 훨씬 상회한다. 인간은 마력으로 육체를 강화하는 기술이 달인의 경지에 오른다 해도 드라칸의 평소 상태와 필적하는 정도에 그친다.

그런데 용우의 속도는 완전히 드라칸의 반사 신경을 초월하고 있었다.

"사실 내가 죽이지 않고 제압하는 걸 좀 어려워하는 편이야. 인간 상대할 때는 기준을 확실하게 잡았는데 너희처럼 어중간하게 인간보다 강한 것들은 어느 정도로 힘 조절을 해야 할지 헷갈리거든."

용우는 공격하지 않고 속삭였다. 드라칸은 곧바로 뒤로 뛰면서 검을 휘둘렀다.

턱.

하지만 용우는 어린애 손짓을 붙잡듯이 그것을 막아버렸다.

"이걸 어떻게 해야 하나."

용우는 드라칸에게 얼굴을 들이밀고 고민에 빠졌다. 덩치가 3배는 큰 드라칸의 검을 붙잡은 채로 그런 행동을 하는 것은, 숨결이 닿을 정도로 가까이 있는 드라칸에게 기괴한 공포를 안겨주었다.

"크아!"

드라칸이 입을 벌렸다. 그러자 열린 입에서 불꽃이 뿜어져 나오는 게 아닌가?

화아아아아아악!

바로 앞에서, 그것도 얼굴에 불의 숨결을 직격당했으니 무사할 수 없으리라.

드라칸은 그렇게 생각하며 검을 들려고 했다.

'뭐지?'

그런데 검이 안 움직인다.

드라칸은 자신의 검이 여전히 용우의 손에 잡혀 있다는 사실을 알아차렸다.

'설마?'

드라칸의 동공이 흔들렸다.

"와, 불도 뿜냐? 깜짝 놀랐잖아."

바로 그 설마였다.

용우는 털끝 하나 상하지 않은 채로 드라칸을 바라보고 있었다.

"너희를 어떻게 패야 적당히 제압할 수 있을지 기준이 잘 안 서니까, 쉬운 방법으로 가야겠다."

드라칸은 그 말을 이해할 수 없었다.

다음 순간, 갑자기 사고가 단절되면서 머릿속이 새하얗게 변해 버렸기 때문이다.

'뭐, 지……?'

의문조차 제대로 떠오르지 않는다. 의식의 표면으로 떠오르기 전에 파편화되어 흩어지고, 드라칸은 그대로 흐느적거리면서 그 자리에 쓰러져서 혼절했다.

"그냥 좀 자라."

용우가 쓰러진 드라칸을 보며 웃었다.

그 모습을 본 다른 드라칸들이 달려들었다.

꽉!

하지만 일제히 달려든다고 해도 달라지는 것은 없었다.

용우는 날아드는 창을 붙잡은 다음 끌어당기면서 드라칸과 눈을 마주쳤다.

"……!"

그러자 드라칸의 사고 흐름이 무수히 단절되고 파편화되면서 흩어졌다. 그 역시 눈을 까뒤집고 혼절하고 말았다.

이들을 상대로 어느 정도 힘을 써야 죽이지 않고 제압할 수 있는가?

용우 입장에서 그것은 꽤 까다로운 문제였다. 과연 벌레를 짓

눌러서 죽이지 않고 의식만 끊어놓으려면 어느 정도 힘을 줘야 할까? 딱 그런 수준의 문제였던 것이다.

그렇기에 용우는 자신이 힘 조절을 하는 대신 텔레파시의 검을 휘둘렀다. 의식을 끊어버리면 모든 문제가 해결되니까.

5명의 드라칸이 제압되기까지는 채 20초도 걸리지 않았다.

"......"

정적이 내려앉았다.

제국군은 믿을 수 없다는 듯 용우를 바라보았다. 제국이 자랑하는 학살병기 드라칸을 어린애 손목 비틀듯이 제압해 버리다니, 어떻게 저럴 수가 있단 말인가?

용우는 굳어버린 제국군 앞에서 손을 들었다.

"잘 봐라."

그리고 손을 한번 털자 푸른 에너지탄이 쏘아져 나갔다.

꽈아아아아아아앙……!

극초음속으로 날아간 에너지탄이 유적에서 1킬로미터 떨어진 지점에서 대폭발을 일으켰다.

1킬로미터 바깥에서도 하늘로 치솟는 폭발이 보이고, 충격파가 그 자리를 때리자 제국군은 전의를 상실했다.

"지휘관 나와봐. 얘기 좀 하게."

제국군은 이번에는 용우의 제안을 거부할 수 없었다.

꿀꺽.

정적 속에서 누군가 침을 삼키는 소리가 선명하게 울렸다.

3

엘리는 너무 놀란 나머지 벌린 입을 다물지 못했다.

"맙소사……."

"뭐야? 어떻게 됐는데?"

그 옆에 모여 있던 저항군 간부들이 물었다. 눈을 감고 용우가 전달해 주는 지상의 상황에 집중하던 엘리가 눈을 뜨고 말했다.

"제국군이 후퇴했어요."

"정말로?"

"네. 하지만 전사자는 한 명도 없는 것 같네요."

"그럴 리가? 전사자 한 명 안 나왔는데 제국군이 토벌 작전을 포기하고 물러갔다고?"

믿을 수 없는 사실에 다들 술렁였다.

엘리가 뭔가 말하려고 할 때, 그들 사이에 시커먼 구멍이 발생하더니 용우가 걸어 나왔다.

"바라는 대로 제국군을 물러나게 해줬다. 앞으로 네 시간 동안은 4킬로미터 안으로 접근하지 않기로 약속했어."

"왜 그들을 하나도 죽이지 않은 거죠? 당신을 죽이려고 공격했잖아요."

"말했다시피 난 이 세계의 사정을 모르니까. 나는 네가 나를 불러서 대가를 제시했고, 거래가 성립했으니까 네가 바라는 일을 해주고 있을 뿐이야."

"제국군은 나쁜 놈들이에요."

"세상에 전쟁이 벌어지면, 전쟁을 벌이는 이들은 서로 상대편이 나쁜 놈들이라고 말하지."

"당신은 아무것도 모르니까 그런 소리를 할 수 있는 거예요! 우리가 얼마나……."

용우는 손을 들어서 목소리를 높이는 엘리를 제지했다.

"그래. 몰라. 모르니까 함부로 사람을 죽이진 않겠다는 거야."

"……."

부들부들 떠는 엘리를 보며 용우는 작게 한숨을 내쉬었다.

용우는 원래 적에게는 가차 없는 성격이다. 하지만 제국군은 지금의 그가 적으로 삼기에는 너무나 하찮은 자들이었다.

물론 그렇더라도 그들이 정말 사악한 괴물이라서 인류를 죽이고 착취하는 존재라면 가차 없이 손을 쓸 것이다. 하지만 지금 용우가 휘말린 것은 어디까지나 이 세계 인류 사회 안에서 벌어지는, 인류 세력끼리의 분쟁이었다.

그러니까 누군가를 죽이는 일은, 그래야 할 이유가 분명해진 다음에 할 것이다. 그것이 이계로 날아온 용우의 입장이었다.

잠시 분을 삭인 엘리가 물었다.

"그들이 약속을 지킬 것 같은가요?"

"지킬 거야. 안 지키면 다 죽는다는 사실을 이해시켜 줬으니까."

"당신은… 정말 무서운 힘을 가졌군요."

"그런 힘을 가진 존재를 부르고 싶었던 것 아니었나?"

"용황제를 죽이고 제국을 전복시켜 줄 힘을 원했죠."

"거짓말은 아니군. 마음속 깊은 곳에서는 그렇게 바라고 있었을 테니까. 하지만 네가 당장 바란 것은 지금의 위기를 모면하는 거였지."

"벌써부터 후회되네요. 설마 성좌의 화신이 이 정도로 무시무시한 힘을 가졌을 줄은 몰랐으니까요. 하지만 어쩔 수 없죠. 제 무지를 원망할 수밖에……"

한숨을 쉰 엘리가 말했다.

"도움에 감사드립니다. 이제 우리를 탈출할 수 있게 해주신다면 약속대로 별의 돌을 드리겠어요."

"그러지. 시간 여유가 좀 있으니 그동안 짐을 챙겨둬."

"짐도 가져갈 수 있나요?"

"그 정도는 내가 서비스해 주지. 하지만 어디로 갈지는 당신들이 정해서 알려줘야 해. 나는 이 세계에 온 지 한 시간도 안 된 몸이니까."

"알겠어요. 일단 회의를 해보고 결정해서 말씀드리지요."

곧 저항군은 탈출을 준비하느라 바쁘게 움직이기 시작했다.

*　　　　*　　　　*

용황제는 명상의 방에서 가부좌를 틀고 앉아 있었다.

그의 주변을 두 개의 빛덩어리가 서서히 회전하면서 강력한 힘을 발한다.

그 빛덩어리들은 별의 돌이라 불리는, 아마도 이 세계에서 가장 강대한 권능이 담겼을 보물이었다.

'힘을……!'

인간의 눈이 담을 수 있는 세계는 작다. 작은 존재인 인간은 평생 동안 세계의 진정한 크기를 알지 못하고, 자신이 보고 들은 작은 세계만을 알아가다가 죽는다.

'인류를 구제할 힘을!'

그러나 용황제는 거대한 세계를 보고 있었다.

신화가 멸망의 흔적만을 남긴 이 시대, 인류의 인식이 미치는 곳은 팔라시아 대륙과 오디언 군도뿐이었다.

바다를 지배하는 괴물들 때문에 먼 바다를 넘는 해로가 막혔기에 인류의 항해술 발달에는 한계가 있었다.

오직 용황제만이 저 수평선 너머에 있는 세계의 나머지 부분을 알고 있었다.

팔라시아 대륙과 마찬가지로 문명을 꽃피운 인류의 존재가 있는 4개의 대륙을.

'저 하늘 너머······.'

그리고 용황제의 인지 능력은 거기에서 멈추지 않았다.

이 시대의 학자들은 이미 세계가 평평하지 않고 둥근 구체라는 사실을 알고 있었다.

하지만 그것은 어디까지나 학문적 성과였다. 이 세계의 전체상을 직접 본 자는 아무도 없었다.

용황제를 제외한다면 아무도.

'별에 잠든 재앙에 대비할 힘을!'

그의 눈은 푸른 하늘 너머, 끝없는 어둠이 지배하는 우주를 보고 있었다.

광기의 근원이라 불리는 달, 그리고 그보다 열 배 이상 멀리 떨어진 죽음의 별······.

광활한 어둠 너머에는 언젠가 인류를 멸망시킬 재앙이 잠들어 있었다.

'두 개로는 부족하다.'

용황제의 수중에 있는 별의 돌은 둘 뿐.

광휘와 빙설.

용황제는 아직 이 둘의 힘을 완전히 끌어내지 못하고 있었다. 그럼에도 그는 명실상부한 인류 최강의 존재, 그 누구도 대적할 수 없는 신적인 존재였다.

'일곱 개가 모이지 않으면, 인류는 멸망하고 말 것이다.'

용황제는 미래의 멸망을 확신했다.

그렇기에 그는 무슨 수를 써서라도 별의 돌 7개를 모을 생각이었다.

"무슨 일이지?"

문득 그가 눈을 떴다.

그의 은총을 받은 존재, 드라칸과 달리 그는 인간의 모습을 하고 있었다.

하지만 그것은 딱히 용황제가 인간의 모습을 사랑하기 때문은 아니다. 그가 근본적으로 드라칸보다 격이 높은 존재이기 때문에 인간의 모습도 보존된 것뿐.

"죄송합니다."

명상의 방에 들어온 신하가 고개를 조아렸다.

"긴급히 보고드릴 것이 있습니다."

"말하라."

"토벌군이 실패했습니다."

용황제는 그 보고를 듣고 화를 내지 않았다. 그저 차분하게 물었을 뿐이었다.

"분명 저항군을 토벌하고도 남을 충분한 병력이었을 터. 실패한 이유는 무엇인가?"

지휘관의 무능을 단죄해야 할 것인가, 아니면 어쩔 수 없는 사정이 있었음을 감안하고 용서해야 할 것인가?

용황제는 그 판단을 내릴 근거를 요구하고 있었다.

"예상치 못한 존재가 출현했다고 합니다. 아마도 우리가 알지 못하는 미지의 대마법사로 추정됩니다."

"대마법사?"

용황제의 눈썹이 꿈틀거렸다.

대마법사.

그것은 고대의 힘을 손에 넣어 신의 영역에 발을 들인 마법사를 말한다.

공식적으로 이 세계에는 네 명의 대마법사가 있었다.

그들은 모두 제국 소속이었으며, 황제의 은총을 받아 인간을 초월한 드라칸이었다.

대마법사는 드라칸이 아니고서는 도달 불가능한 경지, 그것이 마학계에 통용되는 정설이었다.

그런데 이제 와서 제국에 속하지 않은, 심지어 드라칸도 아닌 인간 대마법사가 나타났단 말인가?

"대마법사가 아니라면 도저히 설명할 수 없는 힘의 소유자였다고 합니다."

신하는 공손히 보고서를 용황제에 올렸다. 보고서를 받아서 읽어본 용황제가 중얼거렸다.

"…그냥 내버려 둘 수는 없겠군."

이 세계에 존재하는 별의 돌 3개 중 마지막 하나를 손에 넣을 기회가 날아가 버렸다.

용황제는 이 문제를 좌시할 생각이 없었다.

4

서용우는 시장 한복판에 위치한 건물 2층에서 별의 돌을 들고 이리저리 살펴보고 있었다.

"신기하군. 이걸 어떻게 만든 거지?"

"인간이 그런 걸 만들 수 있을 리가 없잖아요. 머나먼 옛날에 신들이 위대한 성좌의 힘을 받아 만들어냈다고 해요."

그의 말은 편에 앉은 엘리의 말에 용우가 피식 웃었다.

"그럴 리가 있나. 그럼 이게 왜 그 신들의 손에 있지 않고 인간인 네 손에 있었던 건데?"

"그야 우리는 알지 못하는 신화적인 이유가 있겠죠. 세상에 알려진 신화는 극히 일부일 뿐, 역사의 진실은 그 시대를 살아간 사람들만이 알 수 있는 것이니까요."

"그럴듯한 이야기네."

용우는 엘리의 말을 대충 흘려 넘기면서 별의 돌을 분석해 보았다.

별의 돌은 정말로 신기한 물건이었다.

새벽의 권능이 깃든 이것은 근본적으로는 용우가 가진 성좌의 무기, 군주 코어와 같은 물건이다.

단위 시간당 생산량에는 한계가 있지만, 아무런 연료 없이도 끊임없이 에너지를 생산한다. 무(無)에서 유(有)를 창조하는, 상대적이지만 무한한 영구 동력으로 엔트로피를 역행한다.

하지만 그 성능 면에서는 성좌의 무기, 군주 코어보다 훨씬 떨어진다.

단위 시간당 생산량은 저 둘의 3분의 1 정도에 지나지 않았고, 그 힘을 극대화시킬 구세록이나 왕의 권능 같은 거대한 시스템이 존재하는 것도 아니었다.

'그래도 신의 힘이라고 불리기에는 충분한 수준이지만.'

이 세계 인류는 문명 수준 면에서는 지구와 비교할 수 없었다. 용우가 경험한 곳은 중세보다는 좀 나은 정도였는데, 그걸 지구가 지나온 시대와 똑같은 기준으로 판단하기에는 애매하다.

왜냐하면 이 세계 인류는 마력의 존재를 알고, 그것을 활용하는 데 익숙하기 때문이었다.

초인의 존재가 당연시되고, 원거리 통신이나 공간이동이 활용되는 세상을 지구와 똑같은 잣대로 잴 수는 없다.

특히 이곳에서는 다른 공간 간섭계 능력과는 별개로 텔레포트는 그렇게까지 희소한 능력이 아니었다.

그렇다고 흔한 것도 아니지만, 어쨌든 고위 마법사라고 불릴 정도면 텔레포트가 가능하다고 한다.

'내 입장에서는 그냥 판타지 세계지.'

그렇게 부르는 게 딱 어울리는 세계였다. 아마 이곳만이 아니라 다른 유사 인간계도 대체로 그렇지 않을까?

"제 말 듣고 있어요?"

"응? 아, 잠시 딴생각을 하고 있었어. 미안."

"언제까지 여기 있을 거냐고 물어봤어요."

"글쎄. 그리 오래 있지는 않을 거야."

이 세계에 오기 전, 용우는 혼자 왕의 섬에 있었다. 종말의 군단의 세계를 침식하는 혼돈과 싸워서 영적 자원을 생산하는 일을 위해서였다.

요즘은 그 작업을 일주일 단위로 하고 있기 때문에, 일주일이 지나도록 돌아가지 않으면 지구에서 걱정할 것이다.

'비연이한테는 미리 말해둘까?'

용우는 고민했다.

이비연은 한창 세계 각국의 우주 사업에 협력하는 일을 맡고 있었다. 지구와 태양계 곳곳을 왕복하느라 바쁜 그녀에게 괜한 걱정을 끼치고 싶지는 않았다.

'뭐, 연락은 언제든지 가능하니까.'

구세록의 권능은 이 세계에서도 문제없이 기능했다. 지구로 돌아가는 것은 마음만 먹으면 언제든 가능한 일이었다.

"왜? 위험에서 벗어나고 나니까 이제 내가 귀찮아? 그럼 떠나줄게."

"아니, 그건 아니고요."

엘리가 고개를 절레절레 저었다.

"궁금해서 그래요."

"뭐가?"

"당신은 이 세계의 사정을 모르기 때문에 제국군을 살려서 보내줬다고 했잖아요. 그럼 알고 나서는 어떻게 할지 궁금해요."

"…넌 좀 끈질기구나."

"이방인, 아니, 이계인인 당신에게는 별로 중요하지 않겠지만 우리에게는 정말로 중요한 일이니까요. 물론 우리 거래는 끝났지만, 그래도 지푸라기라도 붙잡고 싶은 심정으로 말하고 있는 거예요."

"넌 내가 제국군을 다 때려잡아 주길 바라는 거지?"

"네."

너무나 솔직한 엘리의 대답에 용우는 웃어버리고 말았다.

"그건 참… 애매한 문제인데."

"뭐가요?"

"물론 세상에는 좋은 사람도 있고 나쁜 놈도 있지. 내 눈앞에서 비인륜적인 짓을 벌이는 놈이 있다면, 나는 그런 짓을 저지른 놈을 죽도록 패주거나 죽여 버리거나 할 거야."

"제국군이 바로 그런 놈들이에요. 여태까지 그놈들이 얼마나 끔찍한 짓을 많이 저질렀는지 아세요? 그놈들은……!"

"하지만 제국이 횡포를 부리는 건 어쨌거나 이 세계 사람들끼리의 문제야."

용우는 울분을 터뜨리려는 엘리의 말을 자르며 말했다.

"다른 세계 사람인 내가 용황제와 제국이 악의 세력인 것 같으니까 다 때려잡는다고 해서 그게 좋은 일이 될까?"

"왜요? 그게 좋은 일이 아닐 리가 없잖아요. 그건 무조건 좋은 일이에요."

"음. 네 입장은 확실히 알겠지만……."

용우가 쓴웃음을 지었다.

지구에서도 인류가 해결해야 할 문제라고 판단되면 나서지 않는 것이 용우가 그어둔 선이었다. 그런데 다른 세계의 인류가 역사의 흐름 속에서 구축한 파워 밸런스를 뚝딱 바꿔 버리는 일이라면 신중할 수밖에 없지 않은가?

"어쨌든 단순히 나 자신이 이 세계에서 벌어지는 일들에 대해서 이해하는 것만으로는 부족해. 짧은 시간 동안 벼락치기 공부를 해봤자 피상적인 지식을 얻는 것에 지나지 않기도 하고."

저항군을 황야의 유적 아지트에서 400킬로미터나 떨어진 도시로 탈출시켜 준 지 하루가 지났다.

용우는 하루를 무의미하게 소비하지는 않았다. 그는 모처럼 오게 된 이 유사 인간계에 관심이 많았으니까.

사람들 사이를 돌아다니면서 그들로부터 이 세계에서 벌어지는 일들에 대한 정보를 얻었다.

아무도 용우의 존재를 이상하게 생각하지 않았으며, 용우가 원하기만 하면 사람들은 그가 듣고 싶어 하는 정보를 줄줄 읊어 주었다.

용우의 강력한 텔레파시 능력은 상대가 그런 일을 겪고도 아무런 위화감을 느끼지 못하게 할 수 있었다.

"네가 바라는 대로 내가 제국과 싸우려면, 최소한의 명분은 있어야 하지 않겠어?"

"어떤 명분이요?"

"내가 보는 앞에서 정말 부조리한 일이 벌어진다거나, 아니면 제국이 나와 싸워보자고 덤비거나."

"정말 부조리한 일이라면 어떤 일을 말하는데요?"

"인신매매나, 인체 실험이나, 민간인 학살……. 뭐 그런 일들을 말하지."

그 말에 엘리가 퍽 해괴한 소리를 들었다는 표정을 지어 보였다. 용우가 물었다.

"왜?"

"아니, 그런 일들이야 어디서든 벌어지고 있는걸요. 제국군이 그런 짓을 한두 번 저지른 것도 아니고요. 특히 민간인 학살은 밥 먹듯이 저지르죠."

"……."

21세기의 지구 기준으로 민간인 학살은 아주 무거운 전쟁범죄다. 하지만 이 세계에서는 흔히 일어나는 사건에 불과한 모양이었다.

"그리고 그런 일들은 제국이 제게 저질렀거나 저지르려고 했던 일들이에요."

"그래?"

"거짓말 같아요?"

"아니."

"그런데 뭐 반응이 그래요?"

"네가 별로 평탄한 인생을 살았을 것 같지는 않았거든. 그래서 그러려니 했지."

"……."

엘리가 새초롬하게 용우를 쏘아보았다. 그 얼굴이 귀여워서 용우가 킥킥 웃었다.

"하긴 당신은 인간이 아니죠. 인간의 고충 따위, 당신에게는 전부 작고 미약한 존재들의 일에 불과하겠네요."

"그렇지 않아. 난 인간이야."

"…네?"

엘리가 정말 말도 안 되는 소리를 들었다는 표정을 지었다.

"난 인간이야. 다른 세계의 인간일 뿐이지."

"혹시 당신 세계의 인간은 다 당신처럼 엄청난 힘을 가졌나요?"

"아니, 전혀. 내가 특별한 거지."

"인간이 어떻게……. 아니, 성좌의 화신이니까 그럴 수도 있겠네요. 선택받은 존재라면야."

"선택받은 존재라……."

선택받은 존재이긴 했다. 선택한 놈이 지옥에 가서 죽으라고 선택해서 그렇지.

"딱히 네가 생각하는 그런 선택받은 존재는 아니었어."

그렇게 말하는 용우의 표정이 너무나 씁쓸해 보여서, 엘리는 말문이 막혔다.

잠시 조용해졌던 그녀가 말했다.

"…미안해요."

"뭐가?"

"당신에 대해서 알지도 못하는데 함부로 말한 거요. 당신은 신처럼 강한 사람이니까, 뭐든지 마음대로 하면서 행복하게 살았을 줄 알았어요."

그건 아마도 엘리가 지닌 동경과 환상이 자아낸 선입견이었으리라.

그녀는 늘 힘이 없어서 험악한 운명에 떠밀리며 살아왔다. 그렇기에 용우처럼 강대한 힘을 지닌 존재가 인간다운 아픔을 지니고 있으리라고는 상상 못 했던 것이다.

하지만 지금 용우의 표정을 본 그녀는 깨달았다. 그 역시 사람의 마음을 가진 존재라는 것을.

작게 한숨을 쉰 엘리가 화제를 돌렸다.

"어쨌든 당신이 무슨 말을 하는지는 알겠어요. 성의를 보여 드릴게요."

5

다음 날, 엘리가 의기양양한 표정으로 말했다.

"잡았어요."

"뭘?"

"제국군이 인신매매와 인체 실험을 하고 있다는 정보요."

"……."

빠르다. 그리고 집요하다.

'이 녀석, 괜히 저항군의 간부를 하고 있는 게 아니군.'

용우는 그녀가 상당한 걸물임을 인정할 수밖에 없었다. 하긴 그렇지 않았다면 애당초 자기 목숨을 바쳐서 성좌의 화신을 초환(招還)하는 일을 실행에 옮기지도 않았으리라.

용우가 놀란 표정으로 바라보자 엘리가 새가 지저귀듯 조잘거렸다.

"우리 세력은 여기저기 많이 심어져 있거든요. 암흑가에 침투해 있는 인원이 많아서 그런 정보는 잘 들어와요. 그런 정보를 바탕으로 제 능력을 조금만 활용하면 사실을 확인하는 건 일도 아니죠."

"그래서, 어디서 뭘 어떻게 하고 있는데?"

용우가 항복했다는 제스처를 취하자 엘리는 대답하는 대신 다른 것을 물었다.

"어제 여기저기 돌아다니시는 것 같던데 이 세계 사정은 좀 파악하셨어요?"

"어느 정도는."

"제국이 사실상 세계를 정복한 상황이지만 뭔 이유에서인지 확장을 멈췄다는 것도 아세요?"

"응. 대체로 어차피 정복한 거나 다름없으니 내정을 다지는 단계라서 그렇다는 이야기들을 하던데."

용우는 지금 있는 도시 사람들에게만 이야기를 들어본 게 아니다.

주변 도시는 물론이고 제국령까지 가서 제국 사람들에게도 이야기를 들어보았다.

그렇게 해서 들은 이야기를 종합해 보면, 확실히 용황제는 독재자이며 정복자였다.

그는 막강한 힘으로 주변국을 침략하여 영토를 늘려왔다. 동시에 제국은 물론이고 정복한 지역의 사회구조를 완전히 뒤집어 놓았다.

기존의 지배계급이었던 귀족의 특권을 빅탈하고, 자신에게 충성을 맹세하고 드라칸이 된 자만을 지배계급으로 인정했던 것이다.

그 결과 오로지 인간이 아닌 자들만이 인간을 지배하는 사회구조가 성립되고 있었다.

'그 과정에서 수많은 전쟁범죄가 일어났고, 저항운동을 탄압하면서 수많은 피해자들이 양산되는… 전형적인 폭군 독재자의 행보를 좀 더 그로테스크하게 부풀려 놨다고 할 수 있는데.'

용우가 보기에 용황제는 참 고민되는 존재였다.

이러쿵저러쿵 핑계를 늘어놓았지만 용우는 일단 자신을 이 세계로 부른 엘리의 입장을 우선해서 생각하고 있었다. 그녀가 처한 어려움에 어느 정도 감정이입을 하고 있는 것이다.

'사실 이 별의 돌은, 거기서 한번 싸워주는 대가로 받기에는 너무 큰 대가였지.'

용우 입장에서 보면 정말 몸풀기도 안 되는 일을 해주고 엄청난 보물을 받은 셈이다.

그런 부채감이 있어서, 용우는 아직 엘리를 지켜보고 있었다.

어제 그녀에게 말한 것은, 어떻게 하면 자신을 움직일 수 있는지 알려준 것이다.

'나를 네가 바라는 일에 동원하고 싶다면, 성의를 보여라. 내가 거리낌 없이 이 세계의 일에 개입할 만한 명분을 제공해라.'

용우는 그런 뜻을 전달했고, 엘리는 아주 잘 이해했다. 이해했을 뿐만 아니라 놀라운 추진력으로 그 명분을 가져왔다.

엘리가 말했다.

"제국이 세계의 절반만을 지배하는 이유는, 나머지 절반에 사는 인간을 인간 취급하지 않기 위해서예요."

"여전히 무슨 뜻인지 잘 모르겠는데."

"제국령이 아닌 땅을 모두 실험장 취급하고 있다는 뜻이에요."

"실험장?"

엘리가 설명을 계속했다.

"제국에는 마족이 존재하지 않아요. 전부 청소해 버렸거든요. 하지만 제국 바깥에는 많은 마족이 존재하고 있어요."

"마족이라……."

용우도 그 존재를 알고 있었다. 다른 세계의 거대하고 사악한 의지와 연결되어서 인간을 위협하는 존재.

'그게 사실이라면 시청자 같은 놈들이라도 있는 거겠지.'

과거에 지구 인류를 위협했던 정보세계의 존재, 시청자.

용우의 손에 멸망한 그들처럼 정보세계의 고차원적인 존재가 인간과 연결되어 정신을 지배하거나, 힘을 보내주어 마족이라는 존재를 만들어내는 것은 충분히 있을 수 있는 일이다. 용우의 기준으로는 그랬다.

"제국은 마족, 그리고 마족의 수하인 흑마법사들을 이용해서 타국 사람들을 인체 실험의 대상으로 쓰고 있어요. 이 정도면 화신님이 움직일 명분이 되지 않나요?"

"화신님이냐."

용우는 이야기의 내용보다 엘빈이 자신을 부르는 호칭이 신경

쓰였다.

엘리가 그의 눈치를 살피며 물었다.

"뭐라고 불러 드리는 게 좋으세요?"

"아니, 내 이름은 여기서는 이질적이니까 그냥 그렇게 불러. 그보다 네가 이야기한 내용을 뒷받침할 증거는 있는 건가?"

"제 머릿속에요."

"……."

"꿈의 세계에서 정보를 얻었어요. 그래도 당신이라면 제 말의 진위 여부를 알 수 있잖아요?"

"그렇긴 한데… 너 참 막무가내구나."

실소한 용우가 말했다.

그는 엘리가 마음에 들었다. 자신이 내준 숙제가 어떤 의미를 담고 있는지 너무나 잘 이해하고 실천하지 않았는가?

"좋아. 네가 바라는 대로 움직여 주지. 네가 말한 대로라면 내가 참 때려주고 싶은 놈들이라는 뜻이니까."

"실망하지 않으실걸요."

엘리가 주먹으로 가슴을 팡팡 치며 호언장담했다.

*   *   *

마족은 한때 인간이었던 존재다.

그들은 마계를 지배하는 거대하고 사악한 의지, 66마왕의 선택을 받아서 마족이 되었다.

그로써 그들은 생로병사(生老病死)의 공포로부터 해방되었으며, 인간을 벌레 취급할 수 있는 강대한 힘을 손에 넣었다.

그들은 대륙 곳곳에 존재하는, 마경(魔境)이라 불리는 땅을 자신의 거점으로 삼고 인류를 위협해 왔다.

마경은 인간에게는 들어서는 것만으로도 생존을 장담할 수 없는, 하지만 마족에게는 절대적인 유리함을 자랑하는 그들의 홈그라운드였다.

그렇기에 국가의 토벌대조차도 그들을 어쩌지 못했다. 마족이 토벌당하는 일은 10년에 한 번 있을까 말까 한 일이었다.

용황제가 나타나기 전까지는 그랬다.

용황제와 그의 축복을 받은 드라칸들은 기존의 상식을 초월하는 힘으로 제국의 영토에 자리했던 모든 마족들을 일소해 버렸다.

"하지만 그들이 토벌한 마족이 전부 죽은 것은 아니었어요."

제국령에서 토벌된 마족 중 반수 이상이 제국 밖으로 도망쳐서 타국에 자리 잡았다.

대륙의 절반에 해당하는 땅에 50여 개의 마경이 새로 생겼다.

그리고 그 마경 주변에서 흑마법사들이 암약하며 인간들을 마족에게 가져다 바치고 있었다.

"암흑가에서 인신매매를 자행하는 노예상이 마족에게 제물로 바칠 인간을 공급하고 있어요. 전부터 그런 소문은 들었는데 제가 꿈의 세계에서 확인해 본 결과 사실이었어요."

"그게 어디서 벌어진 일이지?"

"두탄 시요. 꽤 멀리 떨어져 있지만……."

"가보자. 거리가 먼 건 나한테는 별로 상관없어."

"마우디도 데려가면 안 될까요? 저는 전투 능력이 떨어지는 편이라서……."

"네가 다칠 일은 있을 것 같아? 절대 없어."

용우가 딱 잘라서 말하자 엘리는 할 말이 없어졌다. 정말로 그럴 것 같았기 때문이다.

＊　　　　＊　　　　＊

테바스 왕국에는 노예제가 없다.

당연히 이 나라에 노예상이라는 것은 존재하지 않는다. 그랬어야 정상이었다.

하지만 암흑가에는 노예상이라고 불리며, 그 호칭에 걸맞은 인신매매 사업을 하는 조직이 있었다.

불법을 자행해서 검은 돈을 벌어들이는 것이 당연한 암흑가에서, 인간을 매매하는 것 따위는 그리 신기한 일도 아니었다.

하지만 노예상이라 불리기 위해서는 한 가지, 절대적으로 필요한 것이 있다.

바로 자신의 이권을 지킬 힘, 그리고 권력의 비호였다.

"히이이익……!"

테바스 왕국 최대의 상업도시 두탄.

노예상은 환락이 넘치는 이 도시의 암흑가에서 세 손가락 안에 들어가는 거물이었다.

그에게는 수백 명의 부하가 있었고, 음지의 불법적인 사업을 통해서 벌어들인 거대한 재력도 있었다.

하지만 그는 지금, 그 모든 것이 휴지 조각만도 못한 상황을 맞이하고 있었다.

"귀인께서는 대체 누구십니까?"

노예상은 암흑가에서 산전수전 다 겪으며 지금의 자리에 오른 인물이었다. 그의 눈빛만 봐도 사람들이 오줌을 지린다고 할 정도였다.

하지만 그는 지금 공포에 질려 있었다.

아지트 입구부터 자신의 앞까지, 단 한 번도 멈추지 않고 걸어온 두 사람 때문에.

그리고 그 주변에 쓰러져 있는 자신의 부하들 때문에.

"앞으로는 이렇게 해야겠군. 일일이 싸워주기에는 너무 귀찮아."

용우가 겁에 질린 노예상을 무시하고 중얼거렸다.

그의 주변에는 몇 명의 남자들이 잠든 것처럼 쓰러져 있었다.

이런 상황에 잠든 것처럼 쓰러져 있는 것만으로도 섬뜩한데, 쓰러진 그들의 얼굴을 보면 더욱 기괴하다. 그들은 초점이 나간 멍한 표정을 짓고 있었기 때문이다.

게다가 그렇게 기괴한 표정으로 쓰러진 것은 그들만이 아니었다. 이 건물에 존재하는 모든 인간이 같은 모습으로 쓰러져 있었다.

심지어 노예상은 자신의 호위들이 공손하게 문을 열어준 다음 실 끊어진 마리오네트처럼 쓰러지는 광경을 보았다. 그에게 있어서 이 상황은 마치 호러 영화의 등장인물이 된 것처럼 느껴질 것이다.

'이 세계에 호러 영화 따윈 없겠지만.'

실없는 생각을 하는 용우에게 엘리가 황당해하며 물었다.

"어, 진짜… 생각지도 못한 방식으로 일하시네요."

"뭘 기대했는데?"

"가로막는 걸 다 때려 부술 줄 알았죠."

"내가 그런 식으로 일을 처리하면 눈만 깜짝해도 주변이 다 증발하거든. 나랑 직접적인 원한 관계가 있는 것도 아닌데, 조금 걸리적거린다고 다 죽여 버리면 이 세상에 인간이 하나도 안 남을걸."

"……"

용우의 힘을 아는 엘리가 받아들이기에는 너무나 무시무시한 이야기였다.

말문이 막힌 엘리를 뒤로하고 용우가 노예상에게 다가갔다.

"아, 그렇지. 내가 누구냐고 물었지?"

"…그렇습니다."

노예상이 식은땀을 흘리며 고개를 조아렸다. 산전수전 다 겪었기에 지금 고개를 뻣뻣이 들고 반항할 때가 아님을 알 수 있었던 것이다.

용우가 하얗게 웃으며 손을 뻗었다.

"너한테 진실을 묻고, 그 대가를 치러주러 온 사람 정도 될까?"

노예상은 용우의 기준으로는 얼마든지 잔혹하게 대할 수 있는 대상이었다. 용우는 그를 보며 느끼는 잔학성을 굳이 억제할 필요성을 느끼지 못했다.

노예상이 용우에게 마족과의 연결 고리를 남김없이 고백하고, 자신의 전 재산을 바칠 테니 제발 죽여달라고 애걸하기까지는 그리 오랜 시간이 걸리지 않았다.

*　　　　　*　　　　　*

마경은 대체로 인간의 발길이 잘 닿지 않는 곳에 위치하고 있었다.

아무리 마경이 마족에게 절대적 유리함을 보장하는 홈그라운드지만, 그래도 인간이 군대를 보내어 공격하기 쉬운 곳에 있다가는 버틸 수가 없기 때문이다.

마족 제리크는 따분함을 느끼고 있었다.

인간을 고문하여 절망에 빠뜨린 후에 죽이는 것이 그의 낙이었는데, 마경에 제물로 바쳐진 인간을 모두 죽여 버렸기 때문이다.

흑마법사들이 인간을 구해 바치기 전까지는 어쩔 수 없이 일을 해야 할 것 같았다.

"정말 일하기 싫군……."

제리크가 지긋지긋하다는 듯 탄식했다.

많은 인간들이 공감할 것 같은 중얼거림이었다.

하지만 그가 일하기 싫어하는 것은 나태하기 때문이 아니다.

그의 본성이 추구하는 것, 마왕의 의지를 실천하는 것과는 상관없는 일을 해야 하기 때문이다.

"빌어먹을 용황제."

제리크는 증오스러운 존재를 떠올리며 이를 갈았다.

용황제는 무시무시한 힘으로 제리크를 제압하고 그를 살려주는 것을 대가로 맹약의 낙인을 찍었다.

맹약의 내용은 자신이 지시하는 일을 시행하고, 일정 기간마다 성과를 내어 보고할 것.

용황제가 그에게 지시한 일은 마족의 특기 분야라고 할 수 있는 흑마법, 인간의 영혼을 유린하는 연구였다.

"후우."

제리크가 자신의 처지에 한심함을 느끼며 일을 시작할 때였다.

콰광!

폭음이 울리며 그의 본거지가 뒤흔들렸다.

"뭐야?"

마족 제리크는 깜짝 놀랐다.

누군가 자신의 마경을 공격한 것일까?

'그럴 리가.'

그의 본거지는 험악한 산악 지형 한복판에 위치해 있었으며, 반경 5킬로미터에 걸쳐 마경을 형성하고 있었다.

이 마경 안으로 공간이동할 수 있는 것은 제리크 자신과, 그의 권속인 흑마법사뿐이다.

또한 그 주변에는 그의 권능으로 만들어낸 악마새들을 수백 마리나 배치하여 언제나 감시의 눈길을 늦추지 않았다.

그런데 그의 본거지가 아무런 조짐도 없이 기습당하는 것은 있을 수 없는 일이었다.

"마경이 뭔가 했더니 이런 곳이었군."

제리크가 경계심을 끌어올리며 사태 파악에 나섰을 때, 폭음의 진원지에서는 용우가 재미있다는 듯 주변을 둘러보고 있었다.

그가 제리크의 마경을 기습할 수 있었던 이유는 아주 간단하다.

지상 1킬로미터 고도에서 초음속으로 지상으로 강하했으니까.

"확실히 홈 어드밴티지가 크네. 승률이 높을 만도 해."

"뭘 파악하셨길래 그래요?"

엘리는 아무것도 느끼지 못했기에 물었다.

"지금 너는 내가 보호해 주고 있기 때문에 아무것도 못 느끼는 거야. 너 혼자 여기 왔다면 이상할 정도로 감정이 요동치는 압박감을 느끼고, 마력이 잘 통제되지 않고, 환각 증상에 시달리고… 그런 식으로 컨디션이 엉망진창이 될걸."

"여기에 그런 힘이 있다고요?"

"적의 힘을 지속적으로 소진시키고, 그렇게 소진시킨 힘을 이 공간 자체가 흡수해서 주인과 아군으로 지정된 자의 힘을 증폭시켜 주기도 하는 것 같고… 꽤 여러 가지 효과가 붙어 있네."

용우는 성큼성큼 걸으면서 말했다. 용우보다 훨씬 키가 작은, 150센티밖에 안 되는 엘리가 바쁜 걸음으로 그 뒤를 따랐다.

"넌 뭐냐?"

그 앞을 5명의 인간들이 가로막았다.

시커먼 옷을 입고 기분 나쁜 기운을 풍기는 자들이었다.

용우가 엘리에게 물었다.

"저게 흑마법사야?"

"네. 다들 마력에 비해 전투 능력이 뛰어나니 조심……."

쾅!

폭음이 울렸다.

그리고 흑마법사 하나가 폭발해서 사라졌다.

용우가 물었다.

"조심?"

"…아니, 말이 헛 나왔어요. 마음대로 하세요."

엘리가 고개를 절레절레 저었다.

용우는 어깨를 으쓱하고는 흑마법사들을 바라보았다.

"뭐, 뭐야?"

"지금 뭘 한 거냐?"

그들은 패닉에 빠져 있었다. 상대가 뭘 한 건지도 모르겠는데 동료 중 하나가 폭사했으니 그럴 수밖에.

물론 용우는 대답해 줄 생각이 없었다. 그들을 압박하듯 느 굿하게 한 걸음, 한 걸음 다가간다.

"제기랄!"

흑마법사들은 그 압박감을 견디지 못하고 공격에 나섰다.

―절규의 나선!

허공에 검은 소용돌이가 그려져서 용우를 덮쳤다.

파지지지직!

상대를 휘감고 강력한 저주의 음파를 퍼부어 대는 마법이었 지만 용우에게는 통용되지 않았다.

용우가 아무것도 하지 않았는데도 허공장에 막혀서 무력화된다.

당황하는 흑마법사에게 용우가 손가락총을 겨누고 쏘는 시늉을 했다.

"Bang."

극초음속으로 날아간 에너지탄이 흑마법사에게 명중, 그를 먼지로 만들어 버렸다.

에너지탄 사격계 스펠 중에서는 최하급, 기본기 중의 기본기인 마격탄도 용우의 손에서 펼쳐지면 막강한 위력이 나온다.

"크윽, 네놈이 누군지는 몰라도……."

"이젠 됐어. 너희가 무슨 재주를 가졌는지는 봐주려고 했는데, 다 귀찮다."

용우가 그렇게 말하며 손을 휘둘렀다.

―섬광참(閃光斬)!

일순간 엘리의 시야가 새하얗게 변했다.

놀란 엘리가 잠깐 눈을 감았다 떴을 때, 그곳에는 더 이상 아무도 없었다.

"……."

엘리는 어떻게 됐냐고 물어보지 않았다. 물어보기가 무서웠다.

'흑마법사들을 이렇게 간단히…….'

엘리는 자신이 용우의 힘을 전혀 모르고 있었다는 사실을 깨달았다.

제국군을 후퇴시키는 모습을 보고 그가 강대한 힘의 소유주임을 알았다. 하지만 오늘 보여주는 모습은 그녀가 상정한 수준을 아득히 넘어서고 있었다.

'이 사람은 어쩌면 정말, 용황제보다 더 강할지도 몰라.'

물론 엘리의 이해는 여전히 용우가 지닌 권능의 편린을 상상하는 것에 불과했다.

6

용우는 복잡한 건물의 구조를 무시했다.

쿠과광……!

가로막는 모든 것을 부수면서 일직선으로 전진한 것이다. 벽도, 함정도, 흑마법사와 그들이 부리는 괴물도 용우가 손짓 한 번만 하면 다 뻥 뚫린 길로 변해 버렸다.

두 사람이 목적지에 도달하기까지는 많은 시간이 걸리지 않았다.

마족인 제리크는 인간을 약간 변형시킨 것 같은 생김새를 갖고 있었다.

회색 피부나 이마의 보석은 이 세계의 다른 인간과 같다. 하지만 눈은 눈동자와 흰자위의 구분 없이 전체가 붉게 타오르는 빛을 발하고 있었고, 이마에는 두 개의 굴강한 뿔이 솟아나 있었다.

'정교한 코스프레 영상을 보는 것 같군.'

21세기 지구인인 용우 입장에서는 판타지 블록버스터 영화 속의 캐릭터를 보는 느낌 이상도 이하도 아니었다.

'초월권족 때도 그랬는데, 이거 참······.'

그만큼 인간이 가진, 상상을 눈에 보이는 형태로 표현하는 기술이 뛰어나다는 뜻이리라.

"네놈은 누구냐?"

"말해봤자 의미가 있을까? 어차피 잠시 후면 세상에 없을 너한테."

용우의 조롱에 제리크가 이를 악물었다.

"왜 나를 공격하는 거지?"

"이상한 질문이군. 너 혹시 그 이유를 물어봐야 할 만큼 선량한 삶을 살아왔냐?"

"······."

인간이 마족을 죽이려고 왔는데 그 이유를 궁금해할 필요가 있을까?

물론 제리크 입장에서는 있다.

'이 미친놈이······. 세상에 단둘이서 마경에 쳐들어오는 놈이 어디 있어?'

용황제도 그런 짓은 안 했다.

용우가 고개를 갸웃하며 물었다.

"그런데 너, 왜 안 도망쳤냐? 네 하찮은 부하들 증발하는 거 보고도 자신감이 넘쳐서?"

용우는 여기까지 오는 동안 마력을 전개하지 않았다. 그의 마력 컨트롤은 그야말로 완벽한 수준이기에 제리크가 그의 마력을 측정하는 것은 불가능한 일이었다.

하지만 여기까지 오는 과정만 봐도 용우가 얼마나 위험한 존재인지 절감할 수 있었을 것이다. 그런데도 도망치지 않고 용우를 맞이한 이유는 무엇일까?

'해봤자 7등급 몬스터 수준인 놈인데.'

거기에 지금까지 만난 놈들과는 달리 허공장까지 가졌으니 이 세계 인류에게는 충분히 재앙으로 여겨질 만한 존재였다.

하지만 용우 입장에서는 도대체 뭘 믿고 버티고 있는 건지 이해할 수가 없었다.

제리크가 쓴웃음을 지었다.

"도망? 그런 건 내 주인께서 용서하지 않으신다."

"주인이라면 마왕 말인가?"

"그래……."

제리크는 궁지에 몰린 것처럼 보였다. 척 봐도 자신의 의지로 용우와 맞서는 것처럼 보이지는 않는다.

"들은 대로 마왕의 지배력이 절대적인가 보군. 마족도 결국 마왕의 유희를 위해 놀아나는 존재일 뿐인가."

"크크크, 인간 따위에게 이런 소리를 듣다니… 내 처지가 비참하군."

"비참한 건 네놈의 오락으로 희생된 사람들이지."

"정의의 사도인 척하고 싶은 거냐?"

"그게 네놈 마음을 아프게 한다면, 그러도록 하지. 너를 위한 정의의 사도가 되어주마."

"……."

"제국과 어떤 거래를 한 거지?"

"혹시 그걸 말해주면 싸우지 않고 돌아갈 건가?"

"아니, 네게 선택할 권리는 없어. 넌 무조건 내가 원하는 답을 말하게 될 거고, 고통스럽게 죽을 거야."

"어처구니없을 정도로 오만한 인간이군. 용황제조차 이 정도는 아니었거늘!"

제리크가 분노하자 용우가 비릿하게 웃으며 마력을 약간 개방했다.

순간 숨막힐 것 같은 압력이 제리크를 덮쳤다.

"뭐, 뭐야?"

제리크는 용우가 자신보다 강할 것이라고 짐작했다. 부하들을 처리하는 과정만 봐도 도저히 자신이 승리하는 그림이 그려지지 않았다.

"넌 대체 뭐냐? 인간이 아니구나!"

그러나 설마 자신을 아득히 능가하는 마력을 가졌으리라고는 상상도 못했다.

"인간이야."

용우는 딱 9등급 몬스터의 최저치 수준에 해당하는 마력을 개방했다.

9등급 몬스터와 7등급 몬스터의 격차는 어마어마하다. 제리크는 사자 앞에 선 들쥐가 된 기분이었다.

"자, 그럼 마족의 힘을 보여줘 봐. 얼마나 잘났는지 구경해 주지."

"그래. 보여주마, 인간!"

물러설 곳이 없는 제리크는 자포자기한 심정으로 용우에게 돌격했다.

　　　　　*　　　　　　*　　　　　*

엘리는 입을 헤 벌리고 있었다.

"세상에."

그녀는 눈앞에서 벌어진 일을 믿을 수 없다는 듯 눈을 깜빡거렸다.

"세상에세상에세상에……."

너무 충격적인 광경을 본 나머지 고장 난 로봇처럼 같은 말을 중얼거리고 있었다.

전투가 시작되고, 끝나기까지는 단 10초가 걸렸을 뿐이었다.

제리크가 혼신의 각오로 돌격했다.

그리고 용우의 허공장에 부딪쳐서 그 반발력에 허우적거렸다.

용우는 반발력으로 전신이 부서질 것 같은 격통에 시달리는 제리크를 붙잡고, 팼다.

불과 10초도 안 되는 시간 동안 기관총 같은 연타로 제리크를 두들겨 댄 다음, 걸레짝이 되어버린 제리크를 벽에다 집어 던졌다.

"드라칸한테도 이 정도로만 힘을 조절하면 되겠군. 대충 기준 잡았다."

그러고는 고개를 끄덕이면서 저런 말을 중얼거리고 있었다.

"음?"

문득 용우가 눈을 치켜떴다.

"뭐야, 게임도 아닌데 설마 페이즈2가 있는 거야?"

"페이즈2? 그게 무슨 소리예요?"

"아직 안 끝났다는 뜻이야."

그 말에 엘리가 걸레짝이 되어 벽에 처박힌 제리크를 바라보았다.

구구구구구……!

공간이 진동하면서 제리크가 천천히 몸을 일으켰다.

그 과정은 자연스럽지 않았다. 마치 보이지 않는 힘이 제리크를 붙잡아서 일으키는 것 같았다.

〈재미있군.〉

제리크의 입에서, 조금 전까지와는 전혀 다른 목소리가 흘러나왔다.

〈내 권속을 농락하다니, 인간… 아니, 인간의 가죽을 뒤집어쓴 자여, 너는 누구인가?〉

그 목소리에는 강력한 정신파가 실려 있었다.

제리크의 몸을 차지한 누군가는, 중요한 사실 하나를 알아차렸다.

용우는 이 세계의 사람들이 보기에는 무척 이질적인 외모의 소유자다. 생김새도 그렇고, 복장도 그렇다.

또한 용우는 제리크와 이야기하는 동안 계속해서 한국어를 쓰고 있었다.

그런데도 제리크는 이 두 가지 사실에 전혀 위화감을 느끼지 못했다. 용우가 이 세계에 온 후로 상시 걸어두고 있는 텔레파시에 뇌가 조작되었기 때문이다.

용우는 그 물음에 대답하는 대신 물었다.

"네가 마왕인가?"

〈그렇다. 나는 마왕—47.〉

"…그 성의 없는 양산품 모델명 같은 명칭은 뭐야? 마왕이면 뭔가 거창한 이름을 대야 하는 거 아닌가?"

〈이름은 우리의 것이 아니다. 그것은 피류에 종속된 존재에게 나 의미 있는 것.〉

"너희는 그런 존재인가 보군. 하긴 정보세계의 존재도 제각각 이지."

〈너, 우리의 본질을 아는가?〉

"알지. 아마 나만큼 잘 아는 사람 찾기 힘들걸? 근데 이렇게까 지 예상한 대로 척척 들어맞다니, 유사 인간계라 그런가?"

〈유사 인간계? 무슨 소리를 하는가, 인간과 비슷하지만 비슷 하지 않은 자여.〉

"호칭이 더 길어졌냐? 뭐, 하여간 네가 정보세계의 존재라는 건 알겠다. 너희랑 비슷한 놈들이 있었지, 시청자라고."

〈내 물음에 답하라.〉

"거절한다. 질문은 네 권리가 아니야. 넌 오로지 내 의문에 답 할 의무만 있다. 그 사실을 이해시켜 주지."

〈건방지군.〉

제리크, 아니 그의 몸을 차지한 마왕—47의 머리칼이 하늘로 솟구쳤다.

그리고 제리크 본연의 마력과는 비교도 안 될 정도로 거대한 마력이 쏟아져 나오기 시작했다.

"맙소사……."

엘리가 몸을 떨었다.

그저 마력을 개방했을 뿐인데 주변의 모든 것이 진동하며 부서져 간다. 도대체 얼마나 강대한 마력인지 상상도 할 수 없었다.

'그런데 왜 나는 멀쩡한 거지?'

엘리는 아무렇지도 않은 자신에게 이상함을 느꼈다.

이 정도로 강대한 마력이 눈앞에서 개방됐다면 아무것도 생각할 수 없게 되어서 벌벌 떨어야 정상일 것 같은데, 그러기는커녕 엘리는 지금 마왕─47의 마력을 전혀 실감하지 못하고 있었다.

'이 사람이 보호해 줘서? 하지만 이런 힘 앞에서도 그런 게 가능한 거야?'

용우는 마왕─47의 힘을 보고도 전혀 위축된 기색이 아니었다.

"이야, 훌륭한데?"

그는 흥미진진하다는 듯 눈을 빛내고 있었다.

"66마왕이라고 하더니 정말 수가 그것밖에 안 되어서 그런가? 제법 하잖아?"

*   *   *

용우의 손에 멸망한 정보세계의 존재, 시청자.

그들은 인류를 통해 욕망을 얻는 존재들이었다.

고차원적인 존재인 그들은 인류를 관음하는 것도, 그들을 지

배하는 것도 마음껏 할 수 있었다. 심지어 인류가 그들의 존재
는커녕 자신의 존재가 지배당했다는 사실조차 인식할 수 없다
는 점이 진정한 공포였다.

용우는 66마왕이 시청자와 비슷한 존재이리라 추측했다.

그리고 그 추측은 맞아떨어졌다.

다만 마왕은 결정적으로 시청자와 다른 점이 있었다.

〈건방진 자여.〉

시청자는 고차원적인 존재라 인류가 이해할 수 없는 능력을
가졌을 뿐, 개체 하나하나의 힘은 그렇게까지 강하지 않았다.

〈스스로의 하찮음을 깨닫게 해주마.〉

그런데 마왕―47은 9등급 몬스터를 능가하는 마력을 전개하
고 있었다.

"고작 그 정도로?"

용우가 고개를 갸웃할 때였다.

〈하나로는 부족하겠지.〉

다른 방향에서 마왕―47의 목소리가 들려왔다.

제리크가 아닌, 또 다른 마족이 텔레포트해서 나타났다. 그에
게서도 마왕―47의 존재가 느껴지고 있었다.

〈셋이라면 충분할 것이다.〉

그리고 또 한 명이 나타나서, 거의 비등한 마력을 지닌 세 명
에게서 마왕―47의 존재감이 느껴지고 있었다.

그것을 본 용우가 몸을 떨었다.

"어이구, 무서워라. 도망치고 싶어지는데?"

누가 봐도 조롱하는 것을 알 수 있는 태도였다.

'이놈들 영적 자원을 펑펑 써대고 있군.'

정보세계의 존재이면서 물질세계에서 저만한 힘을 가진 개체 셋을 동시에 움직이다니, 대단한 일이다.

아마도 마족 자체가 인간보다 월등한 힘을 가진 개체이기에 가능한 일이리라. 게다가 대량의 영적 자원을 쓰고 있는 것이 감지되었다.

'군단과 달리 자기 능력을 쓰는 데 제약이 없는 놈들은 이래 서 짜증나.'

시청자가 그랬듯이 말이다.

'하긴 나도 이 세계의 존재가 보기에는 마찬가지인가?'

마왕—47은 마족을 통해 물질세계에 간섭하면서 상당한 영적 자원을 축적했고, 용우를 제압하기 위해 그것을 아낌없이 투입하고 있었다.

마왕—47이 움직였다.

—파괴의 빛!

고밀도로 응축된 마력이 열섬광으로 변해 용우를 노렸다.

파지지지직!

열섬광이 용우의 허공장과 부딪치자 격렬한 스파크가 일었다.

동시에 마왕—47이 다른 개체를 움직였다.

—통곡의 마탄!

시커먼 기운의 덩어리가 용우를 향해 날아들었다.

동시에 용우도 움직였다.

파아아아!

허공장을 변형시켜 열섬광의 궤도를 바꿔 버리면서 마왕—47에게 뛰어든다.

퍼퍼퍼펑!

그 뒤를 이어 날아들던 시커먼 기운 덩어리들을 주먹으로 쳐서 분쇄하고, 그대로 발차기를 날린다.

—에어 바운드!

발차기가 닿을 거리가 아니었지만 상관없었다. 용우의 발차기가 허공의 한 지점을 치자 공기가 폭발했다.

퍼어어어어엉!

인간 수십 명을 찢어발기고도 남을 강렬한 폭압이 마왕—47 개체들을 덮쳤다.

마력에 걸맞은 허공장을 가진 그들이었지만 균형이 무너지는 것은 어쩔 수 없었다.

쾅!

그대로 뛰어든 용우가 마왕—47 개체 하나를 강타해서 벽으로 날려 버렸다.

그리고 그대로 직각으로 궤도를 틀어서 다른 개체에게 뛰어드는데, 불쑥 그 앞에 다른 개체가 솟구쳤다.

콰아아아아아앙!

그 개체가 휘두른 검이 용우의 돌진을 저지했다.

"이야. 그래도 좀 싸울 줄 아네."

용우가 감탄했다는 듯 중얼거리자 마왕—47이 반응했다.

〈싸울 만하다고 생각하는 것인가?〉

〈곧 그 생각이 바뀌게 될 것이다.〉

마왕—47 개체 둘이 좌우에서 용우에게 대치한다. 그리고…….

"아……."

벽에 처박혔던 개체 하나는 엘리의 등 뒤에 나타나서, 그 목에 손을 대고 있었다.

〈어떠냐? 인질을 잡힌 기분은?〉

7

마왕—47에게 인질로 잡힌 엘리의 얼굴이 하얗게 질려 있었다. 하지만 그것은 공포 때문만은 아니었다.

용우가 그녀를 보며 말했다.

"하지 마라."

그 말에 엘리가 움찔했다. 그녀는 앞으로 뛰어서 의도적으로 마왕—47이 자신을 해치게 만들 생각이었다. 그런데 용우가 텔레파시로 그녀의 결단을 읽고 제지한 것이다.

"너도 참 대단한 애다. 거기서 방해가 될 바에는 차라리 죽어 버리겠다는 발상이 나오냐?"

용우는 감탄해 버리고 말았다.

확실히 엘리의 정신세계는 평범하지 않았다. 그렇기에 실질적으로 세상을 지배하는 신적인 존재와 맞서 싸우겠다고 생각할 수 있었으리라.

용우가 마왕—47을 보며 표정을 굳혔다.

"좀 싸울 줄 아는 놈 같아서 놀아주려고 했더니만……."

〈뭐?〉

예상과 다른 반응에 마왕—47이 의아해했다.

"이상한 거 못 느꼈냐?"

〈무슨 소리를 하고 싶은가?〉

"지금 잠깐 치고받는 동안 발생한 여파가 상당하잖아. 그런데 쟤가 왜 멀쩡할까?"

그 지적에 마왕—47이 흠칫했다.

엘리는 전투 지점에서 아주 가까운 곳에 있었다. 방금 전의 전투로 발생한 여파만으로 시체로 변했어야 정상이었다. 그런데 그녀는 털끝 하나 상하지 않았다.

파지지지직!

순간 엘리에게서 격렬한 스파크가 일어나기 시작했다.

그녀의 목에 손을 대었던 마왕—47 개체가 튕겨 나왔다.

〈뭐지?〉

그는 이해할 수 없다는 듯 중얼거렸다.

엘리의 몸에서 강력한 반발력이 발생했다. 그 반발력이 너무 강해서 그의 허공장을 뚫고 팔을 부숴 버릴 정도였다.

"정보세계에서 물질세계를 관음하면서 인간을 갖고 노니까 자기가 뭐 대단한 존재라도 된 것 같은 착각에 빠진 모양인데……."

그리고 용우에게서 거대한 힘이 흘러나오기 시작했다.

마왕—47 개체 셋을 합친 것보다도 훨씬 거대한 힘이!

"네 하찮음을 깨닫게 해주지."

용우의 손에는 별의 돌이 쥐어져 있었다.

—형상변화!

별의 돌이 빛으로 화했다. 그 실루엣이 급격하게 확장되더니 거대한 양손 대검의 형상으로 변해간다.

새벽의 권능이 담긴 별의 돌, 아니 길이 2미터의 양손 대검을 쥔 용우가 그것을 휘둘렀다.

─용참격(龍斬擊)!

순간 세상이 하얗게 변했다.

엘리는 비명을 질렀다.

하지만 아무것도 보이지 않았다. 아무것도 들리지 않았다. 엘리 자신이 내지르는 비명조차도.

           *   *   *

용황제는 너무 놀란 나머지 벌떡 일어났다.

쿠당탕탕!

초인적인 신체 능력을 가진 그가 급히 일어나자 서류가 잔뜩 쌓여 있던 책상이 뒤집어지면서 요란한 소리가 울렸다.

"폐하!"

밖에서 대기하고 있던 호위기사들과 시종들이 놀라서 달려들어 왔다.

하지만 용황제는 그들은 안중에도 두지 않고 허공을 노려보고 있었다.

"짐 말고도 이런 힘을 가진 존재가, 이 세계에 존재했단 말인가?"

세계의 광활함에 비하면 인간의 존재는 먼지만도 못하다.

강대한 힘을 가진 자가 그 힘을 뽐낸다 한들, 그 여파를 직접

적으로 느낄 수 있는 것은 그 자리에 있는 자들뿐.

그러나 그 힘이 그런 수준을 넘어선다면 어떨까?

도시 어디서나 알 수밖에 없는 힘이 행사된다면?

그보다 더… 예를 들면 대륙 어디에서나 알 수밖에 없는 힘이 존재한다면 어떻겠는가?

용황제는 확신했다.

지금 이 순간, 대륙의 모든 마법사가 그 힘을 느꼈을 것이다.

"대마법사들과 12장군을 긴급 소집하라, 지금 당장!"

용황제는 동요를 감추지 못한 채로 명령했다.

*   *   *

쿠구구구구…….

엘리는 잠시 동안 세상에서 사라져 버린 것 같았던 소리가 서서히 돌아오는 것을 느꼈다.

그녀는 굉음이 가까워지는 것을 느끼며 고개를 들었다.

"……."

믿을 수 없는 광경이 펼쳐져 있었다.

마족 제리크의 마경은 산악 지역 한복판에, 반경 5킬로미터의 영역을 형성하고 있었다.

바로 전까지만 해도 분명 그러했다.

하지만 지금 엘리의 눈에 보이는 것은 더 이상 마경이 아니었다.

용우와 마왕—47이 싸우던 곳은 건물 안이었다. 그런데 지금은 사방이 탁 트여 있었고, 앞쪽으로 보이는 지형 자체가 변해 있었다.

전방 5킬로미터에 걸쳐 산을 포함한 모든 지형이 반듯하게 깎여 나가고 그로부터 장대한 흙먼지가 피어올라 사방으로 퍼져 나간다.

'설마 이 모든 게……'

용우가 일격을 가한 결과란 말인가?

엘리는 그 사실을 믿을 수가 없었다.

"자, 그럼……."

정작 칼질 한 번으로 천재지변급 파괴를 일으킨 용우는 아무렇지도 않게 몸을 돌렸다.

"자신의 하찮음은 좀 이해했나, 마왕—47?"

〈별의 돌을 가진 자였느냐.〉

"그래."

〈하지만 그것만으로는 이 힘을 설명할 수 없다. 인간이 별의 돌 하나를 가졌다고 이런 힘을 가질 수 있을 리가…….〉

"그건 어쨌거나 상관없지."

용우는 그렇게 말하며 마지막 남은 마왕—47 개체에게로 다가갔다.

마왕—47은 용우의 손길을 피해서 거리를 벌리려고 했지만, 그 움직임이 시작되기도 전에 용우의 손이 그의 머리를 움켜쥐고 있었다.

〈뭐……?〉

마왕—47은 그 상황을 이해할 수가 없었다.

자신이 인지하지 못하는 시간 동안, 뭔가가 어긋났다.

자신은 원래 있던 자리에서 용우에게 걸어가서 그의 손에 머리를 맡기고 있었다.

"너는 네 권속이랑 다를 것 같았어?"

〈……!〉

용우의 속삭임에 마왕—47은 소스라치게 놀랐다. 용우가 텔레파시로 자신의 정신을 갖고 놀았음을 깨달은 것이다.

"내가 듣자 하니 66마왕은 불멸이라더군. 단언컨대 그건 잘못된 인식이야. 단지 정보세계에 본질을 둔 존재라 물질세계에서 퇴치해 봤자 본질에 타격을 줄 수 없을 뿐이지."

용우가 잔혹하게 웃었다.

"너는 네게 진짜 상처를 줄 수단이 없는 무력한 인간들을 보며 비웃어왔겠지. 자신이 진짜 불멸의 존재, 인간을 굽어보며 농락하는 위대한 존재라도 된 착각을 즐겨왔을 거야."

파지지지직…….

마왕—47의 머리를 쥔 용우의 손에서 스파크가 튀기 시작했다.

"이제 착각의 대가를 치를 시간이다."

마왕—47은 2천 년이 넘는 장구한 세월 동안 물질세계를 관측하고 관여해 왔다.

그들은 오로지 66개체만이 존재하며, 인간에게 관여하기 위해서는 계약을 필요로 했다.

마족이 되기에 어울리는 욕망을 품은 존재들에게 접근, 그들과 계약을 맺어서 마족으로 만드는 것이 66마왕이 세상에 관여하는 방식이었다.

그들이 인간에게 관여해서 얻고자 하는 것은 아주 뚜렷했다.

66마왕은 인간이 고통받고 절망하면서 망가져 가길 바랐다. 그것이 그들이 바라는 최고의 오락이었고, 그것을 위해 마족을 만들어 세상을 어지럽혀 왔다.

그런 그들을 위협할 존재는 없었다.

영웅이라 불리는 자들도 결국 마족 한둘을 잡고 일시적으로 그들을 패퇴시킬 뿐이다. 인간은 결코 그들의 본질을 해할 수 없으니, 그들이 인간에게 패하더라도 그것은 고작 한순간일 뿐.

마왕―47은 지금까지 그 사실을 믿어 의심치 않았다.

푹!

별의 돌을 변형시킨 용우의 양손 대검이 몸에 꽂히기 전까지는.

〈그, 아아아, 악……! 이럴 리가, 이럴 수는, 없, 어……!〉

정보세계의 그들은 언데드와 달리 육체가 없는, 의념과 정보의 집합으로 이루어진 존재들이다. 시청자와 같은 과라고 할 수 있다.

즉 그들의 본체는 영혼과 다르지 않다.

"축하한다, 물질세계를 만끽할 기회를 얻은 것을."

용우는 마왕―47의 본체를 정보세계에서 물질세계로 끌어와 마족의 몸에다 가둬 버렸다.

예전에 괌에서 굉음의 군주 소우바와 새벽의 군주 두라크를 잡았을 때와 같은 방식이다. 그때는 볼더의 창을 매개로 써야 했지만 지금의 용우는 그런 도구의 힘을 빌릴 필요가 없었다.

〈으윽, 크으윽……!〉

마왕—47은 몸부림쳤다.

지금까지 마족을 통해서 세상에 관여할 때와는 차원이 다른 감각이다. 자신이 갇힌 마족의 육체가 제공하는 감각은 정신이 이상해져 버릴 정도로 생생했다.

"자극이 너무 강했나 보군. 하지만 벌써부터 그렇게 만족하면 곤란한데. 이제 막 시작되었을 뿐이니까."

용우는 붙잡고 있던 마왕—47의 머리를 놔주었다.

마왕—47은 생생한 감각에 휘둘리느라 육체가 제대로 통제가 안 되는지, 다리에 힘이 풀려서 그대로 쓰러졌다. 그러고도 정신을 못 차리고 벌레처럼 꿈틀거리고 있었다.

용우는 그런 마왕—47을 내려다보며 말했다.

"자, 그럼 의무를 다할 시간이야."

장구한 세월 동안 수많은 인간에게 지옥을 선사하며 즐거워했던 마왕—47은, 처음으로 지옥이 무엇인지 이해하게 되었다.

*   *   *

인류 역사상 처음으로 마족의 불멸성이 파괴되면서, 66마왕의 권좌에 빈자리가 발생했다.

이 사건의 파급력은 대단히 컸다.

66마왕은 그저 마족을 만들어서 세상에 혼란을 가져오기만

하는 존재가 아니었다.

그들은 마법사가 쓰는 마법의 뿌리이기도 했다.

마왕은 물질세계에 관여하기 위해서 지속적으로 의념을 투사하는데, 이것은 그들의 권능을 반영하고 있다.

마법 중에는 이것을 해석해서 형태화하거나, 아니면 그들과 약식 계약을 맺고 단지 대량의 마력을 바치는 것만으로 고도의 권능을 구현하는 것들이 있었다.

그중 마왕—47을 근원으로 삼는 마법 몇 개는 이제 다시는 사용할 수 없게 되었다.

　　　　＊　　　　　　＊　　　　　　＊

대륙을 통틀어 4명만이 존재하는 대마법사, 그들이 한 자리에 모이는 일은 극히 드물었다.

광활한 제국의 영토 곳곳에 흩어져 있던 대마법사들은 용황제의 소집에 응하여 단번에 황실로 날아왔다.

"마왕이 소멸하다니……."

대마법사는 마법에 통달한 자.

그렇기에 그 누구보다도 먼저 자신들의 세계에서 일어난 이변을 알아차렸다.

인류 역사상 그 누구도 해낸 적 없었던 위업이 달성되었다는 사실에 그들은 충격에 빠졌다.

"누가 그런 일을 할 수 있단 말인가?"

"그런 일이 가능했다면, 그건 오로지 폐하만이 가능할 것이다."

대마법사 4명은 용황제의 축복을 받은 자, 드라칸 중에서도 격이 다른 힘을 지니고 있었다.

그럼에도 그들은 감히 자신이 용황제와 비견될 만한 존재라고 생각하지 않았다. 순수하게 용황제와 그들의 마력만을 비교해도 아득한 차이가 있었으니까.

"마족을 퇴치하는 거라면 몰라도 마왕을 막아낼 수 있단 말인가? 폐하가 아닌 다른 누군가가? 믿을 수가 없군."

마왕이 강림하는 일은 용황제의 등장 이전, 마족이 토벌되는 것 이상으로 드문 사건이었다.

마왕은 변덕스러운 존재였다. 그리고 직접 수하의 몸을 조종해서 물질세계에 개입하는 것을 별로 재미없는 일이라고 여겼다.

그럼에도 마왕이 강림한다면, 그것은 상대가 어지간히 마왕의 흥미를 끌었거나 아니면 화나게 했다는 뜻이다.

용황제는 전자였다.

용황제는 제국령의 마족들을 토벌하는 과정에서 세 번이나 마왕 강림을 마주했고, 그리고 이겼다.

신화의 신들조차 탐냈던 힘, 별의 돌을 두 개나 가진 용황제이기에 가능한 일이다.

"하지만 모두 느꼈겠지."

대마법사들은 자신들이 내뱉은 '믿을 수 없다'는 말이 공허하다는 것을 알고 있었다.

왜냐하면 용황제가 놀라 벌떡 일어나는 순간, 그들 또한 경악하고 있었으니까.

이 세계의 존재가 발했다고는 믿을 수 없는 힘.

마법사라면 대륙 어디에 있더라도 그 존재감을 느낄 수밖에 없는 힘이 그 순간 자신을 드러냈으니까.

"폭풍 같은 사흘간이로군……."

그 힘의 소유주가 저항군 토벌대 앞에 모습을 드러낸 것이 이틀 전.

그리고 오늘, 사상 최초로 마왕이 소멸했다.

"모두 모였군."

그때 용황제가 모습을 드러냈다.

대마법사 4명과, 12명의 장군이 모두 일어나 예를 표했다.

용황제는 그들을 앉게 하고는 상석에 앉아 입을 열었다.

"마왕이 소멸한 지점은, 마족 제리크의 마경으로 파악되었다."

회의실이 술렁였다.

제리크는 본래 제국령에 존재하던 마족.

용황제가 직접 토벌하고, 맹약의 낙인을 찍은 존재였다. 그가 맹약에 따라 제국에 공급해 주는 것은 용황제의 목표에 큰 도움이 되고 있었다.

"정체불명의 대마법사에 대한 방침은, 일단은 포섭을 시도한다. 안 될 경우 총력을 투입하여 신속하게 제거한다."

용황제가 날카로운 눈빛으로 좌중을 바라보았다.

"물론 그 자리에는 나 또한 참전할 것이다."

좌중은 이 선언에도 놀라지 않았다. 용황제 없이는 정체불명의 대마법사를 상대하는 게 불가능하다고 판단하고 있었으니까.

"만약 그를 제거해야 한다면, 시간이 없다. 따라서 지금부터 '불꽃' 제작 작업에 들어가겠다."

그 말에 좌중이 술렁였다.

그것은 황제의 비원, 그 첫 번째 계단이라고 할 수 있었기 때문이다.

용황제는 조금이라도 더 성공 확률을 높이기 위해 미루고, 또 미뤄왔던 도전을 지금 시도하기로 결의했다.

8

마왕—47은 소멸했다.

용우와 엘리는 마왕—47을 고문하여 얻어낸 정보, 그리고 전리품을 갖고 다시 저항군의 아지트로 돌아와 있었다.

"생명의 돌이라……."

용우는 피처럼 새빨간 빛깔을 띤 작은 구체를 들고 살펴보며 중얼거렸다.

용우 입장에서 볼 때 마족 제리크는 용황제와 거래하는 하청업자였다.

그리고 그가 용황제에게 납품하는 물건은 '생명의 돌'이라 불리는 마법의 산물이었다.

사악한 흑마법, 그중에서도 최고위 수준에 이르러야만 만들 수 있다고 알려진 그것은 마법사에게 있어서는 기적의 산물이었다.

무수한 인간을 제물로 바쳐서 만들어내는 이것은 사용자에게 아무런 리스크 없이 막대한 마력을 쓸 수 있게 해준다고 알려져 있었다.

'이런 걸 모아서 뭘 할 생각이지?'

용우가 분석한 그 실체는 제물로 바친 인간의 생명력과 영혼을 쥐어짜 내어 얻은 영적 자원을 응축해서 안정시킨 결정체였다.

마력석보다 훨씬 뛰어난, 인위적인 가공을 통해서 만들어낸 마력 자원이라고 할 수 있다.

인신매매 조직과 흑마법사들을 통해서 제물이 될 인간을 안정적으로 공급, 그들을 재료로 삼아 생명의 돌을 만들어낸다.

확실히 이 작업은 마족에게 맡기는 편이 좋았다. 생명의 돌 제조 자체가 마왕의 권능을 빌려서 하는 일이었으니까.

'이미 혼자서도 세상을 씹어 먹고도 남을 놈이 왜?'

용우는 용황제의 의도가 무엇인지 짐작할 수가 없었다.

용황제는 사실상 세상을 정복했다.

'정확히는 대륙 정복이지만, 이 시대, 이 대륙의 사람들에게는 대륙이 세상의 전부니까.'

또한 용황제의 힘은 이 세계에서는 신이라 불리기에 모자람이 없을 정도다.

별의 돌 두 개를 가진 그는 물질세계에 강림한 마왕조차 격퇴할 수 있었으니까.

'딱히 외적이 있는 것도 아니고.'

용우는 사람들이 모르는 곳에 세계를 위협하는 존재라도 있나 싶었지만, 이 별을 다 뒤져봐도 그런 존재는 없었다.

용황제는 팔라시아 대륙만이 아니라 이 별의 최강자다. 그가 마음만 먹으면 지금 당장에라도 바다 너머의 다른 대륙으로 건너가서 그곳도 정복해 버릴 수 있을 것이다.

"엘리."

잠시 생각에 잠겼던 용우가 엘리를 불렀다.

옆에서 텔레파시로 저항군 동료들과 통신하던 엘리가 대답했다.

"네~! 돌아갈까요?"

"일단 너만 돌려보내 줄게."

"어, 왜요?"

엘리가 깜짝 놀라서 물었다.

그 모습이 왠지 겁을 집어먹은 것 같다고 용우는 생각했다.

"난 마족을 몇 놈 더 때려잡을 거야. 가능하면 마왕도 좀 잡고."

"……"

엘리는 할 말을 잃었다. 군대를 동원해도 토벌할 수 없는 마족을 잡는 일을 무슨 동네 마실 나가는 것처럼 이야기하고 있으니 당연했다.

용우가 물었다.

"왜 그래?"

"뭐가요?"

"왠지 돌려보내 준다고 하니 겁먹은 것 같아서. 내가 잘못 봤나?"

엘리는 입을 우물거리다가, 작게 한숨을 쉬고는 심정을 고백

했다.

"…당신이 왔던 곳으로 돌아가려는 줄 알았어요."

용우가 이 세계에 흥미를 잃고 자신의 고향 세계로 돌아가 버리는 게 아닐까 걱정했다.

용우가 피식 웃었다.

"넌 싸우는 데 방해가 될 것 같다고 죽으려고 했던 애가 그런 게 무서워?"

"무섭죠."

엘리가 굳은 표정으로 용우를 바라보았다.

"목숨을 버리는 의미가 있다면, 그럼 괜찮아요. 다들 그랬거든요. 동료 살리겠다고, 제국군에 협력하는 개자식을 죽이겠다고 많이들 죽었어요. 하지만 당신이 돌아가는 건… 희망이 없어지는 거니까요."

과거를 떠올리는 그녀의 눈이 아련한 슬픔을 띠었다.

잠시 그녀를 바라보던 용우가 물었다.

"넌 내가 용황제를 쓰러뜨려 줄 거라고 생각해?"

"그래줬으면 좋겠다고 생각해요. 하지만 그렇지 않더라도 뭔가… 아, 뭐라고 해야 할지 모르겠는데, 그러니까……."

엘리가 마음속에 있는 말을 정확히 끄집어내지 못하고 답답해했다.

"혹시 넌 용황제가 없어지면 모든 게 다 좋아질 거라고 생각해? 나쁜 놈이 쓰러져서 모두가 행복하게 살았습니다?"

"네? 그럴 리가 없잖아요?"

엘리는 뭐 그런 황당한 소리가 다 있느냐는 듯 눈을 동그랗게 떴다.

"그럼 왜?"

"그야 용황제가 미우니까요. 세상에서 제일 증오하는 원수를 죽여 버리고 싶은데 대의에 입각한 숭고한 목적이 필요해요? 아, 물론 저항군이라는 조직의 간부 입장에서는 그런 목적이 필요하다고 생각하지만요."

"…심플해서 좋군."

새삼 용우는 엘리가 마음에 들었다. 그녀에게서는 익숙한 냄새가 났기 때문이다.

'예전의 우리와 닮았어.'

예전에는 용우도 그랬다. 마음의 균열에서 피어오르는 원한을 위해서라면 무엇이든 할 수 있었다.

하지만 지금의 용우는 달랐다.

복수는 그를 치유해 주었다. 그는 여전히 악몽을 꾸고, 군중 속에서 수많은 모르는 얼굴들을 보며 마음의 평화를 얻지만 예전처럼 언제 부서질지 모르는 광기에서 벗어나 살아갈 수 있게 되었다.

'너는 어떨까?'

용우는 원하는 것을 이룬 엘리가 어떤 표정을 지을지 궁금했다.

엘리가 말했다.

"저기, 그냥 저도 같이 다니면 안 돼요?"

"아까 전 같은 경험을 또 할지도 모르는데?"

"지켜주실 거잖아요. 제가 다칠 일 없다고 했던 걸로 기억하는데요?"

엘리가 애교를 떨며 말하자 용우는 코웃음을 쳤다.

"그랬지. 그럴 거고. 네가 따라오고 싶으면 따라와라."

"감사합니다! 그런데 마족은 왜 잡으시려는 건데요?"

"내가 마족 잡으면 이 세계에도 좋은 일 아닌가?"

"좋은 일이긴 하죠. 하지만 그건 뭐랄까, 세계 평화에 이바지 한다는 수준의 이야기 아닌가요?"

"그렇긴 하군."

비유라기보다는 진실 그대로였다. 용우가 마족을, 나아가서는 마왕을 처치하는 것은 인류의 진영 논리를 초월하여 세계 평화 에 이바지하는 길이다.

"마족과 마왕을 잡는 건 일단 호기심과 흥미, 그리고……."

용우가 서늘하게 웃었다.

"놈들이 좀 내 나쁜 기억을 건드렸거든. 놈들의 존재 자체가 내 분노 스위치를 쿡쿡 눌러대는지라 그냥 놔두고 싶지 않군."

*　　　　　*　　　　　*

폭풍 같은 나흘간이었다.

제국 수뇌부는 그것을 실감하고 있었다.

"이건 말도 안 돼……."

"허허, 고작 30분 만에 또?"

드라칸이 되어 대마법사의 칭호를 얻은 4명은 한 테이블을 둘 러싸고 앉은 채 넋 나간 표정으로 중얼거렸다.

지난 나흘간, 아니, 정확히는 어제 오늘 이틀간 전 세계의 마법 전력이 3할은 깎여 나갔다.

마법사가 죽어서 그런 게 아니었다.

"스물한 번째라니……"

마왕이 죽어서였다.

어제 오늘 이틀간 66마왕 중 21명이 소멸했다.

그들을 근원으로 삼는 마법 다수를 쓸 수 없게 되면서, 전 세계 마법사들의 능력이 대폭 하락해 버린 것이다.

특히 대마법사들은 심각한 전력 감소를 느끼고 있었다. 마법에 통달한 그들은 그만큼 다양한 마법을 쓸 수 있었기에, 소멸된 21명의 마왕을 근원으로 삼는 마법도 많이 터득하고 있었던 것이다.

"대체 무슨 일이 벌어지고 있는 거지?"

역사상 최초로 마왕이 소멸된 것이 바로 어제 있었던 일이다.

그 일로 용황제는 제국 최강의 전력이라고 할 수 있는 4명의 대마법사와 12장군을 긴급 소집 했었다.

그런데 그것은 시작일 뿐이었다.

30분 후, 또 하나의 마왕이 소멸했다.

한 시간 후, 또 하나의 마왕이 소멸했다.

그다음 마왕 소멸은 그로부터 고작 5분 후에 벌어진 일이었다.

"이제는 아무것도 느껴지지 않는다. 어디서 뭐가 벌어지고 있는지도 모르겠어."

네 번째 마왕 소멸까지는 대충 상황을 파악할 수 있었다.

첫 번째와 마찬가지로 마왕 소멸 지점에서 그들이 감지할 수 있는 어마어마한 힘이 방출되었기 때문이다.

하지만 그 이후로는 상황이 달라졌다.

더 이상 압도적인 힘의 방출은 없었다. 그저 어느 순간 마왕이 소멸했음을 느끼게 될 뿐이었다.

그때 대마법사 중 하나가 눈살을 찌푸렸다.

"정보부의 보고다."

텔레파시로 연락을 받은 것이다.

"좋은 소식이 아니라면 듣고 싶지 않군."

"유감스럽게도 나쁜 소식이다. 하지만 들어둘 필요가 있는 일이다."

"뭐지?"

"정보부가 긴급 연락망을 돌려본 결과, 우리와 거래하는 마족 중 예순여덟 명의 연락이 두절되었다."

"……."

"그중 열 명은 위험을 무릅쓰고 마경으로 가서 상황을 살펴보았다는군. 그리고 마경 그 자체가 소멸한 것을 확인했다."

대마법사들이 신음했다.

그 상황이 의미하는 바는 분명했다. 마왕을 소멸시키고 있는 정체불명의 적이 마족들을 하나씩 하나씩 토벌하고 있는 것이다.

정보부가 파악한 것만 저 정도니 실제로 살해당한 마족은 더 많을 것이다. 모든 마족이 제국과 거래하는 것은 아니니까.

"대마법사라고 부르는 것조차 어울리지 않는군. 그야말로 불가해의 존재······."

"대체 왜 저런 일을 하고 있는 것이지?"

"폐하께서 결단을 내리신 것도 당연하군. 최대한 빨리 해야
한다."

대마법사들이 신음했다.

그들은 지금 12장군과 번갈아가면서 용황제의 의식, '불꽃' 제
작에 참가하고 있었다. 의식의 진행은 지금까지는 순조롭게 이뤄
지고 있었고, 앞으로 12시간이 지나면 완성될 것으로 예상되었
다.

"부디 그 전에 놈의 칼날이 우리를 향하지 않기를 빌어야겠
군······."

대마법사들은 진심으로 그러기를 기원했다.

9

용우는 마경을 유지하던 기운이 서서히 흩어지는 것을 보며
중얼거렸다.

"하하하. 이놈들 재미있는 짓을 하는군."

"네? 뭐가요?"

엘리는 용우의 말뜻을 이해할 수가 없어서 눈을 동그랗게 떴
다.

"아까 전에 내가 죽인 놈 빼고 대륙에 남아 있는 마족이 47명
이었거든? 이 별 전체를 통틀어서는 380명쯤 되고."

"새삼스럽지만 그걸 어떻게 아세요?"

"꿈의 세계에 들어갈 때 네 인식이 넓어지는 것과 비슷해. 난 이 세계 전부를 담을 수 있을 정도로 넓어질 뿐이야."

"아무리 봐도 신인데요, 그거."

"특정한 존재를 탐지하는 것 정도니까 그렇게 대단하지 않아."

물론 누가 봐도 엄청나게 대단한 일이었다.

"어쨌든 이놈들이 마족을 감추기 시작했군."

"감춰요?"

"마경을 없애 버리고 마족들을 은신시키고 있어. 철저하게 하겠다고 아예 마족을 죽여 버리는 놈들도 있는데?"

"마왕이 마족을? 자기 권속이잖아요?"

"꼬리 자르기인 거지. 자기가 위험해지는 것을 막기 위해 공들인 권속을 죽여서 없애 버리는 거야. 인간도 하는 일이잖아?"

그렇기는 했다. 하지만 마왕에게 그런 행동을 강요했다는 것 자체가 놀랍다 못해 황당한 일이 아닐까?

"어쨌든 참 하는 짓이 뻔하군. 그럼 오늘은 여기까지 할까? 하루 정도 유예를 줘봐야지."

"계속할 생각이세요?"

"당연하지. 말했잖아? 놈들의 존재가 나를 화나게 한다고. 전부 없애 버릴 거야."

"……."

인류 역사상 한 번도 소멸시키지 못한 불멸의 존재, 66마왕을 몰살시켜 버리겠다고 선언하는 남자가 눈앞에 있었다.

그리고 그에게는 정말로 그 일을 실현할 능력이 있었다.

"은신한 놈들을 찾는 건 그렇다 치고, 아예 권속을 없애 버린 마왕은 어떻게 하시려구요?"

"놈들은 내가 마족을 통하지 않으면 자기 본체에 도달하지 못한다고 생각하고 있을 거야."

21명의 마왕을 해치우는 동안, 그들과의 전투는 대부분 정보세계가 아닌 물질세계에서 이뤄졌다.

동족이 죽는 것을 본 마왕들은 권속인 마족이 죽건 말건 물질세계로 강림하지 않았다.

하지만 용우는 마족과 마왕의 연결 고리를 이용, 그들의 본체가 있는 정보세계로 가서 그들을 하나둘씩 해치웠다.

"하지만 놈들의 세계가 어딘지는 이미 파악했고, 언제든지 갈수 있거든. 가서 하나씩 하나씩 죽여 버리면 되지. 시청자의 세계에 이어서 정보세계 또 하나를 자원 생산장으로 병합하게 됐군."

엘리는 마지막 이야기는 무슨 뜻인지 알 수 없었지만, 한 가지는 분명했다.

'진짜로 마왕과 마족이 세상에서 없어지겠구나!'

마왕과 마족은 이 세계 사람들에게는 당연한 세계관의 일부였다. 그런데 한 명의 이계인에 의해서 그들이 과거의 존재, 신화의 일부로 전락하게 생겼다.

'혹시 신들도 이런 식으로 세상에서 사라진 게 아닐까?'

엘리는 성직자들이 알았다면 입에 거품을 물었을 불경한 의문을 품고 말았다.

문득 엘리가 물었다.

"그런데 이 별 전체를 통틀어서라뇨?"

"말을 안 해줬던가? 음, 이 세계가 둥글다는 건 알지?"

"누굴 바보로 아세요? 제가 이래 봬도 읽기, 쓰기, 셈법은 물론이고 3개 국어를 한다고요. 학식도 제법 깊거든요?"

"직접 공부한 거야?"

"아뇨. 꿈의 세계에서 얻은 지식이에요."

"……."

"헤헤. 인생이 싸우고 도망 다니는 것뿐이었는데 언제 학식을 쌓고 있겠어요? 언어도 정신 감응이 있으니까 딱히 깊이 있게 공부할 필요가 없고요."

"아니, 내가 놀란 건 꿈의 세계에서 그만한 지식을 얻을 수 있다는 점이었는데."

용우가 혀를 내둘렀다.

엘리는 리사와 똑같은 몽상가였다. 하지만 몽상가로서의 능력을 활용하는 데 있어서는 차원이 다른 경지에 올라 있는 것 같았다.

'하긴 일생 동안 그 체질을 이용해서 생존을 모색해 왔을 테니 당연한가?'

용우는 이 세계에 그녀 말고도 다수의 몽상가가 있음을 감지했다. 하지만 어쩌면 몽상가로서의 수준은 엘리가 최고일지도 모르겠다는 생각이 들었다.

'별의 돌을 써서 나를 부른 것만 해도 그렇지.'

성좌의 화신에 대한 이야기는 이미 이 세계에서 잊힌 지 오래된 이야기였다. 그만큼이나 오래된 고대의 비밀이다.

그런데 엘리는 꿈의 세계를 몽유하면서, 지금 이 시대를 살아가는 인류의 꿈이 아니라 이전에 켜켜이 쌓인 꿈속에서 필요로 하는 지식을 찾아내었다.

게다가 별의 돌은 누구나 다룰 수 있는 것이 아니다.

딱히 의지가 존재하지는 않지만, 워낙 거대한 힘인 데다가 그 것을 통제해 주는 안전장치가 존재하지 않았다.

일반인이 이 힘을 쓰려고 했다가는 파멸한다. 일반인만이 아니라 고위 마법사까지도 마찬가지일 것이다.

그런데 엘리는 그 힘을 제대로 끌어내어서 세계 너머에 있는 용우에게까지 자신의 메시지를 전달하는 데 성공한 것이다. 경이로운 일이었다.

"하여튼 인간이 살 수 있는 세계는 둥근 형태를 하고 있어. 그리고 팔라시아 대륙과 오디언 군도 말고도 사람이 사는 대륙들이 있고."

"아, 그건 알아요."

"안다고?"

"네. 꿈의 세계에서 봤어요. 뭐 알아봤자 공간좌표까지 확보할 수는 없어서 가볼 수는 없었지만요."

"그렇군."

정말로 엘리야말로 최강의 몽상가일지도 모르겠다.

"제국의 발길이 닿지 않은 곳이 그렇게 많이 남아 있다니, 그건 좋네요."

"넌 뭐든지 기준이 그거구나."

"인생 전부가 그런걸요."

엘리가 슬프게 웃었다. 그녀의 인생은 좋든 나쁘든 용황제와 제국의 존재에 종속되어 있었다. 그 두 가지를 빼고는 그녀의 인생을 말할 수 없었다.

"엘리, 넌 용황제가 죽어버리면 뭘 할 건데? 그걸로 만족할 수 있겠어?"

"그건 상상이 잘 안 가네요. 그걸로 만족할 수 있을지 아니면 더 뭔가를 바라게 될지……."

그렇게 말하던 엘리가 눈을 빛냈다.

"그런 걸 물어보시다니, 용황제 처치해 주실 거예요?"

"생각 중이다."

"제가 일생을 바쳐서 이루고자 하는 목표를 무슨 주머니에 든 사탕을 꺼내서 줄까 말까 고민하듯이 말씀하시네요."

"그런 소리를 웃으면서 하는 너도 참……."

용우는 엘리의 그런 점에는 살짝 질려 있었다. 어떻게 저럴 수가 있을까?

"그야 화신님의 힘을 계속 보고 있으니까요. 화신님이라면 진짜로 용황제를 쓰러뜨릴 수 있을지도 모르겠네요."

"지금까지 내가 한 일을 보고도 '용황제를 쓰러뜨릴 수 있을지도 몰라'야?"

"용황제는… 우리 앞에 선 재앙신 같은 존재거든요."

이 세계 사람들은 용황제를 인간으로 인식하지 않았다. 그는 완전히 별격의 존재였다. 고대에 이 세계를 떠났다는 신, 아니면 지금도 인류를 농락하는 마왕 같은 존재가 아니고서야 그럴 수가 없지 않겠는가?

"사람들이 힘을 모아 대항한다는 게 의미가 없었죠. 저항군을 상대한다는 건 용황제에게는 놀이나 다름없었을지도 몰라요."

"그걸 알면서도 계속 싸운 거냐?"

"달리 선택지가 없었으니까요."

엘리가 말하는 '선택지'는 현실에서 취할 수 있는 행동만을 이야기하는 것은 아니리라.

그녀의 능력을 생각하면 분명 다른 길을 선택할 수도 있었다. 저항군의 일원이 되는 대신 원한과 복수를 포기하고 살아갈 수 있었으리라.

하지만 엘리의 마음이 그것을 허락하지 않았다. 현실적으로 가능한 선택지, 누군가는 현명한 삶이라고 평할 만한 길을 그녀의 마음이 가로막고 있는 것이다.

"예전에는 이 목숨이 다할 때까지 용황제의 마음이 흠집이라도 낼 수 있으면 좋겠다고 생각했어요. 용황제가 내 존재를 알고, 그로 인해 상처라도 입으면 좋겠다고… 참 비참한 비원이었죠."

하지만 별의 돌을 손에 넣으면서 생각이 바뀌었다.

"이런 힘이 있다면 좀 더 큰일을 할 수 있을 것 같았어요. 저항군이 기회를 만들어준다면, 용황제를 들이받아서 같이 죽을 수 있지 않을까?"

그것이 헛된 꿈임을 깨닫기까지는 오래 걸리지 않았다.

엘리가 목숨을 바쳐 성좌의 화신을 초환하겠다고 결단한 것의 배경에는 절망이 있었다.

자신이 뭘 해봤자 용황제에게 상처조차 줄 수 없다는 무력감과 절망감.

그렇다면 허무맹랑하게 들릴지라도 신화의 존재에게 걸어보자. 자기 한 사람의 목숨으로 제국군의 소중한 전력이라도 쓸어 버릴 수 있다면 나름 의미가 있지 않을까?

그런 자포자기의 심정으로 저지른 일이었다.

그런데 그 선택이 엘리의 인생에, 그리고 이 세계에 대격변을 가져올 줄이야.

"그래서 지금은 용황제가 없어져 버린 세상을 제가 어떻게 받아들일지 잘 모르겠네요."

"넌 용황제에게 직접 복수할 수 있다면 어떨 것 같아?"

"그건 불가능하죠. 당신이 용황제를 처치해 주신다면, 그건 정말 목숨을 걸고라도 눈앞에서 보고 싶지만요."

"그냥 상상해 봐. 만약 정말 그럴 수 있다면?"

"최고죠!"

엘리가 상상만으로도 흥분되는지 눈을 반짝였다.

"아, 당신이 용황제를 제압하고 저한테 칼을 쥐어주면서 마무리하라고 하거나 하면 가능하겠네요. 그래주실 수 있어요?"

"생각 중이다."

"그런 일로 사람 놀리는 거 아니에요."

엘리가 새초롬하게 눈을 흘겼다.

하지만 용우는 웃음기 없는 얼굴로 먼 곳을 보며 말했다.

"진지하게 생각 중이야. 그리고 곧 결론이 나겠지."

용우가 결론을 낸 것은 다음 날의 일이었다.

*   *   *

용황제는 눈을 떴다.

"성공했군."

그는 희열에 몸을 부르르 떨었다.

그의 눈앞에는 타오르는 듯 붉은빛을 발하는, 어린애 주먹만 한 구체가 하나 떠 있었다.

별의 돌 '불꽃'이었다.

"경하드립니다!"

그것을 제작하는 데 협력한 신하들이 고개를 조아리며 축하해 주었다.

"공들의 협력이 있었던 덕분이다."

용황제는 진심으로 신하들의 협력을 치하했다.

그가 아직 인간이었던 시절, 고위 마법사였던 그는 우연히 신화시대의 고대 유적을 발견했다.

그리고 그곳에서 별의 돌—광휘를 발견했다.

또한 그는 그곳에서 고대의 비밀을 알게 되었다.

신화 속의 신들, 그들이 남긴 '별의 돌 제조법'을.

별의 돌은 애당초 인간을 위한 것이 아니었다.

그것은 신들의 무기였다.

이 세계를 노리는 미지의 재앙, 신화의 괴물을 막기 위해 신들이 벼려낸 최종 병기.

그러나 본래대로라면 일곱 개가 존재했어야 할 별의 돌은 세 개뿐이었다.

신들이 세 개만을 완성한 시점에서 파멸했기 때문이었다.

만약 일곱 개 모두가 완성되었다면 신화시대는 끝나지 않았을 것이다. 고대 유적을 만들고 제조법을 남긴 누군지 모를 신은 그런 확신을 남겨두었다.

"짐은 이제부터 이 불꽃을 장악하는 작업에 들어가겠다. 그리 오랜 시간이 걸리지는 않을 것이다."

용황제는 역사의 진실을 알고 있었다.

66마왕이 이 세계에 손을 뻗은 것은 신화시대가 끝난 후였다.

신들이 세계의 주인이던 시절, 그리고 그들이 별의 돌을 가진 동안에는 66마왕도 감히 이 세계를 넘보지 못했다.

'셋의 힘을 가진다면, 나 또한 능히 마왕을 멸할 수 있다.'

그렇다면 마왕을 멸하고 있는 미지의 존재를 두려워할 이유가 없으리라.

10

용우가 팔라시아 대륙에 온 지 닷새째.

엘리는 신기한 기분에 사로잡혀서 주변을 두리번거렸다.

번화한 도시 한복판이었다.

하지만 도시의 번화함 때문에 그녀가 그런 기분에 사로잡힌 것은 아니었다.

이 도시가 제국령이었기 때문이었다.

"제국령 한복판을 이렇게 당당하게 활보할 수 있으리라고는 상상도 못 했어요."

엘리는 약간 넋이 나간 것 같았다.

그녀가 지금 있는 곳은 제국의 심장부라고 할 수 있는 벨다디 아였으니까 그럴 수밖에 없었다.

저항군의 간부, 그중에서도 주요 인물인 엘리에게는 막대한 현상금이 걸려 있었다. 제국령 어딜 가나 그녀의 얼굴이 그려진 현상금 포고문이 있을 정도였다.

엘리가 강력한 정신 감응 능력을 갖고 있다고는 하나, 고위 마법사쯤 되면 그녀의 정신 감응 능력에 쉽게 당하지 않는다. 길 가다 마주치기라도 하면 그 순간 제국령 한복판에서 추격당하는 몸이 되고 만다.

그렇기에 엘리는 정말 중요한 일이 아니라면 제국령에 들어오지 않았고, 들어오더라도 철저하게 남의 이목을 피해 다녔다.

하지만 지금은 당당하게 대로 한복판을 돌아다니는 중이다.

생김새도, 차림새로 이질적인 용우와 함께 돌아다니는데도 아무도 이상한 눈길을 주지 않았다. 심지어 아까 전에는 고위 마법사와 스쳐 지나갔는데도 그랬다.

그만큼 용우의 텔레파시가 강력한 것이다. 고위 마법사조차 그의 텔레파시에 저항하기는커녕 위화감을 느끼지도 못하고 있었다.

문득 용우가 물었다.

"제국이 원래는 대륙 변두리의 국가라고 하지 않았나?"

"그랬죠."

"지금의 영토를 확정 지은 게 4년 전이고?"

"맞아요."

"그런데 어떻게 수도가 이만한 대도시일 수가 있지?"

제국의 수도, 벨다디아는 인구 12만을 자랑하는 대륙 제일의 대도시였다.

물론 21세기 지구인인 용우의 기준으로 보면 인구 12만은 흔한 지방도시 수준에 불과하다. 하지만 용우는 이 세계에서는 그 정도면 정말 어마어마한 대도시라는 기준을 이해하고 있었다.

"여긴 원래 벨다드 왕국령이 아니었거든요. 전에는 엘부트라는 이름이었어요."

"정복하고 나서 천도(遷都)한 거군."

용우는 사정을 이해하고는 고개를 끄덕였다.

엘리가 꿈을 꾸는 듯한 기분으로 말했다.

"예전에 엄마한테 수도 이야기를 참 많이 들었는데… 하나도 안 맞네요."

"……"

"하긴 용황제가 천도를 해버렸으니까요. 엄마 이야기는 천도하기 전의 일이었죠."

쓴웃음을 지은 엘리는, 침묵하는 용우 앞에서 자신의 이야기를 시작했다.

"우리 엄마는 벨다드 왕국의 다섯째 왕녀였대요."

용우는 굳이 그녀의 이야기를 막지 않고 가만히 듣고 있었다.

주변에 수많은 행인들이 있었지만 엘리의 이야기는 오로지 용우에게만 들렸다.

"어려서부터 마법에 천부적인 재능을 보여서 일찌감치 마법사의 길을 걸으셨다죠."

마력을 다루는 초인이 실존하는 사회에서 마법에 뛰어난 재능을 보인다는 것은 큰 의미를 가진다. 그녀는 장차 왕실에 이익이 되는 정략결혼의 소재로 갈고 다듬어지기보다는 마법사의 길을 걸을 수 있었다.

"왕위에는 아무런 관심도 없던 분이었어요."

벨다드 왕국에는 여왕이 즉위한 사례가 있었다. 하지만 왕위 계승 서열이 그리 높지 않았고, 본인도 야심이 없었기에 왕위를 탐내본 적이 없었다.

"결국 왕실 마법부를 총괄하는 직위를 받고, 데릴사위를 들여서 혼인하셨는데……."

그녀와 마찬가지로 마법에 천부적인 재능을 보이던 왕족, 열여섯째 왕자가 피바람을 일으켰다.

"수하들을 드라칸으로 만든 용황제가 단 하루 만에 왕위 계승자들을 몰살시켜 버렸어요."

왕가의 핏줄을 이어받은 자는 아이라고 할지라도 죽음을 피할 수 없었다.

그 참극의 날, 살아남은 왕족은 다양한 사정으로 수도에서 멀리 떨어져 있던 몇 명뿐이었다. 그리고 엘리의 엄마 역시 그중 한 명이었다.

엘리의 엄마는 젖먹이 때부터 같이 자란 시녀가 필사적으로 전해준 소식 덕분에 왕궁으로 돌아오는 대신 도주를 선택했다.

그때부터 앞날 없는 도망자의 삶이 시작되었다.

"엄마는 도망치는 솜씨가 뛰어난 분이었죠. 그 후로 7년간이나 도망쳐 다니셨으니까……."

다른 왕족은 모두 일찌감치 제국군의 손에 잡혀 죽었다.

용황제가 왕족 생존자의 위치를 찾아내어 추적자들을 보내왔기 때문이다.

세상 어디로 가도 추적자들이 쫓아오는데 7년 동안이나 도망다닐 수 있었던 것이 기적이었다.

"용황제가 직접 쫓아왔다면 절대 불가능한 일이었어요. 하지만 용황제는 그러지 않았어요."

끝없는 도망 생활 중, 엘리의 엄마는 한 가지 규칙성을 알아냈다.

한 달에 한 번, 만월이 차올랐을 때 용황제의 마법이 전대륙을 훑고 지나간다.

그리고 그때가 되면 반드시 자신의 위치가 제국군에게 노출된다.

어디에도 안주할 수 없는 생활이었다. 그녀가 어린 시절부터 천재라 불렸던 고위 마법사가 아니었다면 손쓸 도리 없이 잡혀 죽었으리라.

"엄마는 그 와중에 저를 발견하고 양녀로 삼았죠. 저는 한참 뒤까지 그 사실을 몰랐지만."

엘리의 엄마는 용황제에게서 도망치기 위한 수단으로 전설상의 체질 '몽상가'를 찾아 헤맸다.

그리고 아직 생후 2년도 안 된 어린 엘리를 찾아내어 자신의 딸로 삼았다.

친부모들에게서 그녀를 데려오는 것은 쉬운 일이었다.

엘리는 그 시절에 이미 몽상가의 힘을 발현했고, 친부모들은 그런 엘리를 무서워했기 때문이다.

현실과 꿈의 경계를 무너뜨리는 힘, 그것이 통제되지 않고 주변을 집어삼킨다면 사람을 미치게 하기에 충분했다.

엘리의 엄마는 자신이 지닌 강력한 마법의 힘으로 엘리기 지닌 몽상가의 힘을 안정시키면서 그녀를 길렀다. 그리고 엘리의 힘으로 용황제의 눈을 피해 다녔다, 아주 오랫동안.

하지만 그것은 실수였다.

"용황제는 엄마가 몽상가의 힘으로 자신의 추적을 피했다는 사실에 민감하게 반응했어요."

용황제의 탐지는 더욱 꼼꼼해졌다. 추적은 더욱 집요해졌다.

그럼에도 고위 마법사와, 몽상가의 힘이 낳는 시너지 효과는 강력해서 꽤 오랫동안 도망 생활을 이어갈 수 있었다.

하지만 결국 한계가 왔다.

용황제의 힘은 계속해서 강력해졌고, 엘리의 엄마는 아무리 도망쳐도 끝이 없다는 사실에 지치고 절망해 버리고 말았다.

마지막에 발목이 잡힌 것은, 어느 정도는 그녀가 자포자기한 결과였을 것이다.

"더 이상 도망칠 수 없다고 판단했을 때, 엄마는 저를 저항군에 맡겼어요."

그리고 엘리가 자신의 친딸이 아님을 알렸다.

"고마웠다. 그리고 미안했다……."

사랑한다고 말해주었다.

"더 이상 용황제에게 맞서지 말고 평범하게 살아가렴. 너는 그럴 수 있을 거야."

그것이 엘리가 기억하는 그녀의 유언이었다.

그녀는 저항군에게 엘리가 새로운 삶을 살도록 도와줄 것을 부탁하고는 죽음을 향해 걸어나갔다.

"하지만 그럴 수가 없었죠."

엘리는 쓴웃음을 지었다. 당장에라도 울 것 같은 얼굴이었다.

"어떻게 그럴 수가 있겠어요?"

지치고 절망한 것은 엘리의 엄마만이 아니었다. 엘리 역시 그녀의 옆에서 혹독한 시간을 함께해 왔다.

너무나 부조리하게 사람이 고통받고, 죽어가는 모습을 수도 없이 봐왔다.

몇 년 동안이나 내일이 보이지 않는 공포에 떨며 살아왔다.

"엄마도 자기가 억지를 부린다는 걸 알고 있었을 거예요. 그래도 그 억지를 들어주길 바랐겠죠."

하지만 엘리는 도저히 그럴 수가 없었다. 눈을 감을 때마다 켜켜이 쌓인 증오의 울부짖음이 귓가를 맴돌아서 그동안의 삶을 내려놓는 것은 불가능했다.

"엄마는 용황제에게 맞서기 위해서는 별의 돌을 찾는 수밖에 없다고 생각했어요. 도망 다니는 동안 많은 단서를 모았죠."

그래서 엘리는 자신의 능력을 이용해서 별의 돌을 찾아 헤맸다.

마치 해변에서 특정한 모래알을 찾는 것 같은 작업이었으나, 어떻게든 단서를 모아 별의 돌—새벽을 찾아내고야 말았다.

"하지만 그게 또 죽음을 부르는 일이 될 줄은 몰랐어요."

별의 돌을 찾아내어 그 힘을 쓰는 순간, 엘리는 용황제의 표적이 되었다.

"막다른 곳에 몰렸을 때, 당신을 소환해서 일이 이렇게 되었지만요."

어깨를 으쓱한 엘리가 아무렇지도 않은 듯 말했다.

"갑자기 지루한 이야기를 늘어놔서 미안해요. 그런데 여긴 왜 오신 거예요?"

21명의 마왕을 소멸시킨 용우는 하루 정도 유예를 두었다가 나머지 마왕을 사냥하겠노라고 말했다.

그런데 정작 하루가 지나고 나자 마왕 사냥을 재개하는 대신 엘리를 데리고 제국령 한복판에 온 것이다.

용우는 잠시 동안 엘리를 가만히 바라보다가 입을 열었다.

"용황제를 죽이려고."

"…네?"

순간 엘리는 자기가 헛것을 들은 줄 알았다. 아니면 용우가 질 나쁜 농담을 했거나.

하지만 용우는 덤덤하게 벨다디아 중심가 저편의 웅장한 황궁을 바라보고 있었다.

"어, 어째서 가, 갑자기 그런 마으, 음을 먹으신 건데요?"

언제나 담대하다는 소리를 듣는 엘리였지만, 이 순간에는 너무 놀라서 목소리가 덜덜 떨려 나왔다.

"용황제 그놈이 네 번째를 만들었어."

"네?"

"이 세계에 별의 돌이 세 개밖에 없다고 했었잖아. 두 개는 황제에게 있고 하나는 나한테 있지. 근데 황제가 어제 또 하나를 만들었더라고."

"네에?"

엘리는 용우의 말을 이해하지 못하고 눈을 껌뻑였다.

용우가 말했다.

"말한 그대로야. 황제는 별의 돌의 제작법을 알고 있었던 거지. 마족하고 손잡은 것도 그걸 위해서였고."

"잠깐만요. 너무 놀라서 잘 못 따라가겠어요."

엘리는 심호흡을 한번 해서 놀란 가슴을 진정시키고는 물었다.

"그러니까… 황제가 마족에게 생명의 돌을 만들게 한 게 별의 돌을 만들기 위해서였다고요?"

"잘 이해했네."

"……."

너무 갑작스럽고 엄청난 이야기라 엘리는 현기증이 날 것 같았다.

엘리 자신이 별의 돌을 가져봤기에 누구보다도 그 무시무시함을 잘 알고 있었다. 그 자체로 신의 힘이라고 할 수 있는 별의 돌을, 인간이 만들어낼 수 있는 것이었단 말인가?

"참고로 황제가 만든 별의 돌은 '불꽃'이야. 이걸로 이 세계에 새벽, 광휘, 빙설, 불꽃 네 가지 권능의 산물이 나타났군. 남은 건 굉음, 대지, 뇌전인가?"

용우가 재미있다는 웃었다. 하지만 그 웃음 속에는 흉흉한 감정이 흐르고 있었다.

"하지만 여기까지야. 이놈이 대체 뭘 하나 하나하나 뜯어보고 나서 없애 버리려고 했는데, 안 되겠어."

용우가 용황제를 죽여 버리겠다고 결정한 지는 좀 되었다.

첫 번째 마족과 격돌, 마왕—47을 처치하고 제국과의 거래 내역을 알아낸 시점에서 용우는 용황제를 살려둘 생각이 없어졌다.

하지만 당장 죽일 생각은 없었다.

용황제가 하루아침에 죽어버린다면 엄청난 혼란이 뒤따를 터. 저항군의 조직을 이용해서 이 세계 사람들에게 최대한 피해가 덜 가는 방법을 구상해 볼 생각이었다.

하지만 별의 돌—불꽃이 탄생하는 순간, 용우는 마음을 바꿨다.

별의 돌—불꽃을 탄생시킨 영적 자원을 생산하기 위해 얼마만큼의 제물이 필요했는지 알아버렸기 때문이다.

'최소한 100만 명.'

현 시점에서 팔라시아 대륙과 오디언 군도의 인구를 전부 합쳐봤자 8천만 명에 불과했다.

용황제는 정복 전쟁을 통해서, 그리고 일부러 정복하지 않고 내버려 둔 대륙의 절반에 자신이 제압한 마족들을 배치시킴으로써 100만 명 이상의 제물을 확보했던 것이다.

마족들이 제국에 공급한 생명의 돌은 별의 돌을 만들기 위한 재료였다.

"엘리, 마음의 준비를 해."

"무슨 준비요?"

"네가 전에 말한대로 할 거야."

"제가 말한대로요?"

"가로막는 건 다 때려 부수면서 용황제에게 간다."

제국의 심장부에 광포한 폭풍이 휘몰아치기 시작했다.

*　　　*　　　*

용황제는 명상의 방에서 가부좌를 틀고 앉아 있었다.

그의 주변을 세 개의 빛덩어리가 서서히 회전하면서 강력한 힘을 발한다.

각각 광휘, 빙설, 불꽃의 권능이 담긴 별의 돌이었다.

무한한 힘을 생산하는 별의 돌들은 이미 용황제의 의지에 종속되어 그에게 신화적인 권능을 빌려주고 있었다.

'이제 됐다.'

용황제는 미소를 지었다.

별의 돌—불꽃을 장악하는 것은 어렵지 않았다. 광휘와 빙설, 두 개를 지닌 지 오래되었기에 그의 그릇은 이미 인간의 한계를 아득히 초월한 수준으로 확장되어 있었던 것이다.

'두려워할 것은 아무것도 없다. 새벽의 권능을 빼앗고, 나머지 셋을 만들어 인류를 구원할 것이다.'

용황제가 만족감을 느끼며 눈을 떴을 때였다.

"폐하!"

근위대장이 급히 뛰어들어 왔다.

기쁨의 순간을 방해받은 용황제가 불쾌감을 드러내며 물었다.

"비상사태입니다! 적이 황궁에 침입했습니다!"

"적? 어떤 놈인가?"

"단 두 명입니다. 그중 하나는 저항군의 간부, 엘리로 판명되었습니다."

"그 계집애인가."

용황제는 엘리가 별의 돌―새벽을 가졌다는 사실을 안다. 그렇기에 그녀가 황궁에 쳐들어와서 난동을 부린다 해도 놀라지 않았다.

"어차피 찾아갈 생각이었는데 이렇게 찾아와 주다니, 수고를 덜었군. 대마법사들을 전부 투입해라. 나도 곧 가지."

"그, 그것이……."

근위대장의 곧바로 대답하지 못하고 말을 더듬었다.

용황제가 눈살을 찌푸리며 바라보자 그가 황급히 말했다.

"대마법사 네 분께서는 이미 전투에 임하셨습니다. 그리고… 르잔 공이 전사했습니다."

용황제가 놀라서 눈을 부릅떴다.

*　　　　*　　　　*

용황제를 제외하면 제국 최강이라 불리는 대마법사 4명.

그들의 권능은 이미 인간의 영역을 초월하여 신의 영역에 닿아 있다는 평가를 받는다.

용황제의 축복을 받아 드라칸이 된 그들은 그만큼 강력한 존재였다. 일인 군단이라 불리기에 부족함이 없는, 전략 차원에서 다뤄야 하는 특별한 인적자원.

그들은 눈앞에서 벌어지는 일을 믿을 수가 없었다.

파악!

선혈이 튀며 잘린 드라칸의 팔이 허공으로 솟구쳤다.

"크악……!"

긴급 소집된 12장군 중 하나의 팔이었다.

대마법사들과 마찬가지로 12장군 역시 전원 드라칸이다. 그들 역시 대마법사보다는 못해도 인간의 한계를 초월한 자들.

그런 그들을 어린애 다루듯이 박살 내는 존재가 있었다.

"황궁에 뭔가 시스템이 만들어져 있길래 기대를 많이 했는데… 효율이 꽝이군. 하긴 이 정도라도 구축을 해놓은 게 대단한 건가?"

거대한 황궁 정문을 부숴 버리고, 앞을 가로막는 모든 것을 박살 내면서 여기까지 온 서용우였다.

황궁에는 용우가 지금까지 많이 보아온 형태의 시스템이 구축되어 있었다.

다수의 힘을 모아서 특정한 인물에게 공급해 주는 것.

다만 그 효율이 별로라서, 100명이 힘을 모아도 대상은 30명분의 힘만을 쓸 수 있다. 70명분의 힘이 손실되는 것이다.

수치상으로 보면 비효율의 극치였다. 그러나 머릿수보다 개개인의 강력함이 중요한 전장에서는 저 비효율성을 감수할 만한 전술적 가치가 있다고 할 수 있으리라.

물론 용우 앞에서는 의미 없는 수작이었다.

"너희 같은 것들이 이 시스템 써봤자 낭비 아니냐? 차라리 용황세에서 나 몰아주지 그래?"

즉 대마법사들과 장군들은 본래의 자신보다 훨씬 강화되어 있다.

그런데도 전혀 상대가 안 된다.

─섬광참!

용우가 손날을 세운 채로 한번 손을 휘두르자 그 궤적을 따라서 날카로운 섬광이 뻗어나간다.

섬광이 공간을 베어내는 것은 잠깐이었으나, 한 가지 문제가 있었다.

쿠구구구구궁……!

그 범위가 30미터에 달하며, 궤적에 걸린 그 누구도 막아내지 못한다는 점이다.

단 일격으로 장군 한 명이 또 죽어나갔다.

"이놈! 죽어라!"

장군들이 근접전으로 시간을 버는 동안 대마법사들은 큰 한 방을 준비하고 있었다.

─심판의 화염검 군단!

2미터에 달하는 불꽃검 수십 자루가 곡선을 그리며 용우에게 쏟아져 나갔다.

수십 발의 로켓탄이 한 지점을 집중 타격 하는 것 같은 광경이었다.

─화염포식자.

그러나 용우의 옆에 나타난 광점이 그 모든 것을 집어삼킨다.

"말도 안 돼!"

대마법사가 경악하는 순간이었다.

—마격탄!

용우가 그를 향해 손가락총을 쏘는 시늉을 했다.

콰아아아아앙!

극초음속으로 날아간 에너지탄이 그를 관통했다.

그의 몸이 열과 충격으로 증발하고, 막대한 에너지가 폭발하면서 황궁이 무너질 것처럼 뒤흔들렸다.

"크윽! 이건 어쩌냐?"

살아남은 대마법사는 이제 둘뿐.

그중 하나가 완성한 마법을 풀어내었다.

—열두 재앙의…….

퍼억!

그러나 그 마법을 완성하기도 전에, 그 앞에 나타난 용우가 로우킥을 날렸다.

로우킥이 그의 두 다리를 끊어버리자 마법이 실패하고 말았다.

"크아……!"

대마법사는 비명을 지르지도 못했다. 용우가 그의 주둥이를 붙잡고 힘을 주었기 때문이다.

"……!"

기다란 드라칸의 주둥이가 짜부라졌다.

쾅!

그리고 용우가 날린 주먹이 그의 몸통에 꽂히자, 폭죽 터지듯 몸이 터져 나갔다.

"관객이 필요해서 최대한 느리게 죽이려고 노력 중이었는데……."

혼자 살아남은 대마법사가 몸을 떨었다. 견딜 수 없는 공포가 그를 잠식하고 있었다.

"이제야 오다니 누가 황제 아니랄까 봐 늘장 부리는 거만함이 몸에 배었군."

그 말에 모두가 퍼뜩 정신을 차리고 한곳을 바라보았다.

용황제가 높은 곳에서 그들을 내려다보고 있었다.

"너는 누구냐?"

용우는 그 질문을 무시했다.

퍼억!

용우가 주먹을 날리자 마지막 대마법사의 몸통이 터져 나갔다. 그리고 상처 부위에서 폭염이 일어나 남은 부위를 집어삼켰다.

"끄아아아아아아……!"

비명은 짧지만 끔찍했다.

모두가 공포에 압도된 가운데 용우가 엘리에게 말했다.

"엘리."

"…네."

용황제를 보고 굳어 있던 엘리는, 한 박자 늦게 대답했다.

"네 자리가 특등석이다. 눈 똑바로 뜨고 보고 있어라."

용우가 용황제를 올려다보며 말했다.

"오늘 모든 게 끝날 테니까."

용황제는 이 상황이 어처구니가 없었다.

별의 돌을 손에 넣어 인간을 초월한 후로 그에게는 적수가 없었다. 그가 위험을 느낀 것은 오직 마왕뿐, 마족조차 전혀 상대가 되지 못했다.

그럼에도 그는 늘 힘에 대한 목마름에 시달리며 살았다.

누구도 모르는 잔혹한 진실을 알고 있었기 때문이다.

언젠가 세계를 덮칠 파멸로부터 세계를 구하기 위해서는 더 큰 힘이 필요했다.

고대의 신들조차 저 아래로 굽어볼 수 있는, 진정한 의미에서 절대적인 힘이!

"짐이 하려던 일을 대신한 자여."

용황제의 장대한 계획에는 66마왕의 박멸도 들어 있었다.

"짐의 수고를 줄여준 것에는 감사하지. 하지만 그대가 저지른 일은 용서받을 수 있는 것이 아니다."

"신기한 놈일세."

용우는 용황제를 빤히 바라보며 고개를 갸웃했다.

"자기 수하들 박살 난 것에는 전혀 화가 안 나는 모양이지? 어차피 쓸모 있는 버러지와 쓸모없는 버러지로 나뉠 뿐, 다 똑같다고 생각해서인가?"

"……"

자신의 말이 무시당하자 용황제가 불쾌감을 드러내며 듯 용우를 노려보았다.

용우는 무시하고 손을 눈앞에 들어 올렸다. 그러자 손바닥 위에 별의 돌—새벽이 나타났다.

"이게 갖고 싶지?"

순간 용황제가 움직였다.

—광휘의 진격!

기습이었다. 황제라 불리는 자가 이렇게 행동하리라고는 누구도 몰랐으리라.

별의 돌—광휘에서 비롯된 권능이 그야말로 광속으로 용우를 쳤다.

—오버 커넥트!

그러나 용황제가 빛을 발하는 순간, 용우의 앞에는 시커먼 구멍이 열리고 있었다.

콰아아아아!

용황제가 발한 무지막지한 섬광이, 그의 머리 위에 열린 워프 게이트를 통해서 그 자신에게 쏟아졌다.

"폐하!"

장군들이 당황했다.

황제가 서 있는 곳의 대리석이 그대로 녹아버릴 정도의 초고열 섬광이었다. 지옥 같은 열기가 주변을 불태우고 있었다.

"주변에 민폐가 너무 크군."

용우가 중얼거렸다.

이대로 싸우면 황궁은 물론이고 이 도시 전체가 증발해 버릴 것이다.

용우는 민간인을 끌어들이고 싶지 않았다. 제국군은 몰랐지만 용우는 싸우는 도중에도 이 황궁에서 일하는 비전투원들에게 피해가 갈 것 같으면 보호 스펠을 걸어서 인명 피해를 막고 있었다.

"으음……!"

섬광이 걷히며 용황제가 모습을 드러냈다. 부상은 없었지만 당황한 모습이었다.

용우가 물었다.

"여기 있는 전원이면 되겠냐?"

"무슨 소리를 하는 것이냐?"

"너 도와서 싸우다 죽을 놈들 명단은 이 자리에 모인 놈들이면 되겠냐고."

"……."

"그런 걸로 알도록 하지."

용우의 모습이 사라졌다.

"아니?!"

용황제가 당황하는 순간이었다.

용우에게서 뻗어나간 빛이 그 자리에 모인 자들, 제국 최정예 병력들을 건드리기 시작했다. 뭔가 타격을 주는 게 아니라 그저 용우와 그들을 잇는 빛의 선이 그어질 뿐이었다.

그런데 그때마다 그 빛을 받은 자들이 사라진다.

'강제 텔레포트!'

그 현상의 실체를 꿰뚫어본 용황제가 전율했다.

용우는 그들을 특정한 지점으로 텔레포트시키고 있었던 것이다.

대마법사들은 이미 몰살낭했지만, 그들을 제외한 나머지도 하나하나가 전술병기라고 할 수 있는 드라칸들이었다.

그런 그들에게 동의 없는 강제 텔레포트를 거는 것은 대단히 어려운 일이다. 하지만 용우에게는 너무나 쉬워 보였다.

순식간에 50여 명의 인원을 황궁에서 없애 버린 용우가 용황제에게 손가락을 까딱거렸다.

"따라와."

그가 허공에 시커먼 워프 게이트를 열고는 엘리와 함께 그 속으로 사라진다.

홀로 남겨진 용황제는 잠시 굳어 있다가, 이윽고 결심을 굳히고 그 뒤를 따랐다.

그가 워프 게이트를 넘자 그곳은 사막 한복판이었다.

'놈은?'

용황제는 워프 게이트를 넘자마자 기습당할 것에 대비했다.

하지만 용우는 제국군과 좀 떨어진 곳에서 그를 기다리고 있었다.

"여기 정도면 피해를 신경 쓰지 않고… 아니, 쓰기는 써야겠지만 그래도 좀 편하게 싸울 수 있겠지."

용우가 마음껏 힘을 발하면 이 별 어디에서 싸우건 간에 인류 문명은 끝장난다.

"덤벼봐."

별의 돌—새벽을 아공간에 던져 넣은 용우가 용황제에게 손가락을 까딱거리며 도발했다.

"짐 앞에서 이토록 오만한 자는 오랜만에 보는군. 마왕 말고는 그럴 수 있는 자가 없었지."

구구구구구……!

용황제가 노기 어린 표정으로 용우를 노려보며 마력을 개방했다.

별의 돌 3개—광휘, 빙설, 불꽃이 빛을 발하며 그의 힘이 부하들과는 비교도 안 되는 수준으로 폭증한다.

냉기와 불꽃이 한 공간에 공존하면서 사막을 밝히는 광량이 눈이 아파서 직시할 수 없을 정도로 커지기 시작했다.

"짐에게 쓰러질 자여, 이름을 고하라."

용황제가 천지를 경동시키는 힘으로 용우를 압박했다. 일반인이었다면 그 압박감으로 정신과 육체 양쪽이 짜부러졌을 것이다.

그러나 용우는 심드렁하게 그를 바라볼 뿐이었다.

"엘리."

심지어 용우는 용황제를 무시하고 엘리에게 고개를 돌렸다.

"이제부터 많이 번쩍번쩍 쾅쾅 하겠지만 네가 다칠 일은 없으니까 정신 차리고 잘 보고 있어라."

용황제가 분노를 터뜨렸다.

"감히 짐에게 무례한 죄, 그 목숨으로 갚게 될 것이다!"

동시에 용황제의 모습이 변하기 시작했다.

"오호."

용우의 눈이 빛났다.

인간의 모습이었던 용황제가, 자신의 부하들과 마찬가지로 드라칸으로 변하고 있었다.

투명한 빛을 발하는 백금색 비늘의 드라칸이었다.

평균 신장이 3미터 정도인 부하들과 달리 5미터에 달하는 거체였으며, 손에는 마력이 깃든 검을 들고 있었다. 용우가 쓰는 양손 대검과 비슷한 크기였지만 5미터의 거구가 들고 있으니 일반 장검처럼 보인다.

용우는 그가 전투태세를 갖추길 끝까지 기다려 준 다음 말했다.

"준비 진짜 기네. 아직 더 기다려 줘야 하냐? 내가 너희 제국 신민이 아니라서 네놈의 지루한 의전을 존중해 줄 의무가 없는데?"

"사라져라."

용황제는 가타부타 말하는 대신 검을 휘둘렀다.

―광휘의 선고!

검을 휘두른 궤적에서 발생한 빛이 전방을 집어삼켰다.

여기 오기 전에 썼다면 황궁을 일순간에 날려 버렸을 위력의 대마법이었다. 그런 마법조차도 별의 돌 3개를 지닌 지금의 황제는 일순간에, 아무런 부담 없이 발할 수 있었다.

하지만 그 결과는 그가 생각한 것과는 전혀 달랐다.

"말도 안 돼!"

제국군 속에서 경악의 외침이 터져 나왔다.

―광휘포식자!

용우가 형성한 광점이, 용황제가 발한 거대한 빛을 빨아들여 소멸시켰다.

그리고 용우가 움직였다.

―에어 바운드!

쏜살같이 뛰어든 용우가 용황제에게 주먹을 내질렀다.

퍼어어어어어엉!

용황제가 그것을 막아내는 순간, 공기가 폭발하면서 충격파가 수백 미터 저편까지 내달렸다.

용황제의 거구가 공깃돌처럼 튕겨나갔다.

충격파에 휩쓸린 제국군의 상태는 심각했다. 전원 방어를 단단히 하고 있었음에도 부상자가 속출한 것이다.

용우가 느긋하게 손가락을 들었다. 그 위에 전격 에너지가 모이기 시작했다.

―구전광!

그리고 뇌전의 구체 5발이 용황제를 덮쳤다.

고작 5발이었다.

게다가 하나하나의 직경이 1미터 정도에 불과했기에 용황제는 가볍게 막아내고 반격할 생각이었다.

그러나 그의 방어를 때린 뇌전의 구체가 폭발하는 순간, 용황제는 머릿속에 떠올렸던 모든 계획을 수정해야 했다.

쫘과과과과과……!

폭발 지점에서 수천 줄기로 갈라진 뇌광이 종횡무진 내달리며 반경 1킬로미터 공간을 찢어발겼다.

5발의 뇌전 구체가 차례차례 터지면서 충격파가 사방을 휩쓸었다.

부하들이 맞았다면 그 순간 세상에서 사라졌을 위력이다.

"이 정도로는 어림없다."

그러나 용황제는 그것을 막아내고 용우에게 반격을…….

―염동산탄(念動散彈)!

가하기 전에 용우가 손을 한번 가볍게 털었다. 그러자 수백 발의 에너지탄이 사방을 소나기처럼 강타하는 게 아닌가?

꽈과과광! 꽈과과과과과……!

제국의 마법 병대를 전부 모아놓고 융단폭격을 하면 이런 위력이 나올까?

―마격탄(魔擊彈) 동시다발(同時多發)!

용우가 하늘로 날아오르며 다시금 손을 털었다. 그러자 48발의 에너지탄이 사방팔방으로 흩어져서 떨어졌다.

콰아아아아아아앙!

한 발, 한 발의 위력이 대형 항공 폭탄을 능가하는 파괴력이었다.

그런 에너지탄 48발이 동시에 사막을 강타하자 모래 먼지가 시야에 보이는 모든 것을 집어삼켰다.

―일진광풍(一陣狂風)!

용우가 슥 고개를 돌리자 광풍이 일어나 바람을 걷어내었다.

그것은 그야말로 최대 풍속의 폭풍과도 같아서 어마어마한 규모의 모래 먼지조차 일거에 쓸어내고, 그 속에 있던 제국군을 장난감처럼 하늘로 날아오르게 만들었다.

"괴물……!"

이 자리에 있는 제국군은 용황제가 신뢰하는 제국 최정예, 산전수전 다 겪은 자들이었다. 또한 일인 군단이라 불리기에 부족함이 없는 드라칸들이기도 했다.

그런 그들이, 평생 자신의 적에게 들어왔던 말을 용우를 보며 내뱉고 말았다.

용우는 완벽하게 무력한 그들을 무시하고 용황제에게 다가가며 말했다.

"아직도 주제 파악이 안 되냐?"

용우는 자신을 굳은 표정으로 바라보는 황제를 도발했다.

"내 인내심도 슬슬 한계야. 그냥 죽여 버리기 전에 보여줘 봐. 이 별에 네 개밖에 없는 성좌의 힘을."

용황제는 스스로의 오만을 인정할 수밖에 없었다.

눈앞의 적은, 그가 바라보고 이해해 온 세계 속의 존재가 아니다.

마왕조차 아득히 초월한 무언가였다.

이 세계의 상식에 갇힌 힘으로는 당해낼 수 없었다.

"…전력을 다해보는 건 정말 오랜만이군."

별의 돌을 하나만 가졌을 때도 전력을 다할 일이 없었다. 그때 이미 세상 모든 것이 그의 발아래 있었으니까.

마왕과 상대했을 때도 전력을 다하지 않았다. 그때는 이미 별의 돌 두 개를 가졌으니까. 용황제의 힘은 지상에 강림한 마왕을 가볍게 패퇴시킬 수 있는 수준이었다.

그런데 설마 별의 돌 세 개를 가진 지금에 와서 전력을 다할 일이 생길 줄이야.

"전장을 아무것도 없는 이 땅으로 옮겨준 것에 감사하마."

용황제의 백금색 비늘이 눈부신 빛을 발하기 시작했다. 빛으로 그려낸 실루엣으로 변해 버린 그가 말했다.

"지금의 짐은 힘 조절을 할 자신이 없으니."

용황제의 힘은 너무나 거대해져 있었다. 삼라만상의 운명을 뜻대로 정할 수 있는 힘이다. 천재지변을 능가하는 이런 힘으로 인세의 일을 처리한다는 것은 끔찍한 부조리였다.

"혹여 일격에 사라진다 해도 짐을 원망하지 말기를……."

"자기 힘도 모르는 놈이 참 말 많네."

용우가 한심하다는 듯 용황제의 말을 잘랐다.

광포한 마력의 폭풍을 휘감은 용황제가 입을 꾹 다물며 마법을 발했다.

―종말의 문!

용황제를 중심으로 빛기둥이 솟구쳤다.

천지를 둘로 분단하며 뻗어나간 빛의 선이 양옆으로 확장되면서, 그곳에서 파멸의 해일이 쏟아져 나왔다.

……!

모든 것이 빛에 휩싸여 불타오르는 것 같았다.

공격 방향에 제국군이 있었다면 그들 또한 증발했을 것이다.

그러나 용황제는 그들을 등진 채로 용우를 향해 공격을 가했고, 공격과 동시에 결계를 펼쳐서 부하들이 여파에 휩쓸리지 않도록 보호했다.

콰과과과과……!

빛의 해일이 부채꼴로 확장되면서 10킬로미터 저편까지 휩쓸었다. 그 범위에 휩쓸린 모든 것이 빛으로 환원되면서 대폭발을 일으켰다.

용황제는 그 대파괴를 지켜보면서 더욱 강대한 마력을 일으켰다.

'죽지 않았을 것이다.'

그는 오만함을 버렸다. 적이 전력을 다해 멸해야만 하는, 신화적인 존재임을 인정한 바였다.

그 겸허함이 그를 살렸다.

―염동충격탄(念動衝激彈)!

한 발의 에너지탄이 빛의 해일을 뚫고 극초음속으로 날아들었다.

추가 공격을 준비하던 용황제는 에너지탄이 발사된 것을 감지한 순간, 곧바로 마력을 방어에 쏟아부었다.

에너지탄이 용황제의 다중 방어막을 절반 정도 관통, 결국 궤도가 틀어져서 다른 곳으로 날아가 버렸다.

꽈아아아앙!

수 킬로미터 저편에서 대폭발이 일어났다.

그리고 그게 시작이었다.

―염동뇌격탄 동시다발!

용황제가 지배하지 못하는 힘, 뇌전의 힘이 실린 에너지탄 48발이 일제히 그 지역을 강타했다.

"크으으윽!"

용황제가 신음했다.

뇌전 에너지탄은 한 발, 한 발이 아까 전의 뇌전 구체의 몇 배에 달할 정도로 강력했다. 그런 것이 48발이나 일제 발사되었으니 용황제도 부하들까지 지키기 위해서는 큰 힘을 써야 했다.

후우우우우……!

그 앞에서 광풍이 불어 닥치며, 용황제의 마법이 일으킨 흙먼지를 걷어낸다.

그 속에서 걸어 나온 용우의 몸이 푸른빛에 휘감겼다.

─워 드레스!

어비스에서 개발된 마력 증폭기가 전개되면서 용우의 마력이 더욱 강력해졌다.

용황제가 그런 용우를 향해 마법을 전개했다.

─대지의 군세!

그러자 모래와 암석으로 이루어진 인형 천 개가 나타나 용우를 덮쳤다.

용우가 그들을 보며 손을 뻗었다.

─용의 포효!

그러자 그 방향을 향해 집중된 폭음이 터져 나갔다.

어마어마한 폭음이었다. 앞에 있는 모든 것을 분쇄해 버릴 만한 음파 공격!

콰아아아아아!

용황제가 불러낸 모래와 암석의 인형들 역시 예외가 아니었다.

"음……!"

용황제가 음파 공격을 막아내면서 인상을 찌푸렸다.

마력이 막강해진 만큼 그의 허공장도 막강해졌다. 지금의 그라면 아무런 대비 없이 대마법사가 혼신의 힘을 다한 일격을 맞아도 멀쩡할 것이다.

그런데도 용우의 공격에는 목에 칼이 날아드는 것 같은 위기감이 느껴진다.

'놈이 계속 공격하게 놔두면 안 된다.'

단발성 공격만으로도 이 정도 위력이다. 여유를 갖고 마력을 모으면 어떤 공격이 날아들지 예측할 수가 없었다.

─불꽃의 마검군단!

용황제의 오른편에 무수한 불꽃의 검이 나타났다.

─출진!

용황제가 1만 개가 넘는 불꽃의 검을 쏘아냈다. 일제히 쏟아지는 그것은 그 자체로 항거할 수 없는 재앙처럼 보였다.

콰콰콰콰콰콰!

불꽃의 검이 용우가 있는 자릴 휩쓴다.

하나하나가 도달할 때마다 화염 폭발을 일으키고, 그렇게 발생한 폭염이 하나로 뭉쳐지면서 거대한 소용돌이를 일으켰다.

사막의 모래 알갱이들이 그 열기를 버티지 못하고 기화된다. 수만 도에 달하는 초고열이 그 자리를 불태우고, 그 여파로 반경 수 킬로미터가 지옥으로 화하고 있었다.

용황제는 그것으로 만족하지 않았다.

─천상의 위엄!

용황제의 양손 사이에 초고열이 응축된 빛의 구체가 형성되었다.

그가 양손을 회전시키며 내밀자 그것이 소용돌이 형태로 풀어져 나가면서 용우가 있는 지점을 강타했다.

콰아아아아아!

눈이 멀어버릴 것 같은 섬광이 연달아 폭발하면서, 그 자리에 있는 것만으로도 소멸해 버릴 열과 압력이 휘몰아쳤다.

지금 용황제가 발한 두 번의 공격만으로도 대륙 제일의 대도시, 벨다디아를 열 번은 초토화시키고도 남을 위력이었다.

하지만 용황제에게 있어서 이것은 어디까지나 견제에 불과했다.

그리고 마침내 용황제가 준비한 진짜 공격이 완성되었다.

─광휘의 심판자!

용황제가 하늘의 태양을 가리키며 마법을 발했다.

별의 돌 세 개의 권능이 연계되면서 마침내 신들조차 두려워할 재앙의 힘을 낳았다.

"맙소사."

용황제의 힘에 보호받는 제국군이 신음했다.

태양이 떨어져 내리고 있었다.

아니, 정확히는 둘로 분리되어서 하나는 천공에 머무르고 하나는 지상으로 떨어져 내린다. 적어도 지상에 있는 그의 눈에는 그렇게 보였다.

용황제가 담담하게 고했다.

"티끌이 되어 사라져라."

빛이 폭발했다.

12

세상 그 자체를 지워 버릴 것 같은 빛이었다.

그 자리에 있는 자들 모두 아무것도 보지 못하고, 아무것도 듣지 못했다.

오로지 빛만이 그들을 지배하고 있었다.

영원히 계속될 것 같은 빛이었지만, 실제로는 찰나였다.

―천지를 가르는 빛!

일순간 주변이 캄캄해지면서 모든 것이 정지했다.

그리고 그 한복판을 가르듯이 날카로운 빛살이 뻗어나간다.

마치 산 저편에서 어스름을 찢으며 새벽을 알리는 태양빛처럼.

콰아아아아아!

한순간 정지했던 공간의 시간이 다시금 흐르면서, 세상 그 자체를 지워 버릴 것 같은 빛이 갈라진다.

그리고 용우가 모습을 드러냈다.

"마력이 나하고 대등한 수준이군. 대단한데?"

용우는 터럭 하나 상하지 않은 모습이었다.

정말로 감탄했다는 듯, 그러나 명백히 내려다보는 태도에서 나오는 용우의 말에 용황제의 눈이 치켜 올라갔다.

"죽음을 피하는 솜씨만큼은 쥐새끼 뺨치는 수준이로구나. 하지만 그게……."

"성좌의 권능을 셋이나 갖고도 고작 그 정도밖에 안 되는 거군. 별의 돌이 다 하는 거고 네 본신 마력은 좁쌀만 하네."

용황제가 움찔했다.

그 말은 단순한 도발이나 비아냥이 아니었다. 용황제 자신도 느끼고 있는 약점을 정확히 찌르고 있었다.

지금 용황제가 발하는 '전력'에서 그 자신의 본신 마력이 차지하는 비중은 정말로 얼마 안 되었으니까.

물론 용황제의 본신 마력도 결코 약하지 않았다. 인세에서는 초인, 그중에서도 최강으로 불리기에 충분했다.

그러나, 그의 적은 인세의 규격을 초월한 존재다.

"대충 네 한계가 어느 정도인지는 다 구경했으니 이제부터는 나도 무기 좀 써볼까?"

용우는 태평하게 말하며 허공에 손을 뻗었다. 그러자 아공간에서 별의 돌—새벽이 나타났다.

—형상변화!

별의 돌—새벽이 빛을 발하며 거대한 양손 대검으로 변해 용우의 손에 쥐어졌다.

"설마……."

그것을 본 용황제는 한 가지, 절망적인 가능성을 떠올렸다.

"이제까지는, 별의 돌을 쓰지 않았단 말인가?"

"그것도 몰랐어?"

용우가 어이없다는 듯 웃었다.

두 사람의 마력은 거의 비슷한 수준이었다.

즉 용우의 본신 마력과, 별의 돌 3개를 풀가동한 용황제의 마력이 대등한 것이다!

그럴 수밖에 없었다.

지금의 용우는 회복을 끝낸 몸이다. 즉 어비스 종국의 힘을 되찾았기에 거의 종말의 군주와 필적하는 본신 마력을 지니고 있었다.

용황제 자신의 힘이 더 거대해지지 않는 한, 별의 돌 셋을 가져봤자 이 정도가 한계인 것이다.

"말도 안 돼……."

용황제의 목소리가 떨려 나왔다.

"거짓말이다! 인간이, 별의 돌을 능가하는 힘을 가질 수 있을 리가 없다!"

파악!

순간, 용황제는 무슨 일이 일어났는지 이해할 수가 없었다.

'짐의 팔이……!'

그가 부릅뜬 눈으로 소리가 난 쪽을 바라보았다. 왼팔이 잘려서 하늘로 날아오르고 있었다.

"믿든 말든 네 마음대로 해라. 네 마음가짐이 어떻건 정해진 결과가 변하진 않을 테니까."

용우는 한 손으로 휘둘렀던 양손 대검을 거두면서 말했다.

사박…….

그의 발이 뜨겁게 달구어진 모래를 밟는 소리가 울려 퍼졌다.

용황제는 그 소리에 움찔해서 한 걸음 물러났다.

그리고 그 사실에 수치심을 느꼈다.

"웃기지 마라……!"

용황제는 이를 악물었다.

"짐에게는 인류를 구원할 사명이 있다. 짐이 아니면 인류는 멸망하고야 말 터! 너 같은……."

거기까지 말하던 용황제가 헉 하고 숨을 삼켰다.

"그렇구나! 네놈의 정체를 알았다!"

"뭔데?"

용우가 재미있다는 듯 묻자 용황제가 더없이 날카로운 눈으로 쏘아보며 말했다.

"별에 봉인되었던 재앙의 악마! 벌써 이 세상에 강림한 것인가?"

확신에 찬 용황제의 말에 용우의 표정이 미묘해졌다.

'이놈이 지금 무슨 소리를 하는 거야?'

용우는 엘리를 바라보았다. 용우는 엘리와의 약속을 지켰다. 엘리는 이 전투가 시작된 이래 줄곧 용우와 용황제의 모습을 가장 잘 살필 수 있는 지점에 있었다.

용우와 눈이 마주친 엘리가 고개를 저었다. 그녀도 한 번도 들어본 적 없는 소리였기 때문이다.

"운명은 잔혹하군."

그 앞에서 용황제는 자기 말에 도취되어 탄식하고 있었다.

"앞으로 백 년은 유예가 있으리라 생각했거늘. 짐이 일곱 개를 다 모으기도 전에 인류에게 종말의 시련이 내리는가."

용황제의 눈에서 불꽃이 튀었다.

언젠가 닥쳐올 거라고 생각했던 재앙이었다. 그래도 아직은 먼 훗날의 일이라고 생각했다. 아득한 고대, 신화가 현실이던 시절의 존재들이었으니까.

"짐의 예상이 너무 물렀구나. 하지만 짐은 늘 이 순간을 준비해 왔다. 단 한순간도 허투루 쓰지 않았노라!"

용황제가 손을 들어 올렸다.

그러자 이변이 일어났다.

"호오."

용우는 흥미를 느꼈다.

지금까지의 용황제도 분명 이 별의 최강자였다. 그가 발한 공격은 전술핵을 능가하는 파괴력을 갖고 있었다. 그가 하고자 한다면 이 별의 생명을 몰살시키는 것도 어려운 일은 아니리라.

하지만 그런 그도 용우의 적수가 되기에는 역부족이었다.

용우가 다른 장비는 일체 쓰지 않고 이 세계에서 얻은 별의 돌—새벽을 쓰는 것만으로도 그는 압도적인 열세에 처하고 말았다.

"내, 내 몸이……!"

"녹는다! 내가 녹고 있어! 아아아악!"

사막에서 비명과 절규가 메아리쳤다.

용우가 강제 텔레포트시킨 50여 명의 드라칸이 녹아내리고 있었다.

"폐하! 이게 대체 어떻게 된 일이옵니까?"

장군 하나가 용황제를 보며 경악과 불신을 드러내었다.

그는 남들보다 뛰어난 정신력과 마법 실력의 소유자가 분명했다.

정신력이 뛰어나지 않다면 자신의 몸이 녹아내리는데 제정신을 유지할 수 없을 것이고, 마법 실력이 뛰어나지 않다면 녹아내린 동료들이 특정한 목적으로 정제된 마력 덩어리가 되어 용황제에게 흡수되는 것을 파악할 수 없을 테니까.

용황제는 그의 시선을 피하지 않았다.

"이룰 수 없는 소망을 이룬다는 것은, 그만한 대가를 치러야 가능한 일이다."

"그 말씀은, 설마……."

"이 세계를 지키기 위해서다. 너희의 희생이 새로운 시대를 위한 초석이 되리라."

"폐하! 당신이 어떻게 우리에게 이럴 수가 있는가?"

용황제의 대답으로 상황을 파악한 장군은 크나큰 배신감을 느꼈다.

그는 벨다드가 아직 왕국이던 시절에 용황제에게 충성을 맹세하고, 대륙을 피로 물들이는 장대한 정복 전쟁을 함께했다.

용황제의 웅대한 야망을 선망하였고, 인류를 구원하고자 하는 숭고한 뜻을 믿었기 때문이다.

그런데 그 충성의 대가가 육체는 물론이고 영혼까지도 인신 공양의 제물로 바쳐지는 것이라니!

"이 악마! 구세를 주장하는 자가 어찌 이토록 사악할 수가 있단 말이냐!"

"얼마든지 원망해라. 인류를 구할 수 있다면 그 어떤 죄라도 짊어질 것이다."

용황제는 오랫동안 충성한 신하가 원망과 저주의 말을 퍼붓는데도 흔들리지 않았다.

생명과 영혼, 이 세계에 의미를 부여하는 존재가 순수한 자원으로 변해 용황제에게 흡수된다.

이 자리에 있던 50명의 드라칸만이 아니다.

벨다드 제국의 지배계급은 드라칸뿐.

그 말은 용황제가 지난 세월 동안 무수한 인간에게 은총을 내려 드라칸으로 만들어주었다는 뜻이었다.

이 순간, 광활한 제국령 곳곳에서 천 명에 달하는 드라칸들이 녹아내리며 어마어마한 양의 영적 자원이 용황제에게 흡수되고 있었다.

구구구구구……!

사막이 진동한다.

처음부터 잡아먹기 위해 초인적인 힘을 부여해 준 존재, 드라칸 천 명을 제물로 집어삼킨 용황제에게서 극적인 변화가 일어나고 있었다.

"봐라, 엘리."

용우는 용황제에게서 익숙한 모습을 보았다.

어비스에서 죽은 자의 영혼을 집어삼키며 강림했던 성좌의 아바타, 그리고 지구에서 구세록의 계약자가 변신했을 때의 모습이었다.

"저게 바로 네가 부르고자 했던 성좌의 화신이다."

광휘, 빙설, 불꽃 세 가지 아바타의 모습이 환영처럼 떠올라 겹쳐졌다. 그리고 그 셋이 하나로 뭉뚱그려지며 전혀 다른 모습으로 변해간다.

5미터에 달했던 용황제의 거구가 다시금 인간 사이즈로 축소되었다.

백색 바탕에 백금색의 문양이 들어간 갑옷이 용황제의 전신을 감싸고, 등 뒤에서 빛이 펄럭이는 망토처럼 분출되기 시작했다.

〈네 오만에 감사하마, 재앙의 악마여.〉

아까 전과는 격이 다른 마력을 뿜어내는 용황제가 용우와 마주섰다.

〈이 자리에서 너를 막고, 구세의 첫 걸음을 내디딜 것이다.〉

13

용우는 잠시 그를 바라보다가 말했다.

"관객이 없어져 버렸군."

〈아직 한 명은 남아 있지 않으냐? 곧 사라지겠지만.〉

엘리만이 유일하게 남은 이 전투의 관객이었다.

그러나 그녀 또한 이제 곧 죽게 될 것이다. 용황제는 용우가 더 이상 그녀를 보호할 수 없다고 확신했다.

"하긴 나머지야 어차피 다 죽여 버릴 놈들이었으니까 상관없나. 그런데 별에 봉인되었던 재앙의 악마는 무슨 소리지?"

〈능청을 떠는가? 그래 봤자 짐은 네 정체를 알고 있다.〉

"그래그래. 그 알고 있는 정체가 뭔지 말해보라고."

이제까지 용우는 용황제의 질문을 철저하게 무시하고 일방적으로 이야기해 왔다. 그러니 용황제 또한 똑같은 태도로 돌려줄 수 있을 것이다.

하지만 지금 이 순간, 용황제는 누군가에게 자신의 이야기를 들려주고 싶은 충동에 사로잡혔다.

드라칸을 모두 희생시킨 것은 그에게도 큰 타격이었다.

단지 물리적인 차원에서의 이야기가 아니다.

황제는 고독한 존재였다. 그가 쥔 권력이, 그가 해내야만 하는 일이 고고한 철혈의 지배자가 될 것을 요구했으니까.

이 자리에서 죽어간 자들은, 용황제에게 특별한 존재들이었다.

그를 믿고 따르는 자들이었다. 그에게서 비밀을 들은 자들이었다.

그리고 약간, 아주 약간이나마 마음을 털어놓을 수 있는 자들이었다.

용황제는 그런 자들을 모두 자신의 손으로 희생시켰다.

눈앞의 악마에게 승리하기 위해, 그로써 인류를 지키기 위해.

이 순간 그는 철저하게 고독한 존재였다. 이제는 아무도 그가 무엇을 짊어지고 있는지, 무엇을 희생하고 있는지 알지 못한다.

그래서였다. 용황제는 자신이 죽여 없애야만 하는 적에게라도 이야기를 하고 싶었다.

아니, 오히려 그런 적이기에 더 이야기를 하고 싶었을 것이다.

용황제가 이런 짓까지 할 정도로 궁지에 몰리게 만든 존재니까. 그가 품은 진실을 이야기하기에 이 이상 어울리는 존재가 있을 수 있을까?

〈짐은 세계의 전체상을 관측하였다.〉

용황제는 세계의 진실을 이야기하기 시작했다.

팔라시아 대륙과 오디언 군도 너머의 문명에 대해서.

저 하늘 너머, 광활한 어둠이 지배하는 우주에 떠 있는 달에 잠들어 있는 신화시대의 악마를.

그리고 그보다 아득히 더 먼 곳, 죽음의 별에 봉인된 멸망의 재앙을…….

〈그들이 한 시대를 끝냈다. 위대한 신들이 지배하는 시대가 그들로 인해 끝났지.〉

신화는 전혀 과장되지 않았다. 정말로 천지를 개벽하고 온갖 기적을 일으키던 신들이 세상을 지배하고 있었고, 그들은 세계를 침략한 재앙의 악마들과의 싸움으로 사멸했다.

〈신들은 지고의 기보, 이계의 일곱 성좌로부터 비롯된 권능을 담은 별의 돌 일곱 개를 만들어 세상을 지켜내고자 했다.〉

그러나 7개 중 3개만을 만든 시점에서 그들 모두가 파멸하고 말았다.

〈신들은 파멸을 대가로 재앙의 악마들을 세계 바깥에 봉인했지.〉

인간이 인식하는 세계의 바깥, 별의 대기권 너머에…….

학자들만이 그 존재를 학문적으로 파악하고, 이해하고 있는 우주 저편의 달과 그보다 훨씬 더 먼 곳에 있는 태양계의 또 다른 행성에 봉인해 버렸다.

〈하지만 과거의 역사가 증명했듯이 모든 봉인은 깨지기 위해 있는 것. 영원한 봉인 따위는 없다. 신들은 파멸을 유예시켰을 뿐이다. 언젠가 신들의 힘이 다해 봉인이 깨어나고 재앙의 악마가 다시금 이 세계를 덮칠 것이다…….〉

파멸을 막기 위해서는 신들을 능가하는 힘이 필요하다.

인류가 그런 힘을 가질 수 있는 방법은 단 한 가지, 별의 돌 7개를 모두 완성하는 것뿐이었다.

〈짐은 인류를 구원할 것이다. 그것을 위해서라면 무엇이든 할 수 있다. 그것이 신들의 유산을 계승하고 진실을 안 짐의 사명!)

"……."

엘리는 말문이 막혔다.

용황제가 미치광이로 보여서가 아니었다.

텔레파시를 통해 그의 진심이 느껴져서였다.

'거짓말이 아니야.'

용황제는 진실을 이야기하고 있었다.

그는 진심으로 인류를 구하기 위해 삶을 바쳤다. 다가올 파멸을 막기 위해서 최선을 다해 싸워왔다.

그 사실을 알게 되자 숨이 턱 막혔다.

엘리에게 있어서 용황제는 증오스러운 악마일 뿐이었다. 그를 타도하는 것은 개인적인 복수인 동시에 이 세상에 정의를 세우는 일이기도 했다.

그런데 용황제가 옳았다면?

정의가 용황제에게 있고, 그에게 맞서는 자들이 모두 악(惡)이라면 대체 어떻게 해야 하는가?

"엘리."

혼란스러워하는 엘리에게 용우가 말했다.

"녀석은 진심을 말하고 있을지도 몰라. 하지만 진심이 곧 진실은 아니지."

그 말에 엘리는 용우와 처음 만났을 때의 일을 떠올랐다.

그때 용우는 그렇게 말했다. 엘리는 진심을 말하고 있지만, 그게 진실인지는 알 수 없다고.

"하나부터 열까지 저놈 개인의 믿음일 뿐이다."

〈감히 짐이 망상을 이야기하고 있다고 하는 것이냐?〉

"그럴 수도 있고 아닐 수도 있지."

용우는 빙긋 웃었다.

"엘리, 너는 지금 너무 강력한 텔레파시에 취해 버린 것뿐이야."

사람은 목소리로 말하는 것만으로도 많은 것을 전달할 수 있다. 목소리의 높낮이, 빠르기, 음색, 발음 등이 문자로 써냈을 때는 알 수 없는 정보를 전달해 주니까.

텔레파시로 말하는 것은 그보다 훨씬 많은 정보를 전달한다.

절제되지 않은 강력한 텔레파시는 그 자체로 강력한 공격 수단이다.

인간은 강력한 공감 능력을 가진 존재이기에 타인의 이야기를 듣는 것만으로도 눈물을 흘릴 수 있다. 그런데 타인의 슬픔 그 자체를 머릿속에 직접 주입받는다면 어떻게 되겠는가?

자신의 것이 아닌 감정, 자신의 것이 아닌 심상에 정신이 오염되고 만다.

"잘 생각해 봐라. 설령 이놈이 진실을 이야기하고 있다고 해도, 이놈이 너한테 한 짓을 용서할 수 있겠냐?"

용황제는 무고한 100만 명을 제물로 바치고, 수많은 인간의 인생을 장난감처럼 갖고 놀면서 파멸로 던져 넣었다.

그 희생자 중 하나인 엘리는 과연 용황제가 '올바른 신념'을 가졌다는 이유로 그를 용서할 수 있는 것인가?

그녀가 겪은 혹독하고 절망적인 삶이, 타인이 추구하는 '올바름'을 위해 강제로 지불된 비용이었음을 용서할 수 있단 말인가?

"…아니요."

엘리는 자신이 눈물을 흘리고 있다는 사실을 깨달았다.

과거로부터 비롯된 강렬한 감정, 그녀를 지금까지 지탱해 온 증오가 머릿속에 강제로 주입된 용황제의 의념을 몰아내었다.

"그래도 재앙의 악마가 존재한다는 것은 사실인 것 같군."

용우의 인식이 대기권 밖, 우주 저편으로 향했다.

그에게는 익숙한 일이었다. 그는 이미 광활한 우주 공간을 돌아다닌 경험이 수도 없이 많았으니까.

확실히 달에는 뭔가가 봉인되어 있었다. 강력한 힘을 지닌 괴물이라는 것이 느껴진다.

그리고 이 태양계의 다른 행성, 지구가 속한 태양계로 치면 수성에 해당하는 행성에는 무수한 괴물들이 돌이 되어 봉인되어 있었다. 인류가 감당할 수 없을 정도로 강력한 괴물의 군세였다.

〈당연히 진실이다. 네가 바로 그 증거가 아닌가?〉

용황제는 용우가 그 둘 중 하나에 속한 존재라고 믿어 의심치 않았다.

사실 그의 입장에서는 당연한 일이었다.

용황제는 세계의 진실에 도달한 자였다. 세계를 보는 시각이 이 별의 그 누구보다도 넓고, 깊었다. 그가 스스로를 신에 가까운 존재로 여기는 것도 당연했다.

그런데 자신의 세계관에 속하지 않는 적이 나타나 자신을 위협하니, 자신의 세계관 속에서 그 적을 이해할 수 있는 답을 도출할 수밖에 없는 것이다.

"그래서 그 진실을 위해 100만 명을 제물로 바쳤나?"

〈그렇다.〉

용황제는 부정하지 않았다.

별의 돌—불꽃을 만들기 위해서 100만 명 이상의 희생이 필요했다. 그가 일으킨 정복 전쟁도, 마족을 굴종시킨 것도 모두 그 목적을 이루기 위해서였다.

"앞으로 세 번은 더 그런 짓을 저지를 거고?"

〈물론이다.〉

용황제는 망설임 없이 답했다.

끔찍한 죄악이라고 손가락질당해도 상관없다. 세상 모두가 자신을 악마라고 비난한다 해도, 세상을 구원하기 위해서라면 무엇이든 할 것이다.

"흔히들 그렇게 믿는 면이 있지. 불굴의 신념은 아름답다. 저토록 눈부신데 아름답지 않을 리 없다……."

용우가 작게 한숨을 쉬었다.

"하지만 사실 아름답기만 한 것 따위는 없어. 얼마든지 아름다울 수 있다면, 얼마든지 추악할 수도 있는 거야. 신념도 마찬가지지."

신념이란 말의 울림이 아름답기에, 누군가는 그것을 면죄부로 생각하고 만다.

"목적을 위해 전쟁을 일으켜 수도 없이 많은 희생자를 낳고……."

용우가 용황제가 품은 별의 돌을 가리키며 말했다.

"100만을 넘는 인간을 희생시키고, 그것으로도 모자라 영혼을 제물로 바쳐 자신이 휘두를 힘을 완성했지. 그런 대량 학살과 인신 공양조차 '신념'이라는 말로 포장하면 아름다워진다고 생각하는 거냐?"

〈아름다울 필요는 없다. 아무리 추악하더라도 인류를 구할 수 있다면, 누군가는 해야 하는 일.〉

"그 누군가가 너일 필요가 있을까?"

〈짐만이 할 수 있었다. 이 광활한 세상에 모래알처럼 많은 인간 중에 오로지 짐만이 진실에 도달했지.〉

"너 혼자일 필요가 있었을까?"

〈인간의 뜻은 바람에 흩어지는 먼지와 같다. 세상이 올바른 방향으로 나아가기 위해서는 결국 철혈의 의지를 지닌 통치자가 필요하지. 강력한 권력과 올바른 의지를 가진 통치자가 없는 시대에 인류의 힘은 혼돈으로 낭비될 뿐! 짐이야말로 이 시대에 인류의 총력을 모아 세계를 구원할 운명을 가진 자다.〉

용황제의 의지는 흐트러짐이 없었다.

〈재앙의 악마, 인류 멸망의 첨병이여. 네가 어떤 말을 지껄인다 해도 짐의 의지는 흔들리지 않는다. 짐은 인류의 의지를 대변하여 이 자리에 섰도다.〉

"별로 흔들 생각은 없어. 네 의지가 흔들리건 말건 상관없거든. 설마 내가 널 설득하려고 이러고 있겠냐?"

〈뭣이?〉

"그냥 호기심이 좀 들었을 뿐이야. 이 미친 새끼가 대체 왜 이러는 걸까?"

용우가 웃었다.

"이제 호기심도 해결했으니 끝내주마."

〈착각을 교정해 주마, 재앙의 악마.〉

용황제의 마력이 폭풍우가 되어 주변을 휩쓸었다. 힘을 끌어올리는 것만으로 지축이 뒤흔들리고 작열의 사막에 거대한 모래 폭풍이 불어닥친다.

분노하는 것만으로도, 싸울 의지를 일으키는 것만으로도 재해를 일으키는 자.

그것은 진정 신이라 불리기에 모자람이 없는 힘이었다.

"일시적이지만 종말의 군주를 능가하다니, 좀 놀랍군."

완전히 종말의 군주를 압도하는 수준에 도달했다. 마력의 크기를 키우는 데 있어서만큼은 경이로운 성취를 이루고 있는 것이다.

용우가 양손 대검의 형태로 변한 별의 돌—새벽을 허공에다 던져 버렸다. 그러자 그것이 아공간 속으로 사라지고, 대신 또 다른 검이 소환되었다.

그 또한 거대한 양손 대검이었다. 표면에는 시시각각 색이 변해가는 빛의 선이 그어져 있는 것이 눈에 띄었다.

불꽃의 활, 대지의 로드, 빙설의 창, 새벽의 해머, 광휘의 검까지 성좌의 무기 다섯 개.

하스라 코어, 볼더 코어, 두라크 코어, 소우바 코어, 에우라스 코어까지 군주 코어 다섯 개.

이 열 가지 요소가 하나로 통합된 궁극의 융합체—네뷸라였다.

"세상이 자기를 중심으로 돌아간다고 믿어 의심치 않으니까, 당연하지 않은 일도 당연하다고 생각하는 모양인데… 야, 내가 왜 네가 변신하는 동안 그냥 구경만 했는지 모르겠냐?"

용황제가 대륙 곳곳의 드라칸을 희생시켜 저 힘을 갖추기까지, 용우가 공격할 기회는 수도 없이 많았다.

하지만 용우는 용황제가 완전해질 때까지 그냥 지켜봐 주었다.

드라칸들이 용황제에게 희생당해 죽어도 상관없다고 생각했기 때문이기도 했고…….

"그래 봤자 변하는 건 아무것도 없기 때문이지."

자신의 호기심을 푸는 것을 우선해도 될 정도로, 절대적인 자신감을 가졌기 때문이다.

〈그 오만을 부숴주마.〉

용황제가 공격을 가하려는 순간이었다.

파악!

뭔가가 그의 몸을 베고 지나갔다.

14

〈아니……?!〉

용황제는 자신이 인식하지도 못한 찰나에 공격을 받았다는 사실에 경악했다.

쾅!

뒤이어 강렬한 발차기가 그의 몸통을 때렸다.

〈크악……!〉

일격에 허공장을 뚫어버리는 발차기였다.

충격이 몸통을 관통, 몸통뼈와 내장을 모조리 박살 내고 그 뒤쪽에서 폭발했다.

─빙설의 나선!

용황제가 몸을 재생하면서 동시에 반격했다.

극저온의 냉기 파동이 나선을 그리면서 용우에게 날아들었다.

"냉기로 해보자고?"

용우는 방어조차 하지 않았다.

일순간에 거대한 빙산을 만들어낼 수 있는 냉기 공격이었지만, 용우에게 다가가는 순간 네뷸라에 흡수되어 사라져 버린다.

〈말도 안 돼……!〉

용황제는 자기 눈을 믿을 수가 없었다.

차라리 힘으로 압도당했다면, 혹은 뭔가 기기묘묘한 기술을 썼다면 납득할 수 있었을 것이다.

그런데 별의 돌─빙설을 가진 자신이 발한 냉기 공격을 흡수해 버리다니?

"하찮다."

─빙결폭(氷結爆)!

용우가 손가락으로 용황제를 가리키자 한 줄기 광선이 그를 강타했다.

한없이 절대영도에 가까운 냉기 파동이 폭발하면서 그를 얼려 버린다.

〈이럴, 리, 가…….〉

얼음 기둥으로 변해 버린 용황제는 경악에서 헤어 나오지 못했다.

별의 돌—빙설에서 비롯되는 권능이 전혀 효과를 보지 못하고 있다. 냉기 현상에 대한 지배권이 완벽하게 용우에게 쥐어져 있는 것이다.

〈그, 렇다, 면……!〉

용황제의 몸에서 불꽃이 일어났다.

그를 가둔 얼음이 일순간에 증발하면서 대량의 수증기가 폭발한다. 그 속에서 청색의 불덩어리가 용우를 향해 쏘아져 나왔다.

"얼음 다음에는 불꽃인가?"

하지만 마찬가지였다.

용우는 아무것도 하지 않았는데 불꽃이 모조리 네뷸라로 빨려 들어갔다.

"닭 잡는 데 소 잡는 칼을 쓴다는 말이 딱 맞는군."

아까 전까지의 용우와, 네뷸라를 쓰는 용우는 그야말로 천지 차이다.

'이놈들의 마법은 응용폭은 넓은 편이지만 한계가 명확해.'

사실 용우는 별의 돌—새벽만으로도 용황제를 쓰러뜨릴 자신이 있었다. 위험부담을 질 이유가 없었기 때문에 확실한 수단을 택한 것뿐.

용황제는 전력을 다할 기회가 없었기에 자신의 힘이 어느 정도인지 잘 모른다. 힘의 한계를 모른다는 것은 즉 그 힘의 활용도가 떨어진다는 의미다.

"넌 정말 오만한 놈이군. 그래서 나태하고."

〈뭐라고? 짐이 나태하다고?〉

용황제가 분노했다.

스스로의 오만함을 부정하지는 않는다. 자신은 분명 오만했다. 그리고 오만할 자격이 있는 존재였다.

눈앞의 적이 나타나기 전까지는 분명 그랬다.

하지만 나태했다니?

신들의 유산을 계승한 후로 인류를 구원하겠다는 단 한 가지 목적만을 보며 달려온 인생이었다. 단 한 순간도 허투루 쓰지 않았고, 게으름 피우지도 않았다.

그런 자신에게 나태하다고?

"그래. 바쁘게, 열심히 산 것 같기는 한데… 그렇다고 해서 나태하지 않았던 건 아니지."

용우의 말에 용황제가 격노하며 힘을 쥐어짜낸다. 그의 주무기라고 할 수 있는 광휘의 권능이 일어나 별을 뒤흔들 파괴력으로 뻗어나간다.

하지만 소용없다.

지금 용황제가 발한 공격은 지구의 전략핵을 능가하는 위력이었다. 종말급이라 불리기에 부족함이 없는 마법이다.

그럼에도 아무런 결과도 낳지 못한다.

용우에게 다가가는 순간, 네불라에 빨려 들어가 소멸했을 뿐이다.

〈이럴 수가… 이럴 리가 없어!〉

용황제는 악몽을 꾸고 있는 것만 같았다.

그렇지 않고서야 별의 돌이, 하나를 손에 넣은 것만으로도 그를 이 세계 최강자로 만들어주었던 신의 권능이 이토록 철저하게 무력할 리가 없지 않은가?

"너는 재앙의 악마를 두렵다고 말하면서도, 그들을 막기 위해 최선을 다하진 않았어. 정말 두려워하긴 했나? 그들이 나타나도 나라면 충분히 막을 수 있다. 그렇게 생각하지 않고서야 자기 전력이 어느 정도인지도 모르고 살 수가 없잖아?"

용황제는 끝없이 더 큰 힘을 갈구해 왔다.

하지만 이미 손에 넣은 힘이 어느 정도인지, 그 힘에 어느 정도 가능성이 잠재되어 있는지 탐구하는 일에 소홀했다.

"자기 한계를 모른다는 건 벽에 부딪친 경험이 없다는 거지. 벽에 부딪친 적이 없으니 어떻게 뛰어넘을까 궁리해 본 경험도 없어. 그러니까 이렇게 한심한 꼴일 수밖에."

궁리한 적이 없으니 자기 힘의 본질을 모른다. 따라서 그것을 어떻게 활용해야 할지에 대한 연구도 없었다.

물론 용황제가 무능한 것은 결코 아니다.

그는 본래부터 마법에 뛰어난 재능을 가진 자였고, 별의 돌을 손에 넣은 뒤로는 대마법사의 경지에 올랐다.

하지만 그가 힘을 활용하는 방식은 기존 마법의 한계에 갇혀 있었다.

별의 돌이라는, 신적인 권능의 산물을 가졌으면서도 그 권능을 해체하고 연구해서 마법의 영역을 넓히지는 않았다.

용황제의 노력은 철저하게 더 강대한 힘을 손에 넣는 것에만 치중되어 있었다.

그 노력으로 수백 명의 드라칸을 만들었고, 그 드라칸들을 제물로 써서 일시적으로나마 한계를 초월한 힘을 갖게 된 것은 대단하다고 평가할 만하다.

"하지만 그뿐이지. 아무리 큰 힘을 가졌다고 해도, 그 힘을 제대로 쓸 수 없다면 무슨 소용이 있지?"

〈웃기지 마라……!〉

용황제를 미친 듯이 공격을 퍼부었다. 초당 수십 발이나 폭발하는 에너지의 향연은 이 별의 인류 문명을 멸망시키고도 남을 위력이었다.

그러나 그것은 표적에 도달하지 못한다. 아무것도 부수지 못하고 공허에 삼켜져 사라져 버린다.

'어떻게 이럴 수가 있지?'

용황제는 자신이 처한 현실을 믿을 수가 없었다.

공격이 전혀 먹히지 않는다.

뭘 해도 용우가 한발 앞서서 그 공격을 무력화해 버리고 있다.

용황제는 별의 운명을 결정할 마력을 가졌다. 그 마력으로 인해 신체 능력이 어마어마하게 상승해 있었다.

뿐만 아니다. 거기에 신체 능력을 더욱 상승시키는 각종 강화 마법을 걸었고, 가속마법으로 사고 속도와 반응속도를 극한까지 가속시키기까지 했다.

〈설마 예지능력이라도 있는 건가?〉

그런데도 용우는 그가 하는 모든 행동을 사전에 파악하고 봉쇄해 버리고 있다.

이 세계의 마법으로는 도달 불가능한 영역, 미래를 읽는 예지의 힘이 작용하지 않고서야 그럴 수가 있겠는가?

"예지능력이라. 내 동료 중에 가진 놈이 있긴 하지."

용우가 피식 웃으면서 공격을 가했다.

쾅!

충격이 용황제를 관통한다.

〈크악……!〉

용황제가 정신없는 상황 속에서도 반격을 가한다.

투학!

그러나 반사적으로 반격하는 순간, 기술이 완성되기 전에 용우의 공격이 꽂힌다.

쾅!

용황제가 뭘 하려고 해도, 뭔가 결과를 내기 전에 저지당한다.

주먹을 뻗기 전에, 마력을 모으기 전에, 마법을 발하기 전에…….

용황제는 정말로 아무것도 해보지 못하고 농락당하고 있었다.

용우에게 예지능력이라도 있지 않고서야 이럴 수 있단 말인가?

"생각이 줄줄 새어나오는군. 텔레파시가 주체가 안 되는 모양이야."

용황제는 갑자기 수십 배로 커진 마력을 주체하지 못하고 있다. 타격을 받고 정신이 흐트러질 때마다 생각하는 게 줄줄 텔레파시로 흘러나온다.

"안쓰러울 정도다."

용우가 쿡쿡 웃었다.

용황제가 이런 식으로 농락당하는 이유는 아주 간단했다.

속도 차이였다.

이 세계의 마법에는 시공간에 간섭하는 계통이 없었다.

텔레포트조차도 마왕의 권능에 기대고 있을 뿐, 마법사 개인
의 성취가 아니었다.

따라서 용황제의 가속마법은 어디까지나 신체 능력을 상승시
키고, 사고 속도를 빠르게 하는데 그치고 있다.

시공간 간섭으로 초가속에 들어간 용우가 보기에는 하품 날
정도로 느릴 수밖에 없었다.

"이제 더 보여줄 것도 없어 보이니까, 그만하지. 마무리는 특별
히 네가 추구하던 방식으로 해줄까?"

그리고 용우의 마력이 해방되었다.

〈……!〉

일순간 용황제의 머릿속이 새하얗게 변해 버렸다.

자신이 일생을 걸고 추구해 왔던 것이 눈앞에 있었기 때문이
다.

세계의 운명을 결정할 수 있는 절대적인 힘!

〈재앙의 악마가 이토록 강했단 말인가……?〉

용황제는 자신이 떨고 있다는 사실을 자각하지 못했다. 그만
큼 그의 의식은 용우가 드러낸 마력에 사로잡혀 있었다.

이 순간, 대륙의 모든 마법사가 이 힘을 느끼고 있을 것이다.

자신들의 손이 닿지 않는 곳에서 세계의 운명이 결정됨을 알

고 공포에 사로잡혔으리라.

〈그럴 리가… 그렇다면 신들이 막을 수 있었을 리가 없다!〉

만약 용우가 재앙의 악마라면, 용황제의 계산은 하나부터 열까지 철저하게 틀렸다는 뜻이다.

지금 용황제가 느끼는 힘은 도저히 대적할 엄두가 안 나는 수준이었다. 설령 별의 돌 7개를 전부 모은다고 해도 용우의 발치에도 미치지 못할 것이다.

"그렇겠지."

사실 용우가 지금 개방하고 있는 마력도 전혀 전력이 아니었다.

굳이 영적 자원을 소모해 가며 구세록의 힘이나 왕의 권능을 끌어올 것까지도 없다. 시청자, 오버마인드, 크록시아를 멸살시키면서 얻은 새로운 힘도 마찬가지다.

그저 궁극의 융합체─네뷸라를 쥔 상태에서 발휘할 수 있는 전력의 2할을 개방한 것만으로도 용황제는 전의를 상실하고 말았다.

"이제 네가 필요 없는 세계를 만들어주마."

〈뭐라고? 그게 무슨 소리지?〉

"보면 안다."

용우가 웃었다. 잔인한 악의가 담긴 웃음이었다.

"일단 달부터 처리할까?"

용우가 하늘을 올려다보았다.

순간 주변의 풍경이 바뀌었다.

"어?"

엘리가 놀라서 주변을 두리번거렸다.

방금 전까지만 해도 사막 한복판이었는데, 갑자기 주변이 광활한 어둠으로 변해 버렸다.

"여, 여긴 어디죠?"

"우주. 너한테는 세계의 바깥이라고 하는 게 더 알기 쉬울까?"

용우와 엘리는 달의 지표면에 내려섰다.

지구의 달과 마찬가지로 호흡할 공기가 없었지만 엘리는 아무런 불편을 느끼지 못했다. 고작 이 정도로 생명을 위협당한다면 일찌감치 용우와 용황제가 벌이는 전투에 휘말려서 죽었을 것이다.

'확실히 이 세계는 지구와 닮았군. 인간과 닮은 유사 인류가 있는 것도 그렇고, 일종의 평행세계 같은 관계인가?'

용우는 달의 지표면에서 엘리의 세계, 지구와 놀랍도록 닮은 행성을 바라보며 생각했다.

엘리의 고향 행성과 달은, 용우 입장에서 보면 지구와 달의 복사판 같았다.

물론 생태계가 다르고, 문명의 형태가 다르고, 대륙의 수와 모양도 다르다. 하지만 행성의 크기, 달의 크기, 행성과 달의 거리는 거의 똑같았다.

용우는 엘리를 데리고 달의 한 지점으로 향했다.

항상 엘리의 고향 행성이 보이는 위치에 거대한 괴물의 석상이 있었다.

"이건 뭐죠?"

"놈이 말한 재앙의 악마."

키가 50미터도 넘는 거대한 석상이었다.

머리는 괴물이었지만 몸이나 팔다리는 인간과 닮은 윤곽을 갖고 있었다.

용우는 이 석상 속에 거대한 힘을 지닌 영혼이 갇혀 있음을 감지했다.

'특이한 봉인이군.'

용우가 아는 봉인은 지정한 대상을 별개의 시공간에 격리시키는 방식이었다.

그러나 이 봉인은 대상의 신체를 석화시킴으로써 신체 활동은 물론이고 사고 활동까지, 나아가서는 영적 활동까지 완전히 동결시켜 버리는 방식이었다.

'하지만 시간이 지나면 영적 활동에 대한 동결력은 약해지는 것 같군.'

평범한 인간이라면 신체가 석화된 시점에서 아무것도 하지 못한다.

그러나 강대한 권능을 지닌 존재라면 영적 활동이 가능해진 시점에서 신체의 석화 상태를 깨버릴 수도 있었다.

그 외에는 외부의 충격으로 석화된 몸이 부서질 경우에도 봉인이 깨진다. 하지만 석상 주변에는 태양빛을 에너지원으로 삼아 유지되는 강력한 결계가 구축되어 있어서 우주에서 날아드는 운석 등을 비껴내게 되어 있었다.

'이대로 가면 봉인이 깨지기까지는 800년쯤?'

용우가 석상을 분석해서 얻은 자료를 입력하자, 구세록이 순식간에 분석을 완료해서 답을 알려주었다.

'당장 멸망할 가능성을 걱정하기에는 너무 먼 세월이군.'

물론 용황제는 이런 정보를 알 수 없어서 불안해한 것이었지만 말이다.

〈무슨 짓을 하려는 거냐? 설마……?〉

용우는 용황제를 내버려 두고 엘리만 달에 데려왔다.

하지만 용황제는 달의 상황을 실시간으로 보고 있었다. 용우가 굳이 텔레파시로 전달해 주고 있었기 때문이다.

〈그만둬라! 달에 봉인된 것은 파괴신 다우바! 그가 깨어나면 모든 것이 멸망한다!〉

"그렇게 겁먹을 정도로 무서운 놈도 아니야."

용우는 피식 웃으며 검을 휘둘렀다.

쾅!

50미터를 넘는 거대한 괴물의 석상, 파괴신 다우바의 봉인이 터져 나갔다.

15

달에 이변이 발생했다.

50미터를 넘는 거대한 괴물의 석상이 용우의 일격에 산산조각 났다.

그리고 그 속에 봉인되어 있었던 영혼이 눈을 떴다.

〈오오……!〉

인류의 신화에 파괴신으로 기록된 존재, 다우바는 기나긴 잠에서 깨어나 환희에 젖었다.

〈마침내 봉인의 힘이 다했는가? 마침내 파멸의 운명을 성취할 때가 왔구나!〉

신들의 힘으로 석화되었던 그의 육체가 복원되기 시작했다.

그것을 본 용우가 중얼거렸다.

"영혼이 존재하는 한 불사라고 봐야겠군. 저 불사성 하나만은 대단한걸?"

육체에 종속된 존재, 즉 생명체라고 볼 수 없는 특성이었다.

"하지만 그뿐이지."

〈인간?〉

깨어난 다우바가 뒤늦게 용우를 발견했다.

〈네가 나를 봉인에서 깨웠느냐?〉

"그래."

용우의 대답에 다우바가 은은한 노기를 드러내었다.

〈나를 봉인에서 깨어나게 한 공로는 크다. 그러나 하찮은 인간 주제에 위대한 신에게 무례한 죄 또한 크다. 입조심을 하는 것이 좋을 것이다……!〉

다우바의 마력이 개방되면서 달의 대지가 진동하기 시작했다.

일반인이라면 접하는 것만으로도 정신이 박살 나버릴 것 같은 위압감이었다. 그러나 당연하게도 용우는 아무렇지도 않았다.

"하찮은 신 주제에 네 앞의 인간에게 무례한 죄는 크다. 판결을 내려주지. 사형이다."

〈뭐라고?〉

용우는 다우바의 반응을 기다려 주지 않았다.

그가 거대한 양손 대검—네불라를 휘두르자 그 궤적으로부터 섬광이 뻗어나갔다.

……!

일순간 10킬로미터에 달하는 거대한 에너지 칼날이 달의 지표 위를 가르고 지나갔다.

〈끄아, 아, 아아아아……!〉

텔레파시로 내지르는 다우바의 비명이 우주 공간에 울려 퍼졌다.

오랜 세월 동안 석상이 되어 봉인당해 있던 파괴신은, 자유로워진 기쁨을 채 1분도 누리지 못했다.

〈…….〉

그 광경을 본 용황제는 아연해졌다.

〈말도 안 돼…….〉

신들조차 감당하지 못해 봉인한 파괴신 다우바가 단 일격에 쓰러지다니, 이럴 수가 있단 말인가?

"그렇게까지 무서워할 만한 존재가 아니라고 했잖아. 마력만으로 따지면 지금의 네가 더 크지."

그 말대로 지금의 용황제는 파괴신 다우바를 능가하는 마력을 보유하고 있었다. 별의 돌이 신들에게도 지고한 힘의 산물로 여겨졌던 것을 생각하면 당연한 일이다.

"그래도 이 영혼은 꽤 쓸모 있는 땔감이 될 것 같군."

용우는 파괴신 다우바의 영혼을 소멸시키지 않았다. 행동 불능에 빠질 정도의 타격을 준 다음 포획하여 구세록의 지옥에 처넣었다.

"자, 그럼 하나는 해결됐지?"

신화의 존재를 너무나 간단히 처치해 버린 용우는 엘리와 함께 달에서 떠났다.

한 번의 텔레포트로 도착한 것은 지구가 속한 세계에서는 수성에 속하는 행성이었다.

그 지표면에는 60만 개체가 넘는 석상들이 존재하고 있었다.

다리가 여섯 개 달린, 주둥이가 길고 파충류와 포유류를 섞어놓은 것 같은 괴물들이었다. 그 덩치가 코끼리보다도 두 배는 더 컸고, 전 개체가 상당한 마력을 갖고 있었다.

"이 정도면 재앙의 악마라고 불릴 만은 하군."

이런 괴물의 군세가 세상을 덮치면 확실히 속수무책으로 멸망하고 말 것이다.

'최소 3등급 몬스터 수준이고 무리의 우두머리 역할을 하는 놈들이 6등급에서 7등급 몬스터 수준, 그리고 제일 강한 놈은 9등급 몬스터보다도 훨씬 강하다.'

이 정도면 별의 운명을 좌우할 만한 군세라고 할 만하다.

'이 세계의 신이라는 것들은, 확실히 신을 자처할 만한 존재들이었군.'

이만한 괴물 군세를 다른 행성에 봉인해 둘 정도였다면 그들은 신이라 자처하기에 부끄럽지 않은 존재였으리라.

"맙소사……."

엘리가 몸을 떨었다. 그녀도 대기 없는 죽음의 행성, 그 표면

을 채운 괴물의 내군이 어느 정도의 힘을 가졌는지 느낀 것이
다.

하지만 용우 앞에서는 치우기 좋게 한곳에 모아둔 쓰레기에
불과했다.

대기 없는 행성의 한쪽에서 눈부신 빛이 일었다. 수십만 킬로
미터 저편에서 관측해도 선명하게 보일 정도의 빛이었다.

그 빛에서 비롯된 충격파가 행성 전체를 뒤흔들면서 우주 공
간으로 퍼져 나가고⋯⋯.

60만을 넘던 석상이 모조리 사라졌다.

〈너, 는, 대체, 무, 무엇⋯⋯?〉

파괴신 다우바가 그랬듯이 괴물 군세의 우두머리 또한 불사성
을 가진 존재였다.

석상이 파괴되면서 봉인에서 해방된 그 영혼이 두려움에 떨며
용우를 바라보았다.

"곧 알게 될 거야."

용우는 괴물 군세를 전멸시키고, 그들의 영혼을 구세록의 지
옥에 처넣었다.

신화에 기록된 재앙은 그렇게 사라졌다. 현 인류에게 그 존재
를 알리지도 못한 채, 잊힌 존재로서 파멸해 버렸다.

"자."

다음 순간, 용우와 엘리는 다시금 사막 한복판으로 돌아와 있

었다.

"네가 걱정하던 것들은 전부 사라졌다."

아연해진 용황제 앞에서 용우가 짙은 미소를 지었다.

"이제 안심할 수 있겠지?"

〈이건 말도 안 돼! 이럴 리가 없다!〉

"똑똑히 보여줬는데도 말인가?"

〈나를 속여 넘기려 하는군. 정교한 환영이겠지.〉

"정말 그렇게 생각하냐?"

〈……〉

"사실 그렇게 생각하건 말건 상관없어."

용우가 한 걸음 내디뎠다.

용황제가 한 걸음 물러났다.

"어쨌든 이제 넌 쓸모가 없다. 네가 해온 일 모두, 쓸모가 없어졌다."

용우가 또 한 걸음 내디뎠다.

용황제가 또 한 걸음 물러났다.

"평생의 소원이 이뤄졌으니, 죽어도 여한은 없겠지?"

용우가 도발하는 순간, 용황제가 움직였다. 겁먹어 물러나는 동안 은밀하게 모았던 마력을 폭발시켜서 기습을 가한다.

─광휘의……!

그러나 그 기습은, 시작도 하기 전에 저지당했다.

파악!

섬뜩한 소리가 울리며 그의 몸통이 깊숙이 베어졌기 때문이다.

〈커, 억······.〉

용황제가 비틀거리며 주저앉았다.

그가 인지하지도 못하는 순간에 몸통을 반쯤 가르고 지나간 일격, 그 상처 부위로부터의 격통이 신경계를 타고 달려 나갔기 때문이다.

"왜 기뻐하지 않지?"

용우가 그 앞에 서서 그를 내려다보았다.

"네 소원이 이뤄졌잖아? 인류는 구원받았어."

〈그럴, 리가······.〉

"인류를 구하기 위해서라면 100만 명을 제물로 바치는 것 따위, 아무렇지도 않았잖아? 그럼 너 자신을 대가로 바치는 것도 아무렇지도 않아야 하는 거 아니겠어?"

용우가 용황제를 걷어찼다. 굉음이 울리며 용황제의 몸이 축구공처럼 바닥을 튕기며 날아갔다.

콰직!

그 앞에 나타난 용우의 일격이 용황제의 갑옷을 부수었다.

콰드드득······!

강력한 염동력이 용황제의 갑옷을 조각조각 뜯어내어 해체시킨다.

"이것들은 인류를 구해준 대가로 받아가지."

용황제가 품고 있던 별의 돌이 용우의 손으로 넘어갔다.

제일 먼저 광휘가, 그 다음으로 빙설이, 마지막으로 불꽃이··· 하나씩 하나씩 용우의 손으로 넘어갔다.

〈안, 돼··· 그건······!〉

"그건?"

〈그건 짐의 것이다! 오직 짐만이 그것을 가질 자격이 있어!〉

"그랬던 적도 있었나 보군. 하지만 이젠 내 거야."

동시에 용황제는 자신의 존재가 일순간에 텅 비어 버리는 것 같은 공허감에 사로잡혔다.

'아.'

용황제는 어렵지 않게 그 감각이 의미하는 바를 깨달았다.

그의 것이었던 별의 돌 3개는, 용우의 손에 넘어가는 순간 그에게 장악되었다.

용황제가 별의 돌을 장악하는데 걸린 시간과 노력을 생각하면 믿을 수 없는 일이었다.

"아, 아아악……."

갑옷이 깨져 나가자 용황제의 비명이 텔레파시가 아닌 육성으로 울려 퍼졌다.

파지직…….

그의 주변에서 스파크가 튀기 시작했다.

파지지지지직!

격렬한 스파크가 공간을 뒤흔들고, 그 중심에 있는 용황제의 몸을 잠식해 들어갔다.

"……!"

용황제가 비명을 질렀다. 하지만 그 소리는 격렬한 스파크에 묻혀서 그 자신에게도 들리지 않았다.

엘리가 놀라서 물었다.

"어떻게 된 거죠?"

"대가를 치르는 거지."

"대가요?"

"분수에 맞지 않는 힘을 품은 대가."

천 명의 드라칸을 제물로 바쳐서 얻은 힘.

용황제는 별의 돌 3개가 주는 권능으로 그 힘을 감당해 내고 있었다.

하지만 별의 돌을 모두 용우에게 빼앗긴 지금, 용황제의 그릇으로는 도저히 감당할 수 없는 힘이 그를 파멸시키고 있는 것이다.

그 파멸의 과정은 끔찍한 광경이었다.

인간이, 인간이 아닌 것으로 변모해 간다.

용황제의 몸 여기저기서 드라칸을 연상시키는 요소들이, 잔뜩 확장되고 일그러진 형태로 솟아났다가 부서지기를 반복한다. 그런 과정이 수십 번이나 계속되면서 용황제는 원래의 형체를 알아볼 수 없을 만큼 추한 덩어리로 변해가고 있었다.

가만히 그 광경을 지켜보던 용우는 엘리를 바라보았다.

도저히 눈 뜨고 볼 수 없는 끔찍한 광경이다. 지옥이 실존한다면 바로 저런 것을 말하는 게 아닐까?

하지만 엘리는 눈을 부릅뜨고 그 광경을 지켜보고 있었다. 용황제가 고통스럽게 파멸하는 과정을 단 한 순간도 놓치지 않겠다는 듯이.

"이쯤이 한계겠군."

문득 용우가 손을 들어 올렸다.

그러자 용황제를 파멸시키던 마력이 그의 손아귀로 빨려 들어가면서, 공간을 찢어발기던 스파크와 진동이 잦아들었다.

"자, 엘리."

용우가 엘리에게 손을 내밀었다. 얼떨결에 그 손을 맞잡은 엘리는, 용우가 자신에게 한 자루 검을 쥐어주었다는 사실을 알았다.

"나를 이 세계에 부른 것은 너야."

엘리가 용우에게 지불한 대가는, 용우에게 있어서는 이 세계 인류를 신화 속 재앙으로부터 구해주기에는 충분하고도 남음이 있었다.

"네가 이 세계를 구한 거다."

그녀의 부름에 응했기에 용우는 이 세계의 존재를 알게 되었다. 그리고 이 세계에서 많은 것을 얻어내었다.

"그러니까 네게는 이놈의 운명을 정할 자격이 있다."

용우가 용황제를 가리키며 말했다. 용우가 무슨 수를 썼는지 추한 덩어리로 변했던 용황제의 모습이 다시금 인간의 그것으로 돌아가고 있었다.

엘리가 물었다.

"그게 무슨 뜻이죠? 제가 이놈을 살려줄 수도 있다고 생각하시는 건가요?"

"음? 그럴 생각이었어?"

용우가 놀란 듯 눈을 크게 뜨며 물었다.

엘리가 고개를 저었다.

"아뇨. 하지만 죽이거나 살리거나 둘 중 하나밖에 없잖아요."

"아니야. 난 네게 다른 선택지를 줄 거야."

"어떤 선택지를요?"

"이놈을 죽여서 해방시켜 줄 것인지, 아니면 육신을 죽인 뒤에 그 영혼을 지옥에서 계속 고통받게 할 것인지를."

엘리가 흠칫했다. 용우의 목소리가 마치 악마의 속삭임처럼 그녀의 뇌리에 각인되고 있었다.

엘리가 침을 꿀꺽 삼키고는 물었다.

"…지옥이라는 게 실제로 있는 건가요?"

"인위적으로 만든 거지만, 있지."

"거기로 가면 어떻게 되는 거죠?"

"여기 사후 세계가 어떤 형태인지는 모르겠군. 내가 가진 지옥은 인위적으로 만들어진, 일종의 시설이야."

"잠깐만요."

엘리가 눈을 크게 떴다.

"지옥을 '갖고 있다'고 말씀하신 거예요, 지금?"

"그랬는데?"

"……"

"특별한 목적으로 설계된 건물 같은 거야. 영혼을 가둬두고 고통받게 하는 게 목적일 뿐이지."

잠시 용우를 바라보던 엘리는, 심호흡을 해서 마음을 가라앉히고는 물었다.

"지옥에 떨어지면 어떻게 되는데요?"

"살면서 겪은 '특별한 체험'을 영원히 반복하면서 영적 자원을 토해내게 되지. 그 영혼이 완전히 말라비틀어져서 소멸할 때까지 계속."

"그러니까… 영원히 고통받는다는 거죠?"

"영원히는 아니고, 영혼이 완전히 소멸할 때까지."

"그럼 지옥으로 보내주세요. 사후 세계가 진짜 있다면 세상이 이 모양 이 꼴일 리가 없다고 생각했는데, 당신의 사유재산이나마 지옥이 있어서 저놈을 거기 처넣을 수 있다니 참 좋네요."

"그럴 줄 알았다."

용우가 피식 웃고는 용황제를 가리켰다.

"그럼 이제 죽여 버려."

엘리가 물었다.

"심장을 찌르면 되나요?"

"네 마음대로 해. 목을 베도 되고, 심장을 찔러도 되고. 엉망진창이긴 해도 그렇게 쉽게 죽진 않을 테니 적당히 고통을 주다 죽일 수도 있을 거야."

"그거 좋네요."

엘리는 용황제에게 다가가서, 그 심장을 용우가 준 검으로 깊숙이 찔렀다.

"커억……."

검에 찔리는 순간, 넋이 나갔던 용황제의 눈에 빛이 돌아왔다.

엘리는 그 사실에 만족하며 미소를 지었다.

"수백 번도 더 이 순간을 상상해 왔어."

"……."

"절대 이뤄질 수 없는 일이라고 생각했지. 그런데 살다 보니 이런 일도 있네."

"너, 는……."

"엄마의 복수야. 그리고 내 복수이기도 하고."

"크, 크… 허어억……."

용황제는 웃으려고 한 것 같았다. 엘리를 비웃으며 저주의 말이라도 퍼부으려고 했을 터.

하지만 엘리는 그 말을 들어주지 않았다. 눈 하나 깜짝하지 않고 칼날을 돌려서 그가 웃음 대신 비명을 지르게 만들었다.

"위대하신 용황제 폐하께서도 칼에 찔리면 말도 잘 못 하고, 아파서 비명 지르시는 분이었네. 여태까지는 너무 위대하신 나머지 똥도 안 누시는 분이 아닐까 싶었는데, 당신도 사람 새끼에 불과하다는 걸 확인해서 기뻐."

"이, 이……."

"용황제 폐하의 옥음을 듣는 영광은 사양할게. 잘 생각해 보니 당신이 스스로 저지른 일들을 죄라고 생각할 것 같지도 않고, 뉘우칠 일은 더더욱 없을 것 같거든. 그러니까 그냥 닥치고 지옥으로 꺼져. 그렇게 고통받다 보면 자기가 왜 그랬을까 후회하는 날이 오겠지."

어깨를 으쓱한 엘리가 용황제의 얼굴에 주먹을 꽂아 넣었다.

퍼억!

스스로는 전투 능력이 형편없다고 말한 엘리였지만, 그건 전투 기술을 연마한 전문가들에 비해 그렇다는 뜻이다. 그녀의 신체능력도 일반인보다는 월등히 강했다.

일격으로 용황제의 코뼈가 부러지면서 그가 뒤로 쓰러졌다.

엘리는 그 위에 올라타서 계속해서 주먹을 휘둘렀다.

픽! 퍼억! 픽! 퍼억……!

엘리의 두 주먹이 피로 물들었다.

용황제의 얼굴을 처참하게 뭉개놓은 엘리는 후련해하는 표정으로 손을 뻗었다. 그의 심장을 찌른 검을 회수한 엘리는 잠시 칼날을 따라 흘러내리는 피를 바라보다가, 그 검을 내려쳤다.

푸욱!

그 일격이 용황제의 목숨을 끊어놓았다.

"……."

엘리는 한동안 말없이 용황제의 시체를 바라보았다.

숨통이 끊어진 용황제의 영혼을 구세록의 지옥에 처넣은 용우가 물었다.

"만족했어?"

"으음……."

엘리가 눈살을 찌푸리며 고민했다.

"아마도 그런 것 같네요."

"평생의 원수를 자기 손으로 죽였는데도 그래?"

"잘 실감이 안 가서 그런 것 같아요."

픽 웃은 엘리는 용황제의 시신을 내려다보며 중얼거렸다.

"붉은 피를 흘리고, 주먹으로 때리면 얼굴도 뭉개지고, 고통 때문에 똥오줌도 가리지 못하고……."

죽은 용황제에게서는 고약한 악취가 풍기고 있었다.

엘리에게는 특별할 것도 없는 일이었다. 그녀는 지금까지 너무 많은 죽음을 보아왔으니까.

"그냥 사람 새끼였군요, 정말로."

용황제는 신처럼 위대해 보였다. 엘리는 그를 증오할지언정 그의 존재를 작게 느낀 적은 한 번도 없었다.

그런데 오늘 이 자리에서 엘리의 손에 죽은 용황제는 그냥 사람 새끼에 불과했다.

그 사실이 엘리에게 묘한 감흥을 안겨주었다.

엘리가 용우를 돌아보며 고개를 깊숙이 숙였다.

"고맙습니다."

자기 손으로 직접 용황제를 처죽였는데도, 아직 꿈을 꾸는 것 같은 기분이었다. 손에 남은 끔찍한 감촉과 피비린내만이 그녀가 겪은 일이 현실임을 알려주는 것 같았다.

엘리가 물었다.

"이젠 어쩌실 건가요?"

"남은 일 한 가지만 처리하고 나면, 떠나야지."

엘리는 그 남은 일이 무엇인지 알았다. 용우는 마왕들을 절멸시킬 생각이리라.

"사악한 용황제도 사라지고, 신화의 재앙도 사라지고, 그리고 마왕들까지 전부 사라진다니… 세상에 영원한 평화가 찾아오고, 모두 행복하게 살아야 할 것만 같네요."

하지만 그럴 리가 없다는 것을 엘리는 알고 있었다.

"이제부터가 진짜겠죠."

절대군주였던 용황제가 사라지고, 그를 추종하며 대륙의 지배계급으로 군림하던 천 명의 드라칸까지 사라졌다.

하루아침에 발생한 거대한 권력 공백은 혼돈을 불러일으킬 것이다. 평화는커녕 피바람이 세상을 집어삼키리라.

"하지만 그건 우리의 일이죠."

초월적인 힘을 가진 용우에게 기댈 것이 아니라, 이 세계의 인간들끼리 해결해야 할 문제였다.

설령 그로 인해 많은 피가 흐를지라도, 그것은 이 세계의 인간들이 새로운 시대로 나아가기 위해 지불해야 할 비용이리라.

용우가 물었다.

"넌 이제부터 어쩔 생각이야?"

"일단은 저항군으로 돌아갈 거예요. 그리고 이 소식을 알리고 움직여야겠죠."

"그러고는?"

"당분간은 눈코 뜰 새 없이 바쁘게 살 것 같네요. 힘들고 위험하겠지만, 그래도 뭔가 할 수 있겠죠."

엘리는 후련한 표정으로 용우를 돌아보았다.

"그럼 이제 돌아가죠. 이 소식을 알려주면 모두 기절초풍할 거예요."

"그래."

용우는 부드럽게 웃으며 고개를 끄덕였다.

16

엘리가 용황제의 죽음을 알리자 저항군 수뇌부는 발칵 뒤집어졌다.

그들은 평생 동안 싸워온 적이 하루아침에 사라졌다는 사실에 허무함을 느꼈다.

그럼에도 그들은 기뻐했다.

마침내 절망적인 싸움에서 해방되었기 때문이다. 그들 앞에는 늘 절망만이 있었다. 목숨을 바쳐 제국과 싸웠으면서도, 그들은 자신들이 승리하는 현실이 오지 않으리라 생각해 왔다.

저항군은 당장 내일부터 맞닥뜨려야 할 현실을 제쳐두고 잔치를 벌였다. 모두가 흥청망청 취해서 용황제의 죽음을 축하하고, 정의가 이루어졌음을 찬미했다.

하지만……

그런 와중에도 이 상황이 무엇을 의미하는지, 자신이 무엇을 해야 하는지 알고 움직이는 자들이 있었다.

*   *   *

용황제가 죽은 다음 날 새벽, 엘리는 골목길을 정신없이 달리고 있었다.

"이럴 줄 알았으면 화신님이나 따라갈걸!"

용우는 저항군의 잔치에 참가하지 않고 떠났다. 남은 마족과 마왕을 모조리 처치하겠다면서.

엘리는 그를 불러낸 사람으로서, 그가 이 세계에서 하는 일의 끝을 지켜볼까 고민했다. 하지만 저항군 간부로서 이런 날을 기념하는 자리에 빠질 수 없었기에 결국 남을 수밖에 없었다.

"말할 체력 있으면 더 열심히 뛰어!"

그 옆을 달리는 엘리의 호위병, 마우디가 외쳤다.

쉬이익……!

그런 그녀들을 향해 빛을 발하는 화살 다발이 날아들었다. 마법이 걸린 화살이었다.

파바바바밧!

마우디가 돌아서서 화살들을 쳐냈다. 고속으로 날아드는 화살들을 어렵지 않게 쳐내는 그녀의 전투 기술은 달인의 경지에 도달해 있었다.

콰광……!

하지만 그때 그들의 진로 앞이 폭발하면서 건물 벽이 무너져 내렸다.

"젠장!"

마우디가 짜증을 냈다.

그녀는 곧바로 엘리를 붙잡아서 어깨에 들쳐 메고 땅을 박찼다. 초인적인 도약력으로 벽을 박차고 반대쪽 건물의 지붕 위로 올라가서 계속 달려간다.

하지만 화살을 쳐내고, 앞에 장애물이 발생해서 주춤한 시점에서 적들이 그들을 따라잡았다.

"엘리, 마우디. 얌전히 투항해라. 너희들의 목숨까지 빼앗고 싶지는 않다."

다수의 전투원들 사이에서 모습을 드러낸 은발의 청년이 말했다.

모두의 신뢰를 받는 저항군의 핵심 간부 중 한 명이며, 잔치를 벌이고 술에 취해 뻗어 있는 저항군 간부들을 상대로 피바람을 일으킨 배신자였다.

"잘도 그런 소리를 지껄이는군. 벨론, 오늘 몇 명이나 죽었냐?"

마우디가 으르렁거리자 은발 청년, 벨론이 말했다.

"사망자가 나온 건 유감이다. 하지만 많은 간부들을 생포했지."

"마치 간부가 아니면 목숨도 아니라는 듯이 말하는군."

"……."

벨론이 눈을 가늘게 떴다.

"새로운 시대를 위해서는 불가피한 희생이다."

"웃기는 소리 하지 마라. 새로운 시대? 네놈의 사리사욕이겠지. 벨론, 어디하고 거래한 거냐?"

"브라인 왕국이겠죠. 예전부터 긴밀한 커넥션이 있었으니까."

엘리가 끼어들었다.

"벨론, 당신은 아트나의 왕족이죠. 아니, 내가 왜 존대를 해주고 있는지 모르겠네."

벨론이 놀랐다. 자신의 측근들 말고는 모르는 비밀이었기 때문이다.

"…꿈의 세계에서 알아낸 건가?"

그는 제국의 정복 전쟁으로 멸망한 나라, 아트나 왕국의 왕족이었다. 그 사실을 철저하게 감춘 채 저항군의 핵심 인물로 활약하고 있었던 것이다.

엘리가 말을 이었다.

"브라인 왕국과 커넥션을 만들어둔 건, 언젠가 아트나 왕국을 부활시키기 위해서였을 것이고. 두 왕가는 사이가 좋았고, 혈연 관계도 많았으니까."

"……"

"기를 쓰고 우리를 붙잡으려는 걸 보면 그쪽이 우리를 원했나 보지? 정확히는 나겠지. 내가 몽상가라서야, 아니면 황족의 일원 이라는 거짓 명분으로 써먹을 수 있어서야?"

"정말 모르는 게 없군그래. 거기까지 안다는 것만으로도 너를 원할 이유는 차고 넘치지 않나?"

"그렇긴 하네."

엘리가 쓴웃음을 지었다.

그녀가 지닌 몽상가의 능력은 저항군에게 정말로 큰 도움이 되었다. 그 능력의 실체를 안다면 어느 세력이나 그녀를 손에 넣고 싶어 할 것이다.

"하지만 난 이제 누군가의 도구로 살아가지 않을 거야."

"그럴 거라고 생각한다."

벨론이 손짓하자 주변에 수십 명의 전투원이 나타났다. 그중 에는 마우디가 일대일로도 승부를 장담할 수 없는 실력자도 두 명이나 있었다.

"…그 짧은 시간 동안 많이도 준비했군. 브라인 왕국에서 지원 해 준 건가."

마우디가 식은땀을 흘렸다.

벨론이 말했다.

"엘리, 마우디를 살리고 싶다면 순순히……"

"난 인질극이 싫어."

문득 벨론의 말을 자르며 울려 퍼지는 목소리가 있었다.

엘리가 흠칫했다.

"화신님?"

"마지막으로 인사나 하려고 왔는데, 이건 또 무슨 개 같은 상황이지?"

용우가 홀연히 나타나서 엘리에게 걸어왔다.

엘리가 놀라서 물었다.

"마지막 인사라면, 혹시……."

"이제 더 이상 이 세계에는 마족도, 마왕도 없어."

용우는 불과 하루 만에 나머지 마족과 마왕을 몰살시킨 것이다.

"이놈은 또 뭐야?"

그때 벨론의 부하 중 하나가 나섰다.

아니, 그는 사실은 벨론의 부하가 아니었다. 브라인 왕국에서 벨론에게 지원해 준 정예 병력이었다.

벨론을 위해 싸우기는 하지만 그의 지시를 받지는 않는다. 오히려 벨론이 그들에게 정중하게 고개를 숙여가며 싸워줄 것을 부탁하는 처지였다.

그렇기에 그들은 저항군 간부 모두가 아는 정보, 용우에 대한 것을 알지 못했다.

"잠깐……."

"잘됐군. 저놈부터 죽여 버려! 그럼 저 엘리라는 계집도 자기 처지를 깨닫겠지!"

벨론이 그들을 막으려고 했지만, 지휘관은 의도적으로 그의 말을 무시하고 명령을 내렸다. 브라인 왕국 소속의 전투원들이 사납게 웃으며 앞으로 나섰다.

석궁을 든 자들이 방아쇠를 당기자 마법이 걸린 화살 세 발이 용우를 향해 쏘아져 나갔다.

그리고 용우 앞에서 전부 멈췄다.

"…어?"

불가사의한 현상이었다.

다들 당황해서 얼어붙은 가운데, 용우가 코웃음을 쳤다.

퍼억!

그리고 정지했던 화살이, 용우에게 날아들었던 몇 배는 더한 기세로 되돌아가서 브라인 왕국의 전투원들을 관통했다.

퍼버버버버벅!

그것도 단지 되돌아가는 것에 그치지 않았다. 한 명을 관통하고 나서는 절묘하게 궤도를 틀어서 다른 전투원을, 그리고 또 다른 전투원을 꿰뚫었다.

"아아악!"

"이, 이건 뭐야?"

채 10초도 안 지나서 브라인 왕국의 전투원들이 몰살당했다.

"……"

벨론은 할 말을 잃고 그 광경을 바라보았다.

절대적으로 유리했던 상황이 눈 깜짝할 새에 반전되어 버렸다.

17

"일단 나한테 살의를 향했고, 장비가 통일되어 있던 놈들만 죽였는데······."

용우가 엘리에게 물었다.

"죽어서 문제될 만한 놈 있었나?"

"당연히 있었지!"

벨론이 히스테릭하게 외쳤다.

"지금 무슨 짓을 저지른 건지 아는 건가? 당신은······!"

"없어요."

엘리가 벨론의 말을 잘라 버리며 말했다.

"절 구해주셨는데 이렇게 말씀드리기는 뻔뻔하지만··· 하시는 김에 저 사람들도 좀 죽여주시면 안 될까요?"

"에, 엘리?"

벨론만이 아니라 그와 함께하던 저항군 간부들이 다들 당황했다.

용우가 물었다.

"싹 다?"

"네."

"해줄 수야 있는데··· 내가 납득할 만한 이유를 말해봐."

"어제 잔치를 벌이고 다들 술에 취해 있을 때 저놈들이 뒤통수를 쳐서 다 죽였어요. 상당수의 간부들을 생포했다고 하는데, 아마 신분이나 능력상 쓸모 있을 것 같은 사람만 살려둔 거겠죠."

엘리는 그 이유도 짐작하고 있었다.

벨론은 브라인 왕국의 지원을 받아서 멸망한 아트나 왕국을 부활시킬 생각이리라. 다른 배신자들은 벨론에게 충성하는 자이거나, 아니면 브라인 왕국과 선이 닿아 있는 자들일 터.

"저항군이 한마음 한뜻일 수 있었던 것은 용황제라는 절대적인 적이 있었기 때문이에요. 용황제가 쓰러진 시점에서 분열은 필연이었죠. 하지만 그래도 이렇게까지 최악의 상황을 보게 되니 참 슬프네요."

엘리는 서글픈 눈으로 주변을 둘러보았다.

하루아침에 세상이 바뀌었다.

저들은 모두 어제까지만 해도 함께 목숨을 걸고 싸우던 동지였다.

하지만 지금은 동료들의 목숨을 빼앗고, 자신을 브라인 왕국에 팔아넘겨서 이익을 취하려는 쓰레기들이었다.

"그렇군. 자, 이걸 받아."

용우가 엘리에게 뭔가를 휙 던져주었다.

"이게 뭔가요?"

엘리가 눈을 크게 떴다. 용우가 준 것은 영롱한 빛을 발하는, 직경 5센티 정도의 작은 구슬이었다.

"선물이다. 마왕들이 비축해 놓은 영적 자원의 양이 상당하더군. 그래서 별의 돌 제조법을 실험해 보는 김에 만들었어."

용우는 지옥에 처넣은 황제에게서 별의 돌 제조법을 알아냈다. 그것은 용우에게는 굉장히 가치 있는 기술이었다.

"이름은… 아티팩트 스톤 정도로 해둘까?"

그것은 새벽의 권능이 깃든 보물이었다.

별의 돌과 비교하면 약했다. 출력도, 비축량도 3분의 1 정도에 불과하다.

하지만 특성만은 똑같았다. 단위 시간당 생산량에는 한계가 있지만, 아무런 연료 없이도 끊임없이 에너지를 생산한다. 무(無)에서 유(有)를 창조하는, 상대적이지만 무한한 영구 동력원.

이제 더 이상 용황제도, 드라칸도, 마왕도, 별의 돌도 없는 상황에서 이 아티팩트 스톤은 실로 막강한 힘의 원천이었다.

용우가 물었다.

"어때, 굳이 내 손을 빌리고 싶어?"

"아뇨."

엘리가 눈을 빛냈다.

우우우우우!

강력한 마력 파동이 휘몰아쳤다.

"젠장! 막아!"

벨론이 다급하게 외쳤다.

하지만 그의 외침이 끝나기도 전에, 엘리가 마우디의 손을 잡고 있었다.

"마우디."

마우디는 말없이 고개를 끄덕였다.

엘리가 말하고자 하는 바가 무엇인지, 설명을 들을 것도 없이 알 수 있었다. 엘리가 별의 돌을 갖고 있던 동안에는 수도 없이 겪어본 일이기 때문이다.

그리고 벨론의 지시를 들은 적들이 움직였을 때는, 이미 마우디가 그들에게 쇄도한 후였다.

새벽의 권능을 이용, 시공간 간섭으로 극한까지 가속한 상태로.

파악!

벨론이 무슨 일이 일어났는지 알아차리기도 전에, 가장 뛰어난 전투원 하나가 죽었다.

죽은 자는 일대일로도 마우디가 승리를 장담할 수 없는 실력자였다. 하지만 새벽의 권능으로 상대 시간을 가속한 마우디가 기습을 가하자 맥없이 쓰러지고 말았다.

"가속? 아, 안 돼!"

벨론의 표정이 절망으로 일그러졌다.

저항군의 핵심 간부인 그는 엘리가 별의 돌을 가졌을 당시의 일을 잘 알고 있었다. 엘리가 가속을 걸어준 마우디는 드라칸을 쓰러뜨릴 수 있을 정도로 무시무시해진다.

"크악!"

"아, 아악!"

사방에서 비명이 울려 퍼졌다.

브라인 왕국의 전투원들이 몰살당한 시점에서, 벨론이 거느린 병력은 채 열 명도 되지 않았다. 마우디는 무시무시한 속도로 그들을 쓰러뜨려 갔다.

"벨론."

엘리는 전투 기술이 일천하기에 직접 적을 베어 넘기는 것은 마우디의 몫이었다.

하지만 마우디가 적들을 수월하게 쓰러뜨리는 것은 엘리의 지원 덕분이었다.

엘리는 몽상가 특유의 강력한 정신 감응 능력을, 아티팩트 코어로 훨씬 증폭시켜서 적들의 감각을 조금씩 비틀어놓았다. 작은 허점조차 죽음으로 이어질 수 있는 실전에서 그 지원은 너무나 강력했다.

"네가 이런 짓을 벌여준 덕분에 앞으로 어떻게 살아갈지 정할 수 있었어. 그 점에는 감사할게."

엘리는 앞으로 도래할 혼돈의 시대에 자신이 무엇을 해야 할지 고민했다. 저항군의 간부로서 그 시대를 맞이할 책임이 있는 게 아닐까 하고.

하지만 벨론 덕분에 그런 고민이 사라졌다.

이제 저항군의 간부라는 직책은 아무런 의미도 없었다.

만약 저항군 조직이 그대로 유지되었다면 많은 일을 할 수 있었을 것이다. 하지만 벨론이 브라인 왕국을 끌어들여서 저항군 수뇌부를 학살한 시점에서 더 이상 그럴 수가 없게 되었다.

"그리고 당신만이 아니었어."

엘리는 쓴웃음을 지었다.

저항군은 결코 독립적인 조직이 아니었다. 그 특성상 제국에 속하지 않은 많은 국가와 커넥션을 이루고 있었다. 그들의 지원 없이는 도저히 제국과 맞설 수 없었던 것이다.

즉 이런 상황이 되면 저항군 조직을 꿀꺽 집어삼키고 싶어 하는 국가도 한둘이 아니라는 뜻이다.

벨론은 어디까지나 가장 행동력이 뛰어났을 뿐이다.

벨론의 공격을 피해 달아난 자들이, 자신과 연결된 나라에 지원을 요청하고 있었다.

"하지만 너처럼 할 수는 없을 거야."

벨론은 어제 이미 브라인 왕국과 연락을 취해서 병력을 도시에 진입시켜 두었다.

그리고 그로부터 얼마 지나지 않아서 용우가 66마왕을 전부 몰살시켜 버렸다.

"더 이상 텔레포트로 병력을 투입할 수 없을 테니까."

이 세계의 마법에는 시공간에 간섭하는 계통이 없었다.

텔레포트조차도 마왕의 권능에 기대고 있을 뿐, 마법사 개인의 성취가 아니었다.

즉 66마왕이 절멸한 시점에서, 이 세계에는 더 이상 텔레포트를 사용할 수 있는 존재가 없다는 뜻이다.

예외는 단 한 명, 새벽의 아티팩트 스톤을 지닌 엘리뿐.

"벨론, 네 덕분에 내가 세상을 책임질 필요도, 이유도 없다는 걸 깨달았어."

"엘리, 내가 잘못했다. 살려다오."

마우디에게 동료를 모두 잃은 벨론이 바로 태도를 바꿔서 용서를 빌었다.

"살려줄 것 같아?"

"내 목숨은 나 하나만의 것이 아니다. 내가 이런 일을 한 것도 사욕을 채우기 위함이 아니었다. 제국에게 짓밟힌 망국의 한을……."

"그게 바로 사욕이야."

엘리가 얼음장처럼 싸늘하게 말하며 손가락으로 목을 긋는 시늉을 했다.

"엘리! 자, 잠깐……!"

퍼억!

마우디가 가차 없이 벨론의 목을 베어버렸다.

잠시 바닥을 굴러다니는 벨론의 목을 바라보던 엘리가 용우에게 꾸벅 고개를 숙였다.

"감사합니다."

"이제 어쩔 거지?"

"당분간은 자유롭게 세상을 돌아볼 생각이에요. 그런데 이런 걸 저한테 주셔도 되는 거예요?"

"그 정도는 괜찮아. 네 한 몸 지킬 힘 정도는 줘야 할 것 같아서."

용우에게 있어서 아티팩트 스톤은 얼마든지 찍어낼 수 있는 양산품 수준에 지나지 않는다. 용우는 그만큼 엄청난 영적 자원을 비축해 두고 있었다.

그리고 별의 돌 제작법을 연구하면 지금까지 용우의 손에 격파된 존재들, 오버마인드나 시청자, 크록시아의 특성을 담은 특별한 권능의 결정체도 만들어낼 수 있을 것 같았다.

"그런데 이런 상황이라면, 세상을 돌아다녀 봤자 별로 좋은 꼴을 보진 못하지 않을까?"

"저도 그렇게 생각해요. 그래도 가볼 거예요. 세상을 책임질 생각은 없지만 제 손이 닿는 곳에서 벌어지는 일에 대해서는 나름대로 힘을 써보려고 해요."

"그렇군."

"이제 작별인가요?"

"일단은."

"일단은⋯⋯?"

엘리가 의아해하며 물었지만, 용우는 빙긋 웃을 뿐, 명확하게 설명해 주지 않았다.

"그럼 잘 지내라."

엘리와 마우디에게 짧은 작별 인사를 한 용우는 허공에 녹아들듯이 자취를 감추었다.

"가버렸네."

마우디가 실감이 나지 않는 듯 중얼거렸다.

엘리가 고개를 끄덕였다.

"응. 폭풍 같은 일주일이었어."

"네가 저 사람 부른 그날이 일주일 전이 아니라 7년 전의 일인 것만 같아."

"나도 그래."

고작 일주일이 지났을 뿐이다. 그런데 처음 용우가 나타난 그날의 기억은 아주 먼 옛날 일처럼 아득한 느낌이 들었다.

"마우디, 그럼 가자."

"어디로?"

"벨론 패거리에게 잡혔던 사람들을 풀어주고, 도피시켜 줘야지. 그리고⋯⋯."

엘리가 먼 곳을 바라보며 말했다.

"떠나자, 어디로든."

*   *   *

눈을 떴을 때, 용우는 자신이 차가운 옥좌에 앉아 있다는 사실을 깨달았다.

웅장한, 하지만 아무도 없는 알현실의 모습이 눈에 들어온다. 마치 의자에 앉아서 잠깐 졸았다 깨어난 것 같은 기분이었다.

"이제야 돌아왔어?"

옥좌 뒤에서 익숙한 목소리가 들려왔다.

단발머리 소녀, 이비연이 고개를 빼꼼 내밀고는 새초롬한 표정을 짓고 있었다.

용우가 피식 웃으며 그녀의 얼굴을 쓰다듬었다.

"그래."

용우가 엘리의 세계에서 보낸 기간은 일주일.

그 기간이 다 되기 전에 이비연이 그와 연락이 끊긴 것을 염려하여 연락을 해왔다.

용우는 이비연에게 간략하게 사정을 설명하고, 자신을 대신하여 군단의 세계에서 영적 자원을 생산하는 일을 맡겼다.

이비연이 말했다.

"그런데 유사 인간계라니, 마침내 인류가 친구가 될 외계 존재를 만났다고 해도 될까?"

"아니. 딱히 저쪽에서 우리 인류를 만나러 온 것도 아니고, 서로 왕래할 방법도 없잖아."

"오빠가 그 가교를 만들어줄 생각은 없고?"

"문명 수준 격차가 커서 좋은 결과가 날 것 같지 않아. 언젠가 자연스럽게 두 인류가 만나게 된다면 모를까, 굳이 내가 인위적으로 둘을 만나게 하고 싶진 않군."

"그렇구나⋯⋯."

이비연은 재미없다는 표정을 지었다. 용우가 그녀를 보며 씩 웃었다.

사실 그녀는 용우가 혼자서 말도 없이 유사 인간계에 가서, 그 세계의 운명을 좌우할 커다란 사건을 겪고 왔다는 사실에 토라져 있었다.

용우는 이비연이 서운해할 것을 알면서도 일부러 연락을 늦췄다. 수많은 외계 존재가 지구를 노리고 있는 지금 자신과 이비연, 둘 모두가 지구를 떠나 있는 것은 위험하다고 생각했으니까.

물론 저 세계에 가 있는 동안에도 구세록으로 지구의 상황을 상시 모니터링할 수 있다.

하지만 이제까지 상대해 본 것보다 뛰어난 권능을 가진 외계 존재가 지구를 노린다면?

그들이 용우와 이비연이 다른 세계에서 지구로 귀환하는 것을 차단할 수 있다면?

그런 경우가 없다고 단언할 수 없기에, 용우와 이비연은 함께 다른 세계로 가는 것을 피하고 있었다.

"하지만 기왕 유사 인간계의 존재를 알았으니까 가끔 놀러가 보는 건 괜찮겠지. 여행 가는 기분으로."

"그거 좋네."

이비연이 눈을 반짝였다.

하지만 그녀는 곧 시무룩해졌다.

"그런데 우리 둘 다 지구를 비울 수는 없잖아?"

"따로따로 다녀오면 되잖아."

"그건 또 싫어. 처음에는 오빠랑 같이 가서 가이드를 받고 싶어."

"나도 일주일 동안 이놈 족치고 저놈 족치는 일만 반복해서 딱히 가이드할 만큼 지식이 풍부하진 않은데……."

용우가 쓴웃음을 지었다.

"사실 이번에 저쪽 세계에서 이것저것 많은 일을 해준 건, 저쪽에서 얻은 게 워낙 커서 그래. 너무 날로 먹는 기분이라 양심에 찔리더라고."

"66마왕이라는 것들 해치우고 얻은 영적 자원이 크긴 했지. 시청자의 10배가 넘을 정도니……."

66마왕은 저 세계에 있어서는 신적인 존재였다. 그들은 수천 년 동안이나 저 세계의 전 인류를 장난감 삼아서 괴롭히면서 영적 자원을 비축해 왔고, 그 비축량은 용우와 이비연도 놀랄 정도로 어마어마했다.

"그거 말고."

용우는 별의 돌 하나를 꺼내서 이비연에게 건네주었다.

그것을 본 이비연이 깜짝 놀랐다.

"어, 뭐야, 이거? 군주 코어 마이너 버전이야?"

"비슷해. 저 세계에서 얻은 거야."

용우는 별의 돌에 대해서 설명해 주었다. 자신이 그 제조법을 손에 넣었다는 것 또한.

"세상에……."

이비연이 놀라서 숨을 삼켰다.

성좌의 무기와 군주 코어는 이 우주를 통틀어 14개밖에 없던 영구 동력원이었다. 더 이상 누구도 만들어낼 수 없는 기적 그 자체였다.

바로 일주일 전까지만 해도 용우도, 이비연도 그렇게 믿고 있었다.

하지만 이제는 사정이 달라졌다.

그들의 손에는 막대한 영적 자원이 있었고, 그것을 소모하면 얼마든지 별의 돌을 만들 수 있었다. 어쩌면 일곱 성좌의 힘 말고 다른 힘을 담은 결정체를 만들 수 있을지도 모른다.

"이 별의 돌을 일곱 개 한 세트로 만드는 것만으로도, 우리가 없는 동안 지구를 지키기에는 충분할 거야."

두 사람을 제외하면 지구 최강이라고 할 수 있는 팀 섀도우리스의 일원들, 그들의 전력을 한 차원 업그레이드할 수 있는 것이다. 우주적인 위협이 닥쳐와도 지구를 지킬 수 있을 정도로!

"좋네. 아주 좋아."

이비연이 별의 돌을 보며 눈을 반짝였다.

용우가 말했다.

"그리고 저 세계에 놀러가면 가이드해 줄 사람도 있어."

"누군데?"

용우의 시선이 눈앞의 세계가 아닌, 머나먼 곳으로 향했다.

그의 눈에는 용우가 구해준 지 얼마 지나지도 않아서 잡힌 동료들을 구하겠다고 브라인 왕국에서 파견된 전투원들과 싸우고 있는 엘리와 마우디가 있었다.

"나한테 큰 선물을 준 녀석이지. 씩씩한 여자애야."

용우는 머지않아 엘리와 재회할 날을 기대하며 미소 지었다.

〈The End〉

『헌터세계의 귀환자』 완결

작가 후기

　매번 그렇지만 하나의 장편을 끝내고 나면 묘한 기분에 휩싸이고는 합니다.

　끝났구나.
　이제 더 이상 이 뒷이야기를 생각할 필요가 없구나…….

　그건 드디어 끝냈다는 후련함과 함께 묘하게 쓸쓸한 느낌이기도 합니다.
　비가 오나 눈이 오나 머릿속을 떠나지 않던 이야기를 놔주는 순간이니까요.
　작가로서 글을 쓰는 경력이 길어질수록 그 순간이 기껍고 후련하기보다는 쓸쓸한 여운이 강해지는 것 같군요.

　'헌터세계의 귀환자'는 참 우여곡절이 많은 글이었습니다.

무료 연재 당시에 제목과 내용이 어울리지 않는다는 지적을 지속적으로 받아서 제목이 한 번 바뀌기도 했고, 한차례 내용을 대폭 수정하는 일도 있었죠.

초반부터 중반까지의 집필—연재 과정을 생각하면 정말 악전고투(惡戰苦鬪) 네 글자밖에 떠오르지 않아요.

쓰면서 참 고생이 많았던 글인데, 이렇게 무사히 끝마칠 수 있어서 정말 다행입니다.

시작은 단순했습니다. 약간 SF하고 밀리터리한 느낌도 나는 현대물… 이라기보다는 근미래물을 써보고 싶다는 생각으로 시작했는데, 쓰다 보니 생각도 못한 문제가 계속 튀어나와서 정말 애먹었지요.

전작인 '성운을 먹는 자'를 워낙 긴 시간 동안, 긴 분량으로 써서 이번 것은 짧게 쓰자고 생각했습니다.

장편은 늘 계획한 것보다 길어지게 마련이고, 이번에도 그랬습니다만 그래도 그럭저럭 오차 범위 안에서 마무리를 지을 수 있었습니다.

저를 힘들게 한 마지막 변수는 에필로그였죠. (한숨)

원래 최종권을 쓰면서, 최종전까지 써도 분량이 책 한 권을 채우기에는 많이 모자랄 것 같았습니다. 그래서 에필로그를 좀 길게 구상했어요. 언제나 후일담 스타일의 에필로그를 써왔는데, 이번에는 TV 애니메이션이 끝나고 나서 나오는 후일담 극장판 같은 느낌으로 구상을 했죠.

내가 왜 그랬을까…….

지금이라도 과거의 내게 날아가서 그러지 말라고 말하고 싶은
데 타임머신을 빌려줄 고양이 로봇 친구가 없군요.

'성운을 먹는 자' 에필로그를 쓰면서 정말 이거보다 긴 에필로
그를 쓸 일은 없을 거라고 생각했어요. 본편이 길었던 만큼 에필
로그도 정말 길었거든요.

하지만 미래는 늘 예측불허죠.
그러니까 '이제 다시는 뭐뭐 할 일 없을 거야' 같은 생각은 안
하도록 하겠습니다. 정작 그런 상황이 닥치면 자꾸만 과거의 나
를 때려주고 싶어지니까요.

저는 좀 쉬면서 에너지를 충전한 후에 신작을 들고 다시 돌아
오도록 하겠습니다. 부디 그때까지 지구가 외계 종족에게 침략
당하는 일 없이 평안하기를.

2018년 7월
김재한

작가 블로그 http://rona13.egloos.com/
작가연합 CUG http://www.fancug.com/

이제부터 전자책은

이젠북

www.ezenbook.co.kr

 새로운 세계가 열린다!

김재한 『성운을 먹는 자』 철백 『대무사』
니콜로 『마왕의 게임』 가프 『궁극의 쉐프』
이경영 『그라니트:용들의 땅』 문용신 『절대호위』
탁목조 『일곱 번째 달의 무르무르』 천지무천 『변혁 1990』
강성곤 『메이저리거』 SOKIN 『코더 이용호』

이름만 들어도 황홀할 정도의 별들의 향연!
이들의 "유료연재"가 시작됩니다!

검색창에 **이젠북**을 쳐보세요! ▼

초대형 24시 만화방

신간 100%, 샤워실, 흡연실, 수면실(침대석), 커플석, 세탁기 완비

■ 광명 광명사거리역점 ■

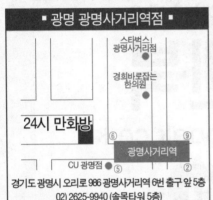

경기도 광명시 오리로 986 광명사거리역 6번 출구 앞 5층
02) 2625-9940 (솔목타워 5층)

■ 강북 노원역점 ■

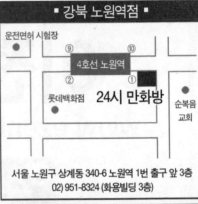

서울 노원구 상계동 340-6 노원역 1번 출구 앞 3층
02) 951-8324 (화용빌딩 3층)

■ 일산 정발산역점 ■

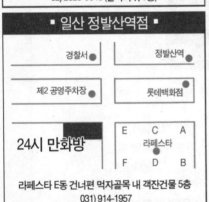

라페스타 E동 건너편 먹자골목 내 객잔건물 5층
031) 914-1957

■ 일산 화정역점 ■

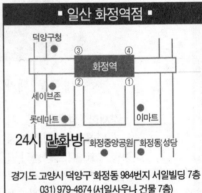

경기도 고양시 덕양구 화정동 984번지 서일빌딩 7층
031) 979-4874 (서일사우나 건물 7층)

■ 부천 역곡역점 ■

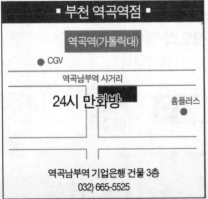

역곡남부역 기업은행 건물 3층
032) 665-5525

■ 부평역점 ■

(구)진선미 예식장 뒤 한신포차 건물 10층
032) 522-2871